Marcello Simoni

O MERCADOR DE LIVROS MALDITOS

Um livro misterioso.
Um monge assassinado.
Um enigma atemporal.

Tradução de
GILSON CÉSAR CARDOSO DE SOUSA

JANGADA

Título original: *Il Mercante di Libri Maledetti.*

Texto de acordo com as novas regras ortográficas da língua portuguesa.

1ª edição 2012.

2ª reimpressão 2013.

Coordenação editorial: Denise de C. Rocha Delela e Roseli de S. Ferraz
Preparação: Marta Almeida de Sá
Revisão: Claudete Agua de Melo
Diagramação: Fama Editoração Eletrônica

Dados Internacionais de Catalogação na Publicação (CIP)
(Câmara Brasileira do Livro, SP, Brasil)

Simoni, Marcello
O mercador de livros malditos : um livro misterioso, um monge assassinado, um enigma atemporal / Marcello Simoni ; tradução de Gilson César Cardoso de Sousa. — São Paulo : Jangada, 2012.

Título original: Il mercante di libri maledetti.
ISBN 978-85-64850-05-7
1. Ficção italiana I. Título.

12-10306 CDD-853

Índices para catálogo sistemático:
1. Ficção : Literatura italiana 853

Jangada é um selo da Editora Pensamento-Cultrix Ltda.

Direitos de tradução para o Brasil
adquiridos com exclusividade pela
EDITORA PENSAMENTO-CULTRIX LTDA.
Rua Dr. Mário Vicente, 368 — 04270-000 — São Paulo, SP
Fone: (11) 2066-9000 — Fax: (11) 2066-9008
E-mail: atendimento@editorajangada.com.br
http://www.editorajangada.com.br
Foi feito o depósito legal.

A Giorgia

PRÓLOGO

Ano de Nosso Senhor Jesus Cristo 1205. Quarta-feira de Cinzas.

Rajadas de vento gelado fustigavam a abadia de San Michele della Chiusa, lançando por suas paredes um cheiro de resina e folhas secas, prenúncio certo de tempestade iminente.

O serviço religioso vespertino ainda não havia terminado quando o padre Vivïen de Narbonne decidiu sair um pouco. Irritado com a fumaça do incenso e o bruxuleio das velas, ele cruzou a porta e começou a passear no pátio coberto de neve. Diante de seus olhos, o crepúsculo tragava os derradeiros raios de luz diurna.

Uma súbita lufada golpeou-o, provocando-lhe calafrios. O monge cingiu a batina e franziu a testa, como se houvesse sido agredido. A sensação de mal-estar que o acompanhava desde cedo parecia não querer abandoná-lo; ao contrário, dava a impressão de que havia se aprofundado ao longo do dia.

Decidido a amenizar a inquietude com um pouco de repouso, encaminhou-se para o claustro, atravessou a galeria e entrou no imponente dormitório. Foi acolhido pelo clarão amarelado das tochas e por uma sucessão de cubículos sufocantes.

Indiferente à claustrofobia, Vivïen percorreu um labirinto de corredores e escadarias, esfregando as mãos para espantar o frio. Queria deitar-se e não pensar em nada; porém, quando chegou à porta de sua cela, encontrou algo inesperado. Um punhal em forma de cruz estava cravado na madeira. Do cabo de bronze pendia um bilhete amarrotado. O monge espiou-o rapidamente, invadido por um terrível presságio, e, recuperando a coragem, começou a lê-lo. O recado era breve e assustador:

Vivïen de Narbonne,
culpado de necromancia.
Sentença proferida
pelo Tribunal Secreto da Saint-Vehme.
Ordem dos Franchi-Giudici.

Vivïen caiu de joelhos, aterrado. A *Saint-Vehme*? Os Videntes? Como o teriam descoberto naquele refúgio encravado nos Alpes? Depois de anos de fuga, pensou que estivesse finalmente seguro, que não houvesse deixado pistas. Mas não! Haviam conseguido rastreá-lo!

Não era hora para efusões de desespero. Precisaria fugir mais uma vez.

Ergueu-se nas pernas trêmulas, inteiramente dominado pelo medo. Escancarou a porta da cela, recolheu uns poucos objetos ao acaso e dirigiu-se às pressas para o estábulo, cobrindo-se com um grosso manto. De súbito, os corredores de pedra pareceram estreitar-se, infundindo-lhe o pavor dos espaços fechados.

Ao sair do dormitório, percebeu que o ar agora estava ainda mais frio. O vento ululava, flagelando as nuvens e os troncos mirrados das árvores. Os outros irmãos se abrigavam dentro do edifício, envoltos pela tepidez sagrada da nave principal.

Vivïen se enrolou no manto e entrou no estábulo. Selou um cavalo, montou-o e percorreu a trote a aldeia de San Michele. Grandes flocos de neve lhe caíam sobre os ombros, umedecendo o tecido de lã grossa do hábito. Mas o que o fazia tremer eram os pensamentos. A qualquer instante desabaria uma tempestade.

Quando chegou ao caminho que ladeava o muro, veio ao seu encontro um monge todo enrolado em sua batina. Era o padre Geraldo de Pinerolo, o celeireiro. Ele tirou o capuz, revelando uma comprida barba negra e um olhar atônito.

— Aonde vai, irmão? Entre, antes que comece a chover.

Viviën, sem responder, continuou avançando em direção à saída, rezando para que ainda tivesse tempo de fugir... Mas, no caminho, esperava-o uma carroça puxada por dois cavalos negros como a noite e com um único homem sentado na boleia: um mensageiro da morte. O fugitivo não parou, fingindo indiferença. Com o rosto velado pelo capuz, procurou não cruzar o olhar com o do cocheiro.

Geraldo, porém, se aproximou do desconhecido e pôs-se a observá-lo. Era um tipo imponente, de chapéu largo e capa preta. Não parecia ter nada de especial; no entanto, mirando-o bem no rosto, ele não conseguiu mais desviar os olhos dele: o rosto daquele homem era da cor do sangue e em seus lábios se desenhava um sorriso infernal.

— O Diabo! — exclamou o celeireiro, recuando.

Enquanto isso, Viviën esporeava o cavalo e lançava-se a galope pela encosta na direção de Val di Susa. Queria escapar dali o mais rápido possível, mas a neve misturada à lama tornava o caminho impraticável e obrigava-o a prosseguir com cautela.

O tenebroso cocheiro reconheceu o fugitivo e, atiçando os cavalos, disparou em seu encalço.

— Viviën de Narbonne, pare! — rugiu encolerizado. — Não poderá se esconder para sempre da Saint-Vehme!

Viviën nem sequer se voltou, a mente aturdida por uma profusão de pensamentos desencontrados. Ouvia às costas o barulho da carroça, cada vez mais perto. Ia alcançá-lo! Como poderia correr tanto por um caminho tão acidentado? Aquilo não eram cavalos, eram demônios do inferno!

As palavras do perseguidor não deixavam dúvidas: ele devia ser um emissário dos Franchi-Giudici. Os Videntes queriam o Livro! Fariam de tudo para obtê-lo. Seriam capazes de torturá-lo até fazê-lo enlouquecer — para saber, para aprender o modo de alcançar a sabedoria dos anjos. Antes a morte!

Com lágrimas nos olhos, o fugitivo segurou firme as rédeas e incitou o animal a correr mais. Mas o cavalo se acercou perigosamente da beira do barranco. O terreno, resvaladiço por causa da neve e da lama, cedeu ao peso dos dois. Rolaram ambos pela encosta. Os gritos do monge, confundidos com os relinchos do cavalo, os acompanharam durante toda a queda, até se confundir com o rugido da tempestade.

A carroça parou. O tenebroso cocheiro desceu e perscrutou o abismo.

“Agora, o único que sabe é Ignazio de Toledo”, pensou ele. “Preciso encontrá-lo.”

Passou a mão direita pelo rosto, tocando uma superfície fria e áspera demais para ser de uma criatura humana. Com um gesto quase relutante, desatou o laço e retirou a Máscara Vermelha que ocultava sua verdadeira face.

Parte I

O MOSTEIRO DOS ENGANOS

Isso é o que os anjos me revelaram; deles, tudo ouvi e tudo conheci; eu que vejo não por esta geração, mas pelas gerações que virão, pelas gerações futuras.

Livro de Enoque, I, 2

1

Ninguém poderia dizer com certeza quem realmente era Ignazio de Toledo. Às vezes, julgavam-no sábio e erudito; outras, descrente e necromante. Para muitos, não passava de um peregrino, que percorria as terras em busca de relíquias para vender aos devotos e poderosos.

Embora evitasse revelar suas origens, seus traços mouriscos, refinados por um tom mais claro de pele, denunciavam o cristão morador da Espanha lado a lado com os árabes. A cabeça totalmente raspada e a barba escura lhe conferiam o ar doutoral, mas o que nele de fato chamava a atenção eram os olhos: verdes e penetrantes, rodeados por rugas geométricas. Sua túnica cinzenta, coberta por um manto com capuz, espalhava um cheiro de tecido oriental misturado aos odores acumulados em muitas viagens. Alto e magro, caminhava apoiado a um bordão.

Esse era Ignazio de Toledo tal como o viu pela primeira vez o jovem Uberto, quando, na tarde chuvosa de 10 de maio de 1218, o portão do mosteiro de Santa Maria del Mare se abriu. Por ele entrou aquela figura esguia, encapuzada, seguida por um homem loiro que carregava um grande baú.

O abade Rainerio de Fidenza, que mal acabara de recitar o ofício das vésperas, logo reconheceu o forasteiro encapuzado e foi ao seu encontro.

— Mestre Ignazio, há quanto tempo! — exclamou com benevolência, abrindo caminho em meio a um grupo de monges. — Recebi a notícia de sua chegada e estava impaciente para revê-lo.

— Venerável Rainerio — cumprimentou Ignazio, curvando-se —, deixei-o simples monge e reencontro-o abade!

Rainerio era tão alto quanto o mercador de Toledo, porém mais robusto. De seu rosto projetava-se um nariz acentuadamente aquilino. Os cabelos castanhos e curtos caíam em mechas revoltas sobre a testa. Antes de responder, baixou os olhos e fez o sinal da cruz.

— Foi a vontade de Deus. Maynulfo de Silvacandida, o antigo abade, faleceu no ano passado. Uma grande perda para a nossa comunidade.

Ao ouvir isso, o mercador suspirou com amargura. Não acreditava muito nas vidas dos santos nem nas propriedades milagrosas das relíquias que trazia de países longínquos. Maynulfo, porém, este tinha sido mesmo um santo. Jamais renunciou à existência de eremita, nem mesmo depois de ser nomeado abade. Costumava se retirar periodicamente para longe do mosteiro com a finalidade de orar sozinho. Nomeava então um vigário, punha um alforje a tiracolo e ia para algum lugar ermo entre os caniços que bordejavam a laguna vizinha. Lá, cantava os salmos e jejuava na solidão.

Ignazio se lembrava bem da noite em que o conhecera. Na ocasião, fugindo desesperado, refugiara-se na própria cela de Maynulfo, que o acolhera e se prontificara a ajudá-lo. Logo o mercador percebeu que poderia colocá-lo a par de seu segredo.

Quinze anos haviam se passado, e agora a voz de Rainerio ressoava em seus ouvidos, dissipando-lhe as lembranças.

— Morreu na cela, não resistiu aos rigores do inverno. Todos nós lhe pedimos que adiasse o retiro para a primavera, mas ele respondeu que o Senhor o chamava ao recolhimento. Depois de sete dias, encontrei-o morto em seu catre.

Do fundo da nave ouviu-se um monge suspirar, pesaroso.

— Mas diga-me, Ignazio — continuou Rainerio, notando que o mercador ficara muito triste —, quem é o companheiro silencioso que veio com você?

E o abade se virou para o homem loiro de pé ao lado do mercador. Era, na verdade, pouco mais que um jovem. Os cabelos longos, levemente desgrenhados, cobriam-lhe a nuca, caindo sobre os ombros largos. Os olhos azuis pareciam os de um menino, mas os contornos do rosto eram bem nítidos, realçados pela linha firme das mandíbulas.

O homem deu um passo à frente e se inclinou. Falava com o sotaque da *langue d'oc*, temperado por uma cadência exótica e imprecisa.

— Willalme de Béziers — apresentou-se.

O abade teve um leve sobressalto. Sabia que a cidade de Béziers havia sido o covil de uma seita de hereges. Recuando um pouco, fixou o desconhecido, sibilando entre dentes:

— *Albigenses...*

A essa palavra, uma expressão dura se desenhou no rosto de Willalme. Seus olhos exprimiam raiva, logo substituída por um ar melancólico, como se fosse o resquício de uma dor ainda não amenizada.

— Willalme é um bom cristão e nada tem a ver com a heresia albigense ou cátara — interveio Ignazio. — Viveu longe de sua pátria por muito tempo. Conheci-o quando voltava da Terra Santa e desde então nos tornamos companheiros de viagem. Vai ficar aqui só por esta noite, tem negócios a fazer em outra parte.

Rainerio estudou o rosto do francês, que podia estar escondendo muita coisa por baixo daquele olhar fugidio, e concordou com um aceno de cabeça. De repente, pareceu lembrar-se de alguma coisa e virou-se para os últimos bancos do mosteiro.

— Uberto — chamou, dirigindo-se a um rapazinho moreno sentado entre os confrades —, venha cá um momento. Quero lhe apresentar uma pessoa.

Uberto acabava justamente de interrogar alguns monges a respeito dos dois visitantes, que ele nunca tinha visto antes. E um confrade lhe respondera à meia-voz:

— O homem alto, de barba e capuz, é Ignazio de Toledo. Conta-se que, durante o saque de Constantinopla, ele pôs as mãos em algumas relíquias, mas também em alguns livros preciosos, sem dúvida, de magia... Parece que levou o butim para Veneza, onde ganhou muito dinheiro e obteve favores dos nobres de Rialto. Mas, no fundo, é um bom sujeito. Do contrário, não teria sido amigo do abade Maynulfo. Os dois se correspondiam com frequência.

Ouvindo Rainerio chamá-lo, o rapaz pediu licença ao interlocutor e dirigiu-se para o pequeno grupo reunido à sombra do vestíbulo. Só então Ignazio baixou o capuz e descobriu o rosto, para ver melhor o jovem. Estudou discretamente seu rosto, seus grandes olhos cor de âmbar, seus cabelos negros e abundantes.

— Você deve ser Uberto — disse ele.

O rapaz lhe devolveu o olhar. Não sabia como se dirigir àquele homem, mais jovem que Rainerio, mas com uma aura hierática que impunha reverência. Fascinado, baixou os olhos e murmurou:

— Sim, meu senhor.

O mercador sorriu.

— "Meu senhor"? Não sou nenhum prelado importante. Chame-me pelo nome e trate-me por você.

Uberto se sentiu mais tranquilo e relanceou o olhar para Willalme, que observava impassível e atento.

— Diga-me — continuou Ignazio —, você é um noviço?

— Não — interveio Rainerio. — Ele é um...

— Por favor, padre abade, deixe que ele mesmo responda.

— Não sou um monge, mas, sim, um convertido — explicou Uberto, surpreso com a liberdade com que o mercador tratava Rainerio. — Os confrades me encontraram ainda bebê. Cresci e fui educado aqui mesmo.

Por um instante, o rosto de Ignazio se cobriu de tristeza, mas logo voltou a parecer jovial.

— É um ótimo secretário — revelou o abade. — Com frequência, lhe peço para copiar códices curtos ou compilar documentos.

— Ajudo como posso — admitiu Uberto, mais tímido que modesto. — Ele me ensinou a ler e a escrever em latim. — E, após hesitar um momento, disse: — Você... deve ter viajado muito, não?

O mercador aquiesceu, fazendo uma careta para representar as fadigas acumuladas em suas andanças.

— Sim, visitei muitos lugares — disse ele. — Se quiser, poderemos conversar sobre isso. Ficarei aqui alguns dias, por cortesia do abade.

Rainerio imprimiu ao rosto um ar paternal.

— Meu caro, conforme já lhe escrevi em resposta à sua carta, estamos encantados por recebê-lo. Descansará na casa de hóspedes junto ao mosteiro e fará suas refeições no refeitório com a família monástica. Vai se sentar à minha mesa hoje à noite.

— Obrigado, padre. Agora, peço permissão para deixar meu baú no quarto que me destinou. É muito pesado e Willalme o carregou até aqui desde o local onde desembarcamos da balsa.

O abade concordou e, cruzando o vestíbulo, saiu. Procurava alguém.

— Hulco, você está aí? — indagou, tentando ver alguma coisa através da chuva espessa.

Uma estranha figura se aproximou claudicante e encurvada ao peso de um feixe de lenha que trazia aos ombros. Não parecia se incomodar com a chuva. E não era um monge. Um aldeão, talvez, ou melhor, um daqueles servos que vinham fazer o serviço pesado do mosteiro. Devia ser Hulco. Balbuciou alguma coisa num dialeto incompreensível.

Rainerio, visivelmente enfadado por ter de dar ordens pessoalmente ao servo, falou-lhe como se estivesse domesticando um animal:

— Bem, filho... Não, esqueça a lenha. Encoste-a ali. Isso! Pegue um carrinho e ajude aqueles senhores a levar seu baú aos aposentos dos hóspedes. Sim, lá. E cuidado para não deixá-lo cair. Muito bem, acompanhe-os. — E, mudando de tom, virou-se novamente para os recém-chegados. — Ele é rude, mas inofensivo. Podem ir com ele. Se não precisarem de mais nada, nos encontraremos em breve no refeitório, para a ceia.

Após se despedir de Rainerio e Uberto, os dois companheiros seguiram Hulco, que, mesmo sem o feixe de lenha às costas, continuou andando encurvado e desengonçado, afundando os pés na lama.

A chuva havia cessado e as nuvens abriam espaço à vermelhidão do crepúsculo. Bandos de andorinhas estridentes revoavam pelos ares, nas asas de um vento que cheirava a maresia.

Ao chegar à casa de hóspedes, Hulco voltou-se para os dois visitantes. Os últimos raios da luz diurna banhavam seu corpo disforme. Sob um gorro esfarrapado, entreviam-se tufos de cabelos hirsutos e um nariz verruguento. Um casaco imundo e calças rasgadas nos joelhos completavam esse triste retrato.

— *Domini ilustrissimi* — grunhiu ele. Seguiu-se um palavreado indiscernível que devia significar "Os senhores desejam que eu leve o baú para dentro?"

Depois de ser autorizado, retirou o baú do carrinho e levou-o com dificuldade para o interior do edifício.

O prédio era construído quase que inteiramente de madeira, com paredes revestidas de treliça. Na entrada, por trás de um balcão, aguardava uma figura de casaco de algodão e olhos de coruja. Ginesio, o gerente, saudou os peregrinos e esclareceu que o abade lhe ordenara que lhes reservasse o quarto mais confortável.

— Subam. A terceira porta à direita leva ao seu alojamento — disse com um sorriso matreiro, indicando uma escada que conduzia diretamente ao andar superior. — Se precisarem de qualquer coisa, peçam a mim. Boa estada.

Ignazio e Willalme seguiram as instruções de Ginesio. No fim da escada, viram-se logo diante de uma porta de madeira. Um verdadeiro luxo — reconheceu o mercador, acostumado a repousar em dormitórios coletivos onde os catres eram separados por uma simples cortina.

Hulco, exausto, parou à frente dos hóspedes.

— Já basta, obrigado — agradeceu Ignazio. — Volte para seus afazeres.

O servo depôs aliviado o baú, despediu-se com uma inclinação de cabeça e se foi com seu já proverbial andar desengonçado.

Quando ficaram a sós, Willalme perguntou:

— E agora, o que faremos?

— Antes de tudo, vamos esconder o baú — recomendou o mercador. — Depois, cearemos. Ficaremos na mesa do abade.

— Esse seu abade não simpatizou muito comigo — comentou o francês.

— Estava pensando, por acaso, em ser amigo dele? — riu Ignazio.

Não obteve resposta, como previa. Willalme era de poucas palavras.

Ao entrar no quarto, Ignazio acrescentou:

— Não se esqueça de que amanhã deverá partir bem cedo. Tome cuidado para ninguém perceber aonde vai.

2

O mosteiro de Santa Maria del Mare erguia-se acima de uma laguna, não muito distante da costa do mar Adriático. Embora não fosse dos mais imponentes, nos dias de sol dominava a área deserta circundada por pântanos e canais.

O edifício remontava aos primeiros decênios do ano 1000. Do lado de fora, era pontilhado por uma série de janelas estreitas que pareciam ter sido abertas à força na alvenaria. A fachada dava para o leste. No lado esquerdo, além de um modesto campanário, apinhava-se um conjunto de edifícios apoiados uns nos outros: o refeitório, a cozinha e o dormitório dos monges. No lado oposto, erguiam-se as cocheiras e a casa de hóspedes, onde se instalavam peregrinos de todos os tipos. A maior parte deles chegava ali vinda de Ravena com destino a Veneza. Iam quase sempre para locais de peregrinação, os mosteiros da Alemanha e da França ou o *Caminho* de Santiago de Compostela. Outros, ao contrário, se dirigiam para o sul, com a finalidade de visitar o templo de San Michele Arcangelo del Gargano.

Naquele dia, porém, a casa de hóspedes estava quase deserta. Ninguém se movia em meio às sombras da noite. Ninguém, exceto um homem de aspecto tosco. Esperara ansioso, escondido, até que todos saíssem para a ceia: os monges no refeitório, os servos em suas pocilgas. Só então se esgueirara do estábulo para o edifício, deslizando na penumbra até chegar ao alojamento reservado ao mercador de Toledo.

Encostou a orelha à porta para certificar-se de que não havia ninguém lá dentro e em seguida entrou rapidamente. Se havia entendido bem, os hóspedes tinham sido convidados a cear no refeitório, na mesa do abade.

Caminhava encurvado, fazendo ranger levemente o assoalho. Olhou em volta com olhos ferozes, que fulguravam na escuridão.

O mobiliário era espartano: dois catres, uma cadeira e uma mesinha sobre a qual fora colocado um candeeiro.

Mas e o baú? Devia estar cheio de dinheiro ou talvez de joias. Onde o teriam escondido? Hulco procurou cuidadosamente, mas sem mexer em nada. Inútil, não estava ali. No entanto, tinha de estar!

— Peregrinos bastardos! — praguejou, continuando sua busca no escuro.

3

Depois da ceia, o mercador sentou-se à mesa de seu alojamento. Acendeu o candeeiro, tirou uma folha de papel do alforje, empunhou uma pena de ganso, molhou-a no tinteiro e pôs-se a escrever.

Willalme, ao contrário, preferiu se estender logo em seu catre. Durante anos, dormira no porão oscilante de um navio, razão pela qual, apesar do cansaço, demorou um pouco para conciliar o sono. No dia seguinte, teria de fazer um trabalho importante para Ignazio.

O mercador, porém, quando terminou de escrever, tirou do baú um grosso códice, aproximou a chama da página de pergaminho e mergulhou na leitura. Permaneceu nessa posição por umas duas horas, à luz da chama bruxuleante. Quando sua vista começou a anuviar-se, fechou o códice e guardou-o. Enrolou a carta, lacrou-a e colocou-a no alforje. Em seguida, apagou o candeeiro e se dirigiu no escuro para seu catre.

Antes de se deitar, lançou um olhar em direção à janela, pela qual se avistava a silhueta do mosteiro. Teve um mau pressentimento e demorou a dormir. Pensava nas feições de Maynulfo de Silvacandida: fronte ampla, cabelo e barba totalmente brancos, olhos pacíficos e celestiais. A notícia de sua morte o apanhara desprevenido. Embora fosse idoso, Maynulfo sempre se distinguira pela robustez. Os rigores do inverno o teriam debilitado a tal ponto?

O mercador se virava de um lado para o outro nervosamente. Pobre Maynulfo... durante anos fora o único depositário de seu segredo. Mas e se o houvesse revelado a alguém? A Rainerio, por exemplo?

Era uma hipótese verossímil. Precisaria conversar a sós com o novo abade, para descobrir se ele sabia alguma coisa. Não bastasse isso, o tempo de que dispunha era muito curto...

Considerou o negócio que tinha de resolver, para o qual com tanta urgência o conde o chamara da Terra Santa. Devia sair em busca de um livro por meio do qual poderia desvendar mistérios inimagináveis, muito além do conhecimento de qualquer filósofo ou alquimista. Logo receberia instruções de Veneza.

Cruzou os dedos na nuca e contemplou o madeiramento do teto, semelhante às costelas de um esqueleto enorme. Antes de adormecer, veio-lhe à mente um detalhe que notara logo depois da ceia, quando se retirava com Willalme para o quarto: nas sombras da casa de hóspedes vira Hulco e Ginesio confabulando, reproduzindo por gestos as dimensões de um objeto retangular e volumoso.

O comportamento dos dois servos mereceria mais atenção de sua parte? Hulco e Ginesio deviam sem dúvida estar curiosos quanto ao conteúdo de seu baú, e havia a possibilidade de que um dos dois houvesse entrado no quarto para procurá-lo.

O cansaço venceu, os pensamentos foram se diluindo, perdendo a nitidez e a coerência. E do sonho, povoado de recordações e medos antigos, emergiu o delírio. Foi então que Ignazio ouviu um rumor, um estalido, como se alguém se movesse ao pé do catre. Viu em seguida duas mãos deslizarem sobre as cobertas, subindo em direção a seu peito. Tomado de surpresa, arregalou os olhos e acompanhou impotente aquele movimento. Seus membros estavam pesados e insensíveis como os de um boneco.

Enquanto as mãos continuavam deslizando sobre as cobertas, alguma coisa se debruçou sobre ele. Foi como se uma sombra se destacasse da noite e começasse a comprimir-lhe o peito. A seguir, a sombra se transformou numa capa negra, e aquelas mãos, aqueles dedos muito brancos que saíam das mangas, agarraram um punhal, enquanto do capuz saía um rosto. Não, não um rosto... a Máscara Vermelha!

O mercador estremeceu. Conhecia bem aquela máscara.

De repente, sua respiração parou e ele se sentiu caindo num abismo. O demônio desapareceu, deixando em seu lugar uma confusão de sons e vozes. Estava de novo fugindo: galgava as montanhas com um precioso fardo nos braços, o medo lhe roía o estômago e os membros, o vento gelado lhe golpeava o rosto. A neve se dissolvia no verde das árvores e a paisagem se transformava em colinas, depois em planície. O sol se obscurecia e as estradas se misturavam num labirinto de riachos e moitas de caniços. Lagunas e pântanos na névoa.

Quando os brados longínquos dos perseguidores se aproximavam mais e mais, finalmente, inesperadamente, a luz...

E um sorriso. Maynulfo de Silvacandida.

A noite se aclarava no torpor de um céu rosado. Os monges, dentro do mosteiro, já cantavam as *laudes*.

Willalme estava de pé. Ignazio, aliviado, agradeceu aos céus por livrá-lo mais uma vez dos demônios. Estendeu a mão para o alforje, tirou a carta que escrevera na véspera e entregou-a ao companheiro.

— Agradeço-lhe. Não é uma missão perigosa, mas fique atento. Essas lagunas têm olhos e ouvidos. Infelizmente não posso acompanhá-lo, como sabe. Seria perigoso para mim se alguém me reconhecesse, ao menos por enquanto. Siga minhas instruções e não terá problemas.

— Fique tranquilo, amigo, não precisa se preocupar com nada — assegurou Willalme. — Estarei de volta o mais breve possível.

O francês saiu da casa de hóspedes e deu a volta ao mosteiro sem se deixar ver, caminhando diretamente para o aterro à margem do canal. De repente, ouviu um barulho às suas costas e se escondeu atrás de um arbusto. Um pequeno grupo de aldeões descia uma colina, pés e braços enlameados. Entre eles se destacava Hulco, facilmente reconhecível pelo andar claudicante.

Iam para o mosteiro, carregando redes e um balaio de peixes. O francês esperou que se distanciassem, levantou-se e correu na direção do aterro.

Um barqueiro o esperava no canal com uma canoa tosca. Willalme saltou para bordo, cumprimentou o homem e deu-lhe quatro moedas.

— Leve-me à abadia de Pomposa — pediu.

O barqueiro assentiu, mergulhou uma longa vara no rio e empurrou o barco, tomando rumo norte.

4

Após o ofício da terça, já manhã avançada, Ignazio saiu de seu quarto e perguntou a alguns monges onde poderia encontrar Rainerio. Indicaram-lhe uma construção próxima, bem diante do mosteiro. Era um prédio pequeno e sólido, com elegantes decorações de terracota. Ali, o abade administrava os bens e as finanças da comunidade. Chamavam ao lugar *Castrum abbatis*.

Um grupo de mendigos se aglomerara à porta. Ignazio passou por eles sem que o detivessem e entrou. Seguindo por um corredor, foi deixando para trás os acessos aos cômodos laterais até chegar a uma grande porta de madeira ao fundo. Ouvia-se uma conversa vinda de lá de dentro.

Bateu, mas não obteve resposta.

— Gostaria de falar com o abade — disse em voz alta, apoiando-se na porta.

A essas palavras, a conversa lá dentro se interrompeu de súbito e alguém perguntou:

— Mestre Ignazio, é você? Entre, está aberta.

O mercador empurrou a porta e viu-se numa sala bastante acolhedora. Nas paredes, corria uma fileira de ícones sagrados e armários. Os móveis revelavam bom gosto, talvez excessivo para os cânones de sobriedade previstos na regra beneditina. Mas os abades às vezes gostavam de se passar por nobres.

Rainerio de Fidenza estava no fundo da sala, sentado a uma mesa repleta de pastas e pergaminhos. Sua cadeira era estofada de veludo vermelho. Parecia ocupado em ditar alguma coisa a um jovem *secretarius*. Ergueu os olhos, dirigindo-se com cordialidade ao recém-chegado:

— Mestre Ignazio, aproxime-se. Já terminei. — E, voltando-se para o secretário, despachou-o: — Pode ir, Ugucio, continuaremos mais tarde.

O jovem monge obedeceu em silêncio. Desfez-se da pequena tábula encerada sobre a qual acabara de estenografar e saiu, fechando a porta.

— Ignazio, sua presença é uma dádiva inesperada — sorriu Rainerio. Com um gesto cortês, convidou o hóspede a acomodar-se numa cadeira junto à mesa. — Ontem à noite, na ceia, você não falou muito. Não deu uma pista sequer do motivo de sua visita.

— Eu estava cansado — justificou-se o mercador, sentando-se diante do abade. — Viagens marítimas esgotam o corpo e a alma. Mas agora, após um bom sono, sinto-me de novo em forma.

— Então, conte-me tudo. Fale-me de suas andanças.

Antegozando o tema da conversa, Rainerio se recostou na cadeira e entrelaçou os dedos sob o queixo.

— Não pensei que tivesse tanta curiosidade a meu respeito — observou Ignazio, tentando esconder a desconfiança.

O mercador de Toledo falaria de si, de suas viagens, mas ao fim reclamaria um tributo de Rainerio: ao menos um resquício de verdade. Desde o primeiro momento em que o vira, percebera que por trás de tanta cortesia e boa vontade o religioso lhe ocultava alguma coisa. Era evidente. Ignazio já fazia ideia do que se tratava, mas para ter certeza tinha de induzi-lo a desmascarar-se. Uma conversa a sós com ele seria o melhor recurso.

Disfarçando seu sorriso de raposa, contou como participara da Quarta Cruzada e assistira à ruína de Constantinopla. Falou sobre o doge de Veneza, que encarnara o espírito daquela expedição, e dos cruzados que o haviam seguido. Para acumular riquezas, eles não hesitaram um instante em massacrar os cristãos do Oriente. Com uma pontinha de vergonha, Ignazio confessou ter tomado parte, ele próprio, naqueles desmandos. E, embora não houvesse matado nem ferido ninguém, enriquecera aproveitando-se da desgraça alheia.

Evitou narrar as cenas de luta e violência que presenciara, preferindo demorar-se na descrição das belezas do Corno de Ouro e dos edifícios bizantinos. Tinha, porém, feito muitas outras viagens. Saindo de Constantinopla, fora diretamente para a laguna veneziana, valendo-se da oportunidade para visitar seu amigo Maynulfo e os confrades do mosteiro.

— Foi então que nos conhecemos, lembra-se, Rainerio?

— Como poderia esquecer? — replicou o abade. — Era março de 1210, e eu acabava de ser transferido de Bolonha. Você veio a negócios, se não me falha a memória. Encontrou o capelão do imperador Ottone IV, de passagem por estas terras, e vendeu-lhe algumas relíquias.

Ignazio assentiu. E relatou que depois deixara a Itália pela Borgonha, de onde partira para Toledo, onde havia passado a juventude. Em seguida, embarcara em Gibraltar e, viajando ao longo das costas da África, dirigira-se a Alexandria, no Egito.

Não mencionou os motivos de suas jornadas constantes, durante as quais parecia nunca ter encontrado sossego.

Rainerio ouvia com atenção, sem perder uma palavra sequer.

— Seus relatos são incríveis, você deveria registrá-los por escrito — disse a certa altura. — Mas agora satisfaça minha curiosidade: seu ofício é descobrir e recuperar relíquias sagradas. Nessas circunstâncias, que prodígios você presenciou?

— No decorrer de minhas viagens, de fato, encontrei inúmeras relíquias — confirmou o mercador. — Mas não há nisso nada de sensacional, pode acreditar.

— Fala sério?

Ignazio inclinou-se para a frente e apoiou os cotovelos na mesa.

— As relíquias são objetos comuns, sem qualidades miraculosas. Ossos, dentes, farrapos de hábitos... Coisas assim podem ser encontradas em qualquer cemitério.

— Cuidado com o que diz! — objetou o interlocutor, esmurrando a mesa. — As relíquias testemunham o sacrifício e a devoção dos santos. Os fiéis rezam diante delas.

O mercador leu o desdém na face do abade, mas igualmente outros sentimentos mais profundos e ameaçadores.

— Talvez tenha razão — contemporizou. — Mas, indo de cá para lá, descobri que às vezes os religiosos abusam do culto das relíquias, tornando-o muito parecido com a idolatria e a superstição.

— Absurdo. Não pode provar isso.

— Ao contrário, vi tais coisas de perto. Em certos mosteiros, quando as relíquias não "atendem" às preces dos devotos, são jogadas no lixo ou no fogo. Assisti a esse ritual mais de uma vez, com meus próprios olhos, e asseguro-lhe que lembra mais a feitiçaria que a liturgia cristã.

— Nunca ouvi nada semelhante!

— Compreendo o seu desdém, mas isso acontece mesmo, posso lhe garantir.

Rainerio cerrou os olhos e persignou-se:

— A culpa é desta idade de trevas. Época de barbárie.

— A culpa é do homem — contestou Ignazio. — É ele quem espalha a luz ou a sombra. Em qualquer lugar, em qualquer época.

Houve um momento de silêncio.

O abade tocou a ponta do queixo com o indicador. Parecia impaciente por dizer alguma coisa. E, não mais se contendo, desabafou:

— Pois bem, Ignazio, não quer falar de seu segredo?

O mercador, que esperava essa pergunta, arqueou as sobrancelhas e estudou a expressão tensa do interlocutor.

— Pois falemos sobre isso — concordou. — Mas, primeiro, diga-me o que Maynulfo de Silvacandida lhe contou. Não quero aborrecê-lo repetindo coisas que já sabe.

— Para ser franco, sei muito pouco. — Rainerio se afundou na cadeira, com um brilho ambíguo nos olhos. — Maynulfo me confidenciou que você tinha escondido neste mosteiro um objeto muito precioso... Algo que, cedo ou tarde, viria buscar.

— Muita gente aqui sabe disso. Você deve ser um pouco mais preciso para que possamos ir direto ao assunto.

— Maynulfo prometeu me revelar tudo a respeito — justificou-se o abade. — Mas seu desaparecimento repentino o impediu.

— Bem, no fim das contas, você não precisa saber de nada — disse o mercador, secretamente aliviado. Maynulfo fora fiel ao juramento, não revelando o segredo sequer ao seu sucessor.

— Mas sou o abade! — objetou Rainerio, já sem esconder o nervosismo que o dominava. — Sou o responsável por este mosteiro. Tenho de saber o que está escondido aqui dentro.

— Posso lhe assegurar que não é nada de importante, reverendo padre — retrucou Ignazio, ante o tom encolerizado e peremptório das palavras do abade. Então fez menção de levantar-se, dando a entender que a conversa havia terminado. — Tenha paciência. Em breve, partirei para resolver alguns negócios. Na volta, dentro de poucos meses, no máximo, prometo revelar-lhe o mistério.

A única resposta do abade foi um gemido de decepção. Fraco consolo, aquela promessa...

5

A abadia de Pomposa estava perto. Willalme aguçou a vista, tentando descortinar alguma coisa para além da trama verdejante que coroava a elevação. Conseguiu distinguir a torre do complexo, admiravelmente esguia, e, erguendo os olhos, deliciou-se com a beleza dos cirros muito brancos, espalhados como flocos pelo céu.

A paz daqueles lugares o encantava, mas lembrou-se de continuar alerta: estava cumprindo uma missão para Ignazio. O mercador não quisera recorrer a um correio de Rainerio, temendo que o abade pudesse ler sua carta antes de despachá-la ao destinatário. Preferira enviá-la em segredo da vizinha Pomposa, onde ninguém o conhecia.

Enquanto o francês remoía esses pensamentos, o barqueiro, entre uma remada e outra, não tirava os olhos do cabo de uma espada recurva que se projetava de seu manto. Parecia a arma de um sarraceno. Tentou disfarçar, mas sua expressão de curiosidade não passou despercebida. Willalme se virou de repente, lançando-lhe um olhar gélido, e cobriu a espada com um gesto brusco. O barqueiro apressou-se a olhar para o outro lado. Ninguém — nem um cão raivoso — jamais o fitara daquela maneira.

Quase ao meio-dia, o francês se deu conta de que já estava quase chegando a seu destino. Mal a canoa encostou-se à margem, ele saltou em terra e dispensou o barqueiro.

A caminho da abadia, lembrou-se de ter ouvido Ignazio falar daquele local: era um dos templos beneditinos mais famosos da península, conhecido como *monasterium in Italia primum*. Isso, no entanto, pouco lhe importava.

Aproximou-se de um monge, a quem saudou gentilmente.

— Perdoe-me, padre, tenho pressa em fazer chegar uma carta a Veneza. E gostaria de pernoitar aqui até receber a resposta. É um caso urgente — esclareceu, empregando as palavras recomendadas por Ignazio. — A quem devo me dirigir?

— Pergunte ao padre guardião, filhinho — respondeu o beneditino. — Mas, se você se apressar, poderá entregar a carta àqueles marinheiros lá adiante. Consegue vê-los? Vão a Pavia, mas primeiro farão escala em Veneza.

Depois de agradecer, Willalme correu na direção dos homens apontados pelo monge. Estavam carregando sacos de sal num barco atracado à margem de um canal.

6

Ignazio acabou de falar e observou Rainerio de soslaio, à espera de um aceno de despedida. Subitamente, a porta da sala se abriu e por ela entrou um monge baixo e robusto, de rosto vermelho coroado por um anel de cabelos negros. Devia ter mais de 60 anos, mas seus traços lembravam os de um cupido.

O recém-chegado saudou o mercador com uma inclinação de cabeça e em seguida se virou para o abade, impaciente.

— *Pater*, estão à sua espera no refeitório. O almoço logo será servido — disse, num latim matizado por um sotaque toscano.

— Não pensei que fosse tão tarde — murmurou Rainerio, apontando para o mercador. — Este é Ignazio de Toledo, um amigo vindo de muito longe. Deve tê-lo visto ontem à noite no refeitório, sentado ao meu lado.

— Ouvi falar do senhor, mestre Ignazio. O abade Maynulfo o tinha em alta conta — disse o monge, inquieto com o mau humor que percebia nos olhos de Rainerio. Parecia realmente contrariado, e não agradava ao monge vê-lo naquele estado. — Eu sou Gualimberto de Prataglia, escrevente e bibliotecário. Peço desculpas pela minha intromissão. Interrompi alguma coisa de importante?

— Na verdade, nada, já havíamos terminado — disse o mercador, balançando a cabeça.

Com um suspiro de contrariedade, Rainerio apoiou as mãos nos braços da cadeira e levantou-se. E, antes de sair, voltou-se para o monge:

— Acompanha-nos no almoço, padre Gualimberto?

— Infelizmente, não... Continuo com aquele ardor insuportável no estômago. Peço permissão para ficar no *scriptorium* até a nona hora, se possível.

— Pois fique. E você, Ignazio, almoçará comigo?

Antes de responder, o mercador trocou um olhar significativo com Gualimberto.

— Também eu estou sem fome, reverendo abade. Aproveitarei a oportunidade para pedir ao padre Gualimberto que me mostre a biblioteca, se for de seu agrado.

— Será uma honra — apressou-se a dizer o monge. — Caso o abade o consinta, naturalmente.

— *Placet* — resmungou Rainerio em tom irritado, antes de abandonar a sala.

Uma vez a sós, Ignazio e Gualimberto subiram ao andar superior do *Castrum abbatis*, onde se situava a biblioteca. Antes de entrar, conversaram um pouco junto a uma janela, para gozar o frescor que vinha de fora.

Gualimberto continuava a se lamentar de suas dores de estômago, que aparentemente o atormentavam havia meses. Ignazio ouvia-o com a maior paciência. Apreciava a companhia do monge e era-lhe grato por ter-lhe oferecido uma desculpa para afastar-se de Rainerio. E havia naquele homem algo que o deixava curioso. Mas a certa altura, espiando pela janela, uma cena lhe chamou uma vez mais a atenção: Hulco e Ginesio confabulavam de novo perto da casa de hóspedes, parecendo ambos muito agitados.

Tramavam alguma coisa, sem dúvida.

Ignazio não tardou a tirar conclusões. Pensando rápido, voltou-se para Gualimberto:

— Reverendo padre, eu tenho um remédio para a sua úlcera de estômago.

— Verdade?

— Basta preparar uma decocção com certas raízes.

— E você sabe quais são?

— São raras, mas ainda possuo algumas. Estão no meu quarto. Se puder esperar um pouquinho, ficarei contente em dá-las ao senhor.

— É muita gentileza sua — agradeceu Gualimberto.

— Mas peço-lhe um favor — prosseguiu Ignazio, continuando a olhar pela janela. — Poderia indicar-me uma saída secundária? — E, para justificar o pedido, mostrou os mendigos apinhados à porta: — Está vendo aqueles pobres-diabos? Eles me importunam, e eu não quero passar por outra situação desagradável encontrando-os novamente.

O bibliotecário concordou e pegou-o pelo braço.

— Venha, vou mostrar-lhe — disse. — O *Castrum abbatis* tem também uma porta dos fundos.

7

Hulco ficara a manhã inteira diante da casa de hóspedes, lançando olhares furtivos ao edifício. De vez em quando, Ginesio aparecia na janela e gesticulava para ele freneticamente.

Fazia cerca de uma hora que o mercador de Toledo havia saído de seus aposentos. Hulco acompanhara-o com o olhar, fingindo remexer o feno da cocheira com um forcado. E vira-o dirigir-se para o *Castrum abbatis*.

Era hora de entrar em ação.

Sacudiu a sujeira dos pés e dos joelhos e correu para a casa de hóspedes. Ginesio abriu a porta, fazendo-o entrar rapidamente.

— Que faz aqui? — perguntou, fechando a porta. — Não pode entrar assim! O loiro ainda está no quarto. Não o vi descer.

— Mas eu vi, bem cedo. Já se foi — disse Hulco. — Aconteceu por acaso, quando trazia o peixe para a despensa. Escondeu-se atrás de um arbusto e depois se afastou rapidamente em direção ao canal. Acompanhei-o com o rabo do olho.

Ginesio hesitava.

— Não convém entrar, é quase a hora do almoço. O espanhol chegará a qualquer momento. Volte mais tarde.

— O abade o convidará de novo à sua mesa como ontem à noite, tenha certeza disso.

— Talvez sim, e dessa vez não falhe! Olhe debaixo do catre, as pranchas podem ser removidas. Deve ter escondido o baú sob o assoalho.

— E por que não vai você? O trabalho sujo sempre sobra para mim!

— Não posso me comprometer, sou o responsável aqui dentro. — Ginesio fez uma pausa. — *Ele* disse que você é quem deve ir.

A essas palavras, Hulco teve um leve sobressalto.

— Então farei o que *ele* mandou.

Naquele momento, os dois viram Rainerio sair do *Castrum abbatis*. Caminhava direto para o refeitório, mas sozinho. Ia encurvado e carrancudo.

— E o espanhol, onde será que está? — estranhou Ginesio.

— Ali, veja. Na janela...

Ginesio olhou para onde o companheiro indicava. Junto a uma das janelas do segundo andar do *Castrum*, viu duas pessoas conversando: o padre bibliotecário e o mercador de Toledo.

— O espanhol e o padre Gualimberto! — exclamou surpreso.

— Ficarão tagarelando por muito tempo ou, pelo menos, por tempo suficiente — disse Hulco, ávido por seguir as ordens. — Estou indo. Cuide para que ninguém entre.

Ginesio ia replicar, mas o outro já havia se precipitado para a escada.

Hulco chegou à porta do alojamento do mercador. Não era necessário agir em silêncio, pois não havia ninguém ali. Entrou e olhou para o catre. Dessa vez, o baú estava lá, bem à mostra. Não deveria ter se cansado tanto procurando-o.

Aproximou-se de mãos estendidas e já ia se debruçar sobre o baú quando alguma coisa cortante se encostou em sua garganta. Uma faca!

Não teve tempo de reagir: uma mão segurou-o pelo pulso direito e imobilizou-o. As vértebras de sua espinha estalaram.

Hulco se sentiu arrastado. E o homem que o arrastava era alto, movia-se ligeiramente. Quase não se ouviam seus passos.

Isto é o fim, pensou. *Serei assassinado.*

A lâmina começou a pressionar sua garganta. O metal penetrou na carne, traçando uma linha vermelha na pele suja. Mas então se deteve, e uma voz falou às suas costas:

— Se eu o pegar novamente farejando por aqui, cortarei o seu pescoço.

Hulco achou que fosse o mercador. Mas como ele teria chegado tão rápido? Como teria conseguido entrar sem que Ginesio o detivesse? Aquele homem devia ser um necromante para se mover assim, como um gato!

O servo não teve tempo de pensar em outra coisa ou de reagir. Foi empurrado para a porta e só então a lâmina se afastou de sua garganta. Estava tingida de sangue. Ignazio limpou-a no gibão, sem pressa; em seguida, agarrando-o pelos ombros, atirou-o longe com um pontapé no traseiro.

Hulco foi dar com o nariz e os joelhos no piso do corredor. Apoiou-se nas mãos e virou-se o mais rápido possível para enfrentar o inimigo, mas a faca já estava apontada para seu queixo. O mercador, inclinado sobre ele, manejava a lâmina com indiferença, quase como se brincasse com uma pena de prata.

— Acha mesmo que um idiota como você pode me enganar? — Ignazio falava com um sorriso irônico, mas o tom de sua voz era ameaçador. — Vá embora logo, antes que eu mude de ideia.

O servo se levantou, mas o mercador agarrou-o firmemente pela gola.

— E lembre-se bem disto! — gritou, fazendo a lâmina cintilar diante de seus olhos. Em seguida, soltou-o.

Hulco estremeceu, passou a mão pela garganta ensanguentada e afastou-se de cabeça baixa.

Ignazio acompanhou-o com o olhar. Guardou a faca num bolso interno do gibão, abriu o baú e tirou de um saco de couro as raízes para Gualimberto. Saiu do quarto, desceu a escada calmamente e, antes de atravessar a porta da casa de hóspedes, passou diante dos dois comparsas postados atrás do balcão, a comentar o acontecido.

Ginesio fitou-o como se ele fosse um fantasma e, virando-se para Hulco, que ainda tremia, gaguejou:

— Juro-lhe que não o vi entrar! Não sei como fez isso!

Ignazio, sorrindo satisfeito, voltou ao *Castrum abbatis*.

Sem dúvida, ninguém mais agora poria de novo os pés em seu quarto.

8

Quando o abade entrou no refeitório, os monges retardatários apressaram-se a segui-lo. Uberto estava entre eles. Atravessava o pátio com o velho padre Tommaso de Galeata, a quem sustinha por um braço.

O ancião andava com dificuldade, hesitando a cada passo das pernas magras e frágeis.

— Esta será minha última primavera, filhinho. O Senhor me chama para junto de si. — Repetia essa frase havia dez anos.

O rapaz sorriu meio distraído. Um segundo antes, vira alguém se esgueirar por trás do *Castrum abbatis*, correr para a casa de hóspedes e subir a escada externa que flanqueava o edifício. Ginesio, postado diante da entrada principal, não o notara. O homem havia desaparecido. Devia ter entrado por uma janela do segundo andar.

— Era Ignazio, o mercador de Toledo — disse Uberto, pensando em voz alta.

— Viu o peregrino Ignazio? — perguntou o velho, rematando a frase com um acesso de tosse.

— Acho que sim.

O monge limpou a garganta.

— Tipo realmente misterioso, esse Ignazio. Conheci-o pessoalmente quando esteve aqui a primeira vez. Na ocasião, parecia desesperado.

Uberto, curioso, virou-se com doçura para Tommaso e indagou:

— Diga-me, avozinho, o que sabe sobre ele?

"Avozinho" era como o rapaz costumava chamar o ancião, de quem tomava conta desde a infância.

O velho monge diminuiu o passo e inspirou o ar tépido do meio-dia.

— Estava fugindo da Alemanha. Foi o que me contou Maynulfo de Silvacandida, pedindo-me que não falasse sobre o assunto a ninguém. Você é o primeiro a quem revelo essas coisas, aliás, muito delicadas e que só em parte me foram transmitidas.

Uberto agradeceu a confiança nele depositada pelo monge.

Tommaso relatou então os anos da vida de Ignazio dos quais pouca gente tinha conhecimento.

— Tudo começou em 1202, quando o mercador de Toledo conheceu um tal de Vivïen de Narbonne, um monge errante de fama duvidosa. Os dois ousaram fazer negócios com um alto prelado de Colônia, talvez o próprio arcebispo. Mostraram-lhe algumas relíquias preciosas, recuperadas sabe-se lá de onde, nas andanças deles pelo mundo.

Uberto quis saber de que relíquias o monge falava, mas o velho não soube dizer.

Apertando com mais força o braço do jovem acompanhante, Tommaso continuou o relato.

— Por razões que ignoro, o negócio deu em nada. Parece que o comprador era membro de um tribunal secreto com sede na Alemanha e seguidores espalhados por todo o mundo.

— Um tribunal secreto? A que se refere?

— Não faço ideia e acho melhor não saber de nada. — O velho tossiu novamente e voltou a falar com voz rouca. — Ignazio não teve escolha senão fugir, mas foi perseguido. Atravessou a França, cruzou os Alpes, passou por Veneza e veio encontrar refúgio justamente em nosso mosteiro. Foi acolhido pelo abade Maynulfo e ficou escondido aqui por algum tempo, antes de partir de novo para o Oriente.

— E Vivïen de Narbonne, que fim levou?

— Os dois companheiros se separaram durante a fuga. Maynulfo não me revelou o que aconteceu com Vivïen, talvez porque nem mesmo ele soubesse, como também Ignazio não deve saber.

Uberto ia abrir a boca para fazer a próxima pergunta quando Tommaso se adiantou:

— É tarde. Vamos, filhinho astuto, entremos no refeitório ou nos deixarão sem almoço.

9

Gualimberto de Prataglia esperava na porta da biblioteca. Andava de lá para cá, com ar pensativo e as mãos juntas sobre o ventre, quando Ignazio voltou.

— Eis-me aqui, padre — disse o mercador, mostrando-lhe o saco de couro que continha as raízes.

— São mesmo eficazes como diz? — perguntou Gualimberto.

— Ervas e raízes têm propriedades curativas, como deve saber, imagino. — Ignazio franziu o cenho. — Mas agora me diga, se eu não estiver sendo muito indiscreto, por qual motivo o senhor não vê com bons olhos o abade Rainerio?

A pergunta foi tão inesperada que o monge ficou perplexo.

— Mas não... Como pode...

— Por favor, não minta. — E o mercador assumiu um ar confidencial. — Notei o desprezo com que você lhe falou.

Ignazio contava com uma resposta sincera: sabia que havia criado uma cumplicidade secreta com aquele homem.

— Não me leve a mal, peço-lhe — murmurou Gualimberto. — Apenas, como muitos confrades, não consigo me acostumar com seus modos orgulhosos. — Mordeu os lábios, mas não conseguiu se calar. — Além disso, Rainerio não era digno de assumir o posto de Maynulfo. Usurpou-o com astúcia.

Ignazio se limitou a esboçar um gesto de compreensão, para não transformar a conversa num interrogatório. Sem dúvida, as revelações apareceriam logo, sem que ele as forçasse, num colóquio pacífico.

O monge, arrependido talvez de ter falado demais, baixou o olhar.

— Venha — disse finalmente, como se o convidasse a ir à sua própria casa. — Agora permita que lhe mostre a biblioteca.

A biblioteca do *Castrum abbatis* estava em péssimas condições. A umidade invadia tudo, embora as janelas garantissem alguma ventilação. Desgastados pelo tempo e pelo manuseio, os livros exalavam um forte cheiro de mofo, tornando o ar irrespirável.

Vasculhando os *armaria*, Ignazio encontrou as obras de Santo Agostinho e Isidoro de Sevilha, de Gregório Magno e Ambrósio. A maioria dos livros versava sobre as Santas Escrituras, mas havia também autores pagãos como Sêneca e Aristóteles.

O mercador folheava, lia de passagem algumas páginas e citava textos que não existiam naquele local, obras raras de conteúdo bizarro das quais Gualimberto nem tinha notícia.

O bibliotecário ouvia-o com atenção, perguntando-se quem seria na realidade a pessoa à sua frente. Seu sotaque era indefinível: basicamente espanhol, mas com vagas inflexões árabes.

— Você é muito culto — o monge admitiu por fim. — Onde estudou?

— No *Studium* de Toledo — respondeu o mercador, soprando os dedos empoeirados. — Beneficiei-me dos ensinamentos de Gherardo de Cremona.

— O famoso Gherardo, que foi à Espanha estudar os textos ocultos dos mouros! Um grande *magister* — admirou-se o monge, quase eufórico. — Então você deve ter sido, no mínimo, iniciado nos mistérios da alquimia e das ciências herméticas.

Um sorriso dissimulado aflorou nos lábios de Ignazio.

— Falemos de outra coisa, padre, por favor. É melhor evitar certos assuntos.

Gualimberto pareceu desapontado.

— Tem razão. Mas quero pô-lo de sobreaviso. Homens eruditos como você são quase sempre mal compreendidos e tornam-se presa fácil em lugares como este. Não confie em ninguém no mosteiro. Sobretudo, não confie em Rainerio de Fidenza.

— É a segunda vez que você o menciona — observou Ignazio com um olhar indagador. — Tem provas de sua má-fé ou apenas suspeitas? Fale sem receio.

— Suspeitas? As mesmas que você alimenta, imagino. — Os lábios carnudos de Gualimberto se abriram num sorriso maligno. — Sem dúvida, não acreditou muito na história da morte de Maynulfo de Silvacandida...

— O que o senhor quer dizer?

— Que é pura farsa. Maynulfo não morreu por causa do frio do inverno. Rainerio mentiu a você, como mentiu a todos.

— Acusação grave. Mas então o que aconteceu ao velho?

— Ninguém viu seu cadáver, exceto Rainerio. — Os olhos do monge se arregalaram de súbito, lançando chispas. — Murmura-se que Maynulfo morreu enquanto orava na solidão... e que os confrades não puderam ver o corpo porque ele apresentava ferimentos de arma cortante.

Impressionado ante essas palavras, Ignazio agarrou Gualimberto por um braço e o puxou para si com um gesto enérgico. O monge se assustou e opôs resistência, mas a pressão que o outro exercia era forte demais para que ele pudesse se libertar. Ouviu então a voz do mercador sussurrar-lhe ao ouvido e compreendeu que não estava às voltas com uma ameaça, mas, sim, com uma atitude confidencial.

— Sabe-se quem foi o responsável? — perguntou Ignazio.

— Não — respondeu sofregamente o bibliotecário. A pressão em seu braço aumentou, incitando-o a prosseguir. — Mas... antes da morte de Maynulfo, Rainerio acolhera na casa de hóspedes uma estranha figura, um frade de rosto desfigurado. Poucos o viram. Desapareceu após o assassinato do velho abade, sem deixar traços.

— Nome? — quis saber o mercador, soltando-lhe o braço.

Gualimberto recuou um passo e baixou os olhos.

— Mexi nas cartas de Rainerio... Sei que isso é errado, mas a curiosidade venceu a moderação. — Suspirou. — Descobri que o abade se corresponde o tempo todo com o tal homem. É um frade dominicano chamado Scipio Lazarus. Parece muito influente em Roma e até em Toulouse, no Languedoque.

— Scipio Lazarus — repetiu em voz baixa o mercador. Ouvia aquele nome pela primeira vez.

— Segundo as cartas que li, Rainerio foi nomeado abade por intercessão desse homem. É seu devedor.

Ignazio cofiou a barba, pensativo.

— Uma coisa é certa, a morte de Maynulfo de Silvacandida e a nomeação de Rainerio têm tudo a ver com Scipio Lazarus. O novo abade deve ser um joguete em suas mãos.

— Isso é evidente. Mas li outra coisa naquelas cartas. E ela lhe diz respeito.

— O que é?

— Scipio Lazarus está morbidamente interessado em você e pediu a Rainerio para lhe dar todas as informações que possa obter a seu respeito.

Ao ouvir isso, Ignazio se sentiu apanhado numa teia de aranha cujos contornos ele não conseguia perceber. Compreendeu que o mosteiro de Santa Maria del Mare não era mais um refúgio seguro para ele nem um esconderijo adequado para seu segredo.

Devia partir o mais depressa possível.

10

Nos dias seguintes, Ignazio permaneceu tranquilo em seu alojamento. Às vezes, era visto dirigindo-se à biblioteca para trocar algumas palavras com Gualimberto, mas raramente procurou a companhia do abade. Esperava a volta de Willalme.

Passeando pelo pátio, ocorreu-lhe encontrar uma vez ou outra o jovem Uberto. Das saudações iniciais, logo passaram às conversas e finalmente estreitaram uma amizade que lembrava a relação entre discípulo e mestre.

O rapaz crescera no mosteiro, mas se sentia muito diferente dos confrades. E, embora lhe fosse proibido sair do claustro, não era monge nem servo. Muitas vezes o instaram a tomar os votos, mas ele sempre se recusava. Era racional demais para ceder ao fascínio da vocação. Além disso, embora mostrasse afeto por toda a família monástica, não encontrava nela nenhuma figura de referência. Os monges viviam num mundo só deles, feito de silêncio e isolamento, onde não se dava muita importância à vida secular nem, o mais das vezes, aos sentimentos comuns.

Já o mercador de Toledo era diferente. Tinha caráter difícil e ardiloso, mas com ele Uberto se sentia à vontade.

Ignazio, em certos aspectos, parecia-se com o jovem monge. Era um homem racional e curioso, sempre na fronteira entre os mundos leigo e clerical. Acima de tudo, viajara bastante, e isso exercia forte atrativo no rapaz.

De conversa em conversa, foi crescendo entre ambos certa cumplicidade. Um dia, o mercador ensinou-o a jogar xadrez, se bem que de um modo um tanto estranho: para ele, o xadrez era uma alegoria da vida, e, enquanto descrevia os movimentos das peças, aproveitava para compará-los aos atos humanos, enfatizando o que poderia acontecer a uma pessoa caso não soubesse interpretar bem os acontecimentos.

Uberto passou a ser seu grande admirador. Desde então, compreendeu que Ignazio não era um homem comum. O mercador olhava a vida por um ângulo muito pessoal, sempre protegido por trás de um sorriso fugidio e de uns olhos que perscrutavam sem se deixar perscrutar. E, como ele não tardou a descobrir, seus atos escondiam sempre segundas intenções.

Após uma semana de espera, uma embarcação atracou nas vizinhanças do mosteiro de Santa Maria del Mare.

Willalme havia voltado.

11

Era meio-dia quando Uberto foi chamado ao escritório do abade. Ao receber o recado, precipitou-se para o andar inferior do *Castrum abbatis* perguntando-se qual poderia ser o motivo da convocação. Encontrou o abade em companhia de Ignazio, os dois sentados à mesa, um defronte do outro. Eles o convidaram a sentar-se. A expressão do mercador era inescrutável, mas Rainerio parecia calmo.

O rapaz observou-os com atenção e sentou-se.

O abade limpou a garganta e começou:

— Filho, você deve estar se perguntando por que o convoquei. Vai saber já. Mestre Ignazio recebeu um chamado urgente e partirá logo. Negócios exigem sua presença em Veneza e depois sabe-se lá onde... — Fez uma pausa, talvez para encontrar as palavras certas.

Uberto, impaciente, empertigou-se na cadeira lançando olhares perplexos.

Rainerio prosseguiu:

— Ignazio me perguntou se conheço alguém disposto a acompanhá-lo como ajudante, ou melhor, como secretário. Conforme me explicava há pouco, seu companheiro, Willalme de Béziers, é um amigo fiel, mas analfabeto. — Esperou um sinal de aquiescência do mercador e concluiu finalmente: — Pois bem, ele prefere você. Acha-o inteligente e culto o bastante. A decisão é sua.

— Decida livremente, Uberto — disse Ignazio. — Não é obrigado a aceitar.

O rapaz ficou tão surpreso que precisou fazer um esforço para não hesitar. As palavras que ouvira repercutiam em sua cabeça, provocando-lhe arroubos de entusiasmo. Como poderia recusar uma oferta assim? Tinha finalmente a oportunidade de afastar-se do mosteiro e explorar o mundo. Seu maior sonho!

— Aceito. E de bom grado — respondeu com voz trêmula, quase sem pensar.

— Então está decidido — decretou o abade. — Ignazio de Toledo cuidará de você.

O mercador se levantou e pousou a mão no ombro do jovem.

— Tem certeza de que tomou a decisão correta? É uma resolução importante, que não se pode tomar levianamente.

— Tenho — confirmou o rapaz, eufórico.

— Ótimo. — Ignazio parecia satisfeito. — Partiremos amanhã, depois das *laudes*. Vá preparar seu alforje, mas não leve muita coisa. Viajaremos com rapidez — recomendou. — Ficarei mais alguns minutos com o abade, pois preciso assinar os papéis de sua tutela.

O rapaz concordou e saiu, ainda incapaz de acreditar no que havia acabado de acontecer.

12

A noite se diluiu numa manhã cinzenta e escura. Um vento fraco agitava os caniços.

A barca não era a mesma que levara Willalme a Pomposa. Era mais comprida e mais larga. Tinha na popa uma tenda capaz de abrigar seis pessoas. O casco recurvo, sem quilha, era formado por pranchas fixadas com tiras de couro, resina e breu.

Ignazio subiu a bordo, seguido de Uberto e Willalme. O timoneiro, empunhando uma tocha, aproximou-se e perguntou qual era o destino.

— Veneza — limitou-se a responder o mercador, sentando-se no banco dos passageiros.

O homem transmitiu a ordem aos quatro remadores e dirigiu-se para a popa, a fim de assumir o leme. O barco começou a vogar, com os remos produzindo na água uma sequência de ruídos a princípio confusa, depois mais ritmada.

Na margem, alguns monges, envoltos em suas batinas pretas, saudavam com leves acenos de cabeça. Uberto ficou olhando para eles até se dissiparem na distância como miragens. Não os reveria tão cedo.

Ignazio virou-se, com ar soturno, para o mosteiro de Santa Maria del Mare. Logo que possível, voltaria.

Não sabia ainda como, mas a morte de Maynulfo seria vingada.

13

No *Castrum abbatis*, Rainerio de Fidenza despediu Hulco e Ginesio após um breve colóquio. Haviam se saído muito mal numa missão muito simples e ele próprio quase fora desmascarado: se Ignazio, com o punhal na garganta de Hulco, houvesse perguntado o nome do mandante, Hulco o revelaria... Por sorte, o mercador não fizera isso. Devia ter concluído que os dois bisbilhoteiros haviam decidido entrar por conta própria em seu alojamento. Essa era uma das vantagens de ser abade, de quem raramente alguém suspeitava.

Imerso nesses pensamentos, Rainerio se afundou no assento, com os cotovelos apoiados nos braços da cadeira e os dedos entrelaçados sob o queixo. Refletia sobre as últimas palavras dos servos: "Partiu sem levar o baú. Sabemos onde o escondeu!".

Permaneceu imóvel na penumbra, relembrando do encargo que Scipio Lazarus lhe confiara anos antes, na tranquilidade de um claustro bolonhês. Em seguida, se levantou e foi para a biblioteca, pronto para levar a cabo sua cruzada.

Era tarde e, pelas estreitas janelas, entrevia-se o céu estrelado. O abade deslizou junto às paredes nuas até chegar ao ângulo mais recuado da biblioteca. Perscrutou as sombras, de onde vinham chiados de ratos, e avançou cautelosamente à luz de uma lanterna. De repente, ao iluminar um trecho do pavimento, viu alguma coisa... Lá estava!

O relato de Ginesio e Hulco era verídico: Ignazio confiara seu baú a Gualimberto para que este o escondesse na biblioteca até ele voltar.

O abade pousou a lanterna no chão e brandiu o pesado martelo que levara consigo. Bastaram alguns golpes e o cadeado cedeu. Largou a ferramenta, abriu a tampa e aproximou a lanterna. Finalmente ia descobrir os segredos de Ignazio, os mistérios que ele outrora — não havia dúvida — revelara a Maynulfo de Silvacandida.

O baú não continha nem dinheiro nem joias, apenas um punhado de livros. O abade retirou-os para examiná-los metodicamente, um por um, passando um olhar inquisitivo pelos títulos. Com espanto e desdém, reconheceu *De scientia astrorum*, de Alfrango, *De quindecim stellis*, de Messahalla, *Liber de spatula*, de Hermes Trismegisto, e *Centiloquium*, de Abu Masar. Havia muitos outros textos compilados em árabe e que ele não conhecia. Viu naquelas páginas hieróglifos de significado oculto e imagens pintadas com cores berrantes, quase violentas.

Então era verdade tudo o que se dizia de Ignazio! Ele era mesmo um necromante! E se Rainerio ainda podia nutrir alguma dúvida, o conteúdo de um embrulho colocado no fundo do baú logo a dissipou. O abade abriu o embrulho e, depois de persignar-se várias vezes, tirou de lá uma estatueta de ouro. Nunca tinha visto coisa igual. Tratava-se de um ídolo: um homem barbudo com quatro braços. Ostentava uma coroa decorada com cabeças de animais, o falo ereto como o de um sátiro e seis asas emplumadas, inteiramente cobertas de olhos.

Uma inscrição ao pé do ídolo rezava: "Hor dos múltiplos olhos, semelhante aos anjos querubins".

Mas as pupilas de Rainerio viam algo mais que querubins. Em sua mente retumbavam as advertências dos padres da Igreja, condenando os ídolos pagãos identificados com demônios. Aquelas divindades eram emissárias de Satã e sua impureza as tornava frias e pesadas, portanto, sujeitas à atração lunar. Ocultavam-se nas trevas, incapazes de voar para junto dos coros celestiais, e passavam a vida deslizando entre as nuvens e as ondas do mar como névoa tangida pelo vento, sempre prejudicando os homens.

Tais pensamentos deixavam Rainerio apavorado, porém mais forte ainda era o ódio que nutria contra Ignazio. Um ódio repassado de temor, como o de alguém diante do desconhecido.

Mesmo assim, não parou; continuou a vasculhar o baú. Retirou um maço de cartas atadas por uma tira de couro, a correspondência do mercador, e examinou seu conteúdo. Eram na maior parte cartas provenientes de Veneza, Nápoles e várias cidades da Espanha. Uma delas era de data recente, a segunda-feira anterior, três dias antes da partida de Ignazio, Willalme e Uberto. Seu conteúdo estava em poucas linhas:

In nomine Domini, anno 1218, mensis maii 14

> Mestre Ignazio, recebi a carta que me enviou há alguns dias da abadia de Pomposa. Agradeço a presteza com que respondeu ao meu apelo. O encontro está marcado para o próximo domingo na basílica de São Marcos, após a missa da manhã.
>
> Prepare-se para uma longa viagem. Durante o encontro, revelarei os detalhes.
>
> *Conde Enrico Scalò*

Parte II

A FILOSOFIA OCULTA

Isto é verdadeiro, sem falsidade, seguro, o mais verdadeiro que possa haver: o que está em cima é igual ao que está embaixo e o que está embaixo é igual ao que está em cima, para cumprir os milagres da Coisa Una.

Hermes Trismegisto, *Tabula smeraldina*

14

A basílica de São Marcos destacava-se majestosa na praça, entre o palácio do doge e as barracas do mercado. Era um edifício imponente, em forma de cruz e com cinco cúpulas. Uberto admirou os mármores, as colunas e os capitéis dispostos com elegância e equilíbrio, que conferiam ao conjunto um ritmo ascensional e ao mesmo tempo estático. Pena que o lado ocidental da basílica estivesse em fase de restauração, inteiramente coberto de andaimes.

Baixando o olhar, o jovem notou no piso inferior, sobre um embasamento de mármore, as janelas da cripta. Esta devia ser bem maior que a de seu pequeno mosteiro perdido entre as lagunas. Ignazio pousou-lhe a mão no ombro e levou-o para a frente do edifício, atravessando a multidão barulhenta. Sobre o portal, quatro cavalos de bronze reluziam ao sol da manhã já adiantada.

— Espantosas, não? Fazem parte do butim da Quarta Cruzada — explicou o mercador, mostrando as estátuas.

Diante de tanta magnificência, Uberto se sentiu um pouco deslocado. Lá estava ao pé de um edifício majestoso, no coração de uma cidade marítima que desafiara e vencera a soberba Constantinopla. E ele, um convertido que quase nada conhecia do mundo, só podia sentir perplexidade e entusiasmo.

Antes de entrar na basílica, o mercador se dirigiu a Willalme:

— Espere aqui e fique alerta — disse-lhe à meia-voz. — Eu vou com o rapaz.

O francês anuiu e, sem replicar, afastou-se dos companheiros e foi sentar-se na escadaria diante da fachada, confundindo-se com a massa de passantes e mendigos.

Depois de atravessar o vestíbulo iluminado, Ignazio e Uberto mergulharam na sombra da basílica. Caminharam sobre o piso ladrilhado até chegar à extremidade da nave principal. Dali distinguia-se com clareza que os quatro braços do edifício formavam uma cruz. E cada braço, por sua vez, se subdividia em três naves menores com colunatas paralelas.

Uberto ergueu os olhos para o teto coberto de mosaicos dourados. Mas, embaixo, sombras taciturnas vagavam por entre os pórticos à luz dos candelabros.

De repente, Ignazio estacou, chamou a atenção de Uberto com uma leve pressão no ombro e pigarreou. Aproximava-se deles um homem de fronte alta e cabelos cinzentos, vestindo uma túnica amarela bordada, calças pretas e botas de couro. Trazia aos ombros um manto de veludo vermelho. Era o conde Enrico Scalò, seu antigo conhecido, um rico patrício amigo do doge e membro do Conselho dos Quarenta.

Ignazio saudou-o com respeito.

— Meu senhor, eu estou feliz em revê-lo. — E acrescentou, pois não ignorava o narcisismo daquele homem: — Radiante como sempre! Um dia destes, vai me revelar o que faz para se manter sempre em forma.

— Mestre Ignazio, o segredo são as boas comidas e as belas mulheres — pavoneou-se o nobre. Mas logo se fez sério: — Apreciei muito que tenha atendido ao meu chamado. Tenho uma missão importante a lhe confiar.

— Sou todo ouvidos. Ah, peço licença para lhe apresentar meu novo assistente, Uberto — disse o mercador, apontando seu companheiro.

A essas palavras, o rapaz fez uma mesura complicada, como aprendera no mosteiro de Santa Maria del Mare.

Scalò cumprimentou-o com um aceno de cabeça e acrescentou:

— Endireite-se, meu jovem.

Uberto obedeceu, esboçando um sorriso tímido. Com seu manto grosseiro, sentia-se ínfimo diante daquele elegante patrício.

O nobre virou-se novamente para o mercador:

— A propósito, Ignazio, uma noite destas, eu gabava, em companhia do bispo, o valor de um presente seu. Lembra-se da *Bíblia* ilustrada que me enviou no ano passado? Aqui está ela. Trago-a sempre comigo.

O conde manuseava um livro velho. Abriu-o, e Uberto pôde admirar as figuras que ilustravam as páginas, imagens sacras; certamente, obras de um miniaturista alexandrino.

— Lembro-me perfeitamente — admitiu Ignazio, lembrando-se, sobretudo, do pouco que ganhara com aquela transação. — Não foi nada fácil obtê-la.

O nobre aquiesceu compreensivo.

— O doge apreciou muitíssimo este livro e quis que uma de suas miniaturas mais bonitas fosse reproduzida entre os mosaicos de São Marcos. Venham, vou mostrá-la a vocês.

Dizendo isso, o conde os levou para o braço ocidental da basílica. Atravessou uma passagem sob a colunata de mármore, cruzou um portal e chegou ao pátio. Aquele lugar, conforme Uberto já notara de fora, estava sendo restaurado.

— Hoje é domingo, não há operários trabalhando — explicou o nobre, abrindo caminho por entre andaimes e pedras soltas.

Parou diante de uma pequena cúpula. Apesar de a decoração não estar ainda concluída, via-se nitidamente um mosaico que representava três anjos alados diante de uma figura masculina.

Ignazio notou imediatamente a semelhança com uma das miniaturas do códice alexandrino.

Uberto examinou as figuras angélicas. À sua direita, percebia-se uma árvore ainda incompleta.

— Parece uma cena do Velho Testamento — disse ele, sem que ninguém lhe houvesse perguntado nada. — Representa os três anjos que apareceram a Abraão.

— Mas repare bem no quarto homem à esquerda, meu jovem — respondeu o nobre, alisando os cabelos. — Aquele não é Abraão, mas o Pai Celestial. O mosaico representa o terceiro dia da Criação. Os seres alados, que você chama de anjos, indicam os dias transcorridos desde o início da obra divina. São símbolos do tempo.

Uberto enrubesceu. Bela figura tinha feito! — ele pensou. É o que se ganha dizendo despropósitos.

— No entanto — interveio Ignazio com o indicador erguido —, essas criaturas aladas são mais misteriosas do que parecem.

O olhar do nobre se aguçou.

— Como assim?

— A meu ver, não são meros símbolos, mas anjos de verdade. Sua função de "controladores do tempo" lembra o poder de Aion, divindade pagã da *æternitas*. Como a ele, também aos anjos foi confiada a função de administrar o tempo, os dias e as estações.

— De que modo? — perguntou Uberto.

— Girando as esferas celestes — explicou o mercador, lançando um olhar significativo ao rapaz. — O deslocamento do Sol e da Lua provoca a sucessão do dia e da noite, do calor e do frio.

Scalò coçou o queixo com ar pensativo. De repente, pegou Ignazio pelo braço, como a um companheiro de taverna, e levou-o de volta ao interior da basílica. Virando-se para Uberto, exclamou:

— Meu jovem, permita que o deixemos por um minuto. Tenho algumas questões a discutir em particular com o seu mestre.

— Volto logo, Uberto — tranquilizou-o o mercador. — Enquanto isso, visite a basílica.

O jovem concordou com um aceno de cabeça, sem dizer palavra alguma.

Os dois homens se dirigiram para a capela-mor e desceram à cripta.

Nenhum deles notou que havia uma figura postada na galeria superior, muito alta, vestida de preto, com um chapéu de abas largas baixado sobre o rosto. Por várias vezes se aproximara do parapeito de mármore para espiar os três homens. Só Willalme vira aquele homem espreitando no vestíbulo.

Decidido a segui-lo, o francês subira ao piso superior da basílica; mas, ao chegar à galeria, perdera-o de vista. Aonde teria ido? Uberto, de onde estava, poderia tê-lo visto: bastaria voltar-se na direção do coro para surpreendê-lo deslizando na penumbra até um acesso à cripta, oposto àquele por onde entraram Ignazio e Scalò.

Mas o jovem estava olhando para o outro lado.

15

A cripta se subdividia em três naves, uma central, muito grande, e as laterais, menores. Sólidas arcadas de curva fechada sustinham o teto e se apoiavam em colunas de mármore ou contra as paredes. A luz das candeias se insinuava com dificuldade por entre os blocos de pedra úmida, criando formas sinuosas na sombra dos nichos.

O local era como um grande órgão palpitante. As abóbadas fremiam como membros gigantescos bloqueados por uma apneia eterna e sufocante.

Quanto mais Ignazio inspirava, mais necessidade sentia de ar. Atribuiu aquele mal-estar à inquietação: a lembrança de Rainerio de Fidenza e do espectral Scipio Lazarus, implicados ambos no homicídio do abade Maynulfo, continuava a atormentá-lo. Olhou em volta, a fronte banhada de suor. Outrora viera ali com outra disposição de ânimo, para admirar os tesouros guardados no ventre de pedra da basílica. Divertira-se a observar os raios de luz que vinham de fora e brincavam ao longo das paredes como dedos de crianças curiosas. Mas agora tudo era diferente.

Ao lado de Scalò, percorreu a nave ocidental até o centro da cripta. Naquele local, os raios do sol penetravam pela abertura da capela-mor, rompendo a escuridão.

— A cripta está quase sempre fechada. — A voz do conde ecoou pelas arcadas do teto. — Consegui que permanecesse aberta para nós, para que pudéssemos conversar à vontade.

— Finalmente, vai me revelar o motivo de eu ter sido convocado de tão longe — disse o mercador.

— Eu o farei, mas primeiro me diga o que mais sabe sobre os anjos.

A expressão de Ignazio revelou pela primeira vez um sinal de impaciência.

— Isso tem importância?

— Muito mais do que imagina — respondeu o conde, olhando-o com gravidade.

O mercador ignorava o sentido daquele discurso, mas respondeu de modo vago para sondar o terreno em que estava pisando. Ateve-se aos preceitos de Isidoro de Sevilha e Santo Agostinho, isto é, da cultura canônica.

— A palavra de origem grega "anjos", *melachim* em hebraico, significa "mensageiros", isto é, intermediários entre Deus e os homens. Os sábios de Harran referem-se a eles com um termo muito parecido, *malā'ika*. Segundo as Escrituras, dividem-se em nove ordens, mas também Platão admite a existência de criaturas muito semelhantes no céu, os *daemones*.

— Que mais? — insistiu Scalò.

O mercador franziu a testa.

— Pessoalmente, encontrei algumas semelhanças entre os arcanjos e os *Amerta Spenta*, os "Santos Imortais" adorados pelos magos persas... Mais exatamente, o que deseja saber, meu senhor?

— Pois bem. — O conde se inclinou em direção a ele, como se fosse fazer-lhe uma confidência muito pessoal. — Recebi, há meses, uma carta de um monge francês. Ele contava que tinha um método infalível para evocar os anjos. Perguntou se eu não estava interessado em conhecer o segredo, naturalmente em troca de uma recompensa razoável.

Ignazio jamais teria pensado que um homem como Scalò cultivasse semelhantes interesses.

— Não está falando daquelas "cabeças mágicas" feitas com cera e palha, está?

— Cabeças mágicas?

— Sim. Dizem que alguns pesquisadores do oculto conseguem canalizar para dentro dessas cabeças-fetiches as essências angélicas, para poder conversar com elas. É disso que está falando?

O nobre pareceu interessado no assunto, mas negou.

— Não, não se trata em absoluto dessas cabeças de cera. A carta do monge francês menciona um livro copiado de uns manuscritos persas que conteriam os métodos para evocar os anjos. As criaturas sobrenaturais, uma vez invocadas, estariam dispostas a revelar os segredos das potências celestes. Parece que, segundo me foi dado saber, também há procedimentos semelhantes no Egito.

— Há em toda parte. Os sábios dão a essa ciência o nome de *teurgia*.

— Entendo.

Ignazio fitou o conde com ceticismo, embora a conversa tivesse afastado sua preocupação.

— E como se chama esse livro misterioso?

— *Uter Ventorum*.

— *Uter Ventorum*... "Odre dos Ventos." Nunca ouvi falar dele. Vejamos se consigo entender... — O mercador cruzou os braços sobre o peito, pensativo. — Os anjos cavalgam os ventos, pois se diz que são feitos de uma substância etérea, parecida com o ar, porém mais leve. Quanto ao odre, só me lembro, agora, daquele que Éolo entregou a Ulisses, contendo os ventos. Poderíamos supor que esse odre é o método, o talismã capaz de prender os anjos, obrigando-os a se manifestar.

— Concordo com você.

— Todavia, a abertura do odre não beneficiou Ulisses em nada — objetou Ignazio. — Além disso, e se tudo não for mais que um embuste? Como pode confiar nesse monge assim tão facilmente?

O conde ergueu as sobrancelhas.

— Confiarei depois de você investigar o caso.

— Que devo fazer?

— Para concluir o negócio, o proprietário do livro exigiu sua mediação. Só aceita tratar com você. Só a você cederá o *Uter Ventorum*. Ele diz que o conhece muito bem e há muito tempo. Compreende agora por que requisitei seus serviços? Como você conhece esse monge, está sem dúvida em posição de avaliar a credibilidade dele.

— E posso saber quem é? — perguntou Ignazio, cada vez mais desconfiado.

— Viviën de Narbonne. É assim que se diz chamar.

Foi como se Ignazio recebesse uma bofetada. Uma onda de lembranças o invadiu.

— Viviën... Faz tempo que não tenho notícias dele. Desapareceu há anos. — Apoiou-se numa coluna, o olhar perdido no vazio. Desenhou-se em sua memória um rosto afilado, de traços aristocráticos. O rosto de um companheiro de viagem bastante singular: um monge com uma curiosidade visceral pelo oculto e que, por esse motivo, arriscara-se muitas vezes a ser tomado por herege. Sim, pensou o mercador, a descoberta de um livro como o *Uter Ventorum* era bem o gênero de coisa que se poderia esperar de um homem daqueles.

Viviën de Narbonne não fora para Ignazio apenas um amigo, mas também um sócio nos negócios. Juntos, importaram do Oriente numerosas relíquias e livros raros, muitas vezes por encomenda de ricos senhores da França e da Alemanha. Tudo correra bem até o momento em que deixaram de fazer uma entrega a Adolfo, arcebispo de Colônia. Então, sem motivo aparente, aconteceu algo muito grave: os dois amigos descobriram que estavam sendo procurados por uma sociedade secreta, a Saint-Vehme, temida em toda a Europa. O chefe dos perseguidores era Dominus, mais conhecido como Máscara Vermelha.

Os dois haviam escapado por um triz ao perigo, voltando para a Itália. Antes de cruzar os Alpes, porém, se separaram para melhor despistar a Saint-Vehme. Durante anos mantiveram-se em contato por carta; depois, abruptamente, Ignazio não tivera mais notícias do amigo.

O mercador se lembrou de que Vivïen sabia de suas relações com o conde Scalò e, consequentemente, ignorando outra maneira de reencontrá-lo, recorrera ao nobre veneziano.

Dominando as emoções, Ignazio logo recuperou a frieza.

— Sim, Vivïen de Narbonne não é apenas um amigo querido, mas também um homem digno da maior confiança. Entretanto, como saberemos se quem escreveu a carta foi ele mesmo ou um impostor?

A essas palavras, Scalò mostrou-lhe um pequeno objeto, afirmando que Vivïen o anexara à carta como prova de sua identidade. Era branco e delicado, translúcido como madrepérola e sulcado de estrias.

— É uma daquelas conchas recolhidas pelos peregrinos em Santiago de Compostela para provar que visitaram a tumba do apóstolo Tiago. Ignoro que significado possa ter para você.

Depois de examinar o objeto, Ignazio tirou de sob o manto um pingente em tudo semelhante ao que o conde lhe mostrara.

Juntou os dois pedaços. Encaixavam-se perfeitamente.

— Uma lembrança de nossa amizade — explicou o mercador, observando a concha como se tivesse entre os dedos uma hóstia partida. — Conheci Vivïen em Santiago, há muitos anos.

Scalò assentiu com um leve aceno de cabeça.

— O senhor me convenceu — disse Ignazio. — Qual é o local de encontro escolhido por Vivïen?

16

Willalme adentrou a cripta convencido de que o homem de preto havia descido até lá para espionar Ignazio. Mas quem poderia ser? Pelo porte e pela estatura, parecia um soldado, mas as roupas, totalmente comuns, não permitiam uma identificação certa.

A chama das velas alongava as sombras sobre as lajes, fazendo-as dançar como criaturas vivas. O francês caminhou rente às paredes, em silêncio, com os olhos lacrimejando por causa do forte odor de incenso e sebo. Percorreu quase toda a nave oriental até que, de repente, viu o desconhecido encostado a uma coluna, imóvel. Como era de esperar, procurava ouvir a conversa entre o mercador e Scalò.

Willalme, esgueirando-se como um gato, estudou o inimigo. Era realmente singular. Tinha o rosto oculto não apenas pelo amplo chapéu, mas também por um véu negro que lhe cobria a boca e o nariz; os olhos eram estreitos, de cor amarelada, circundados por uma carnação muito branca.

Aproximando-se, o francês raspou inadvertidamente o chão com a sola dos sapatos. Baixou os olhos por uma fração de segundo, para descobrir como provocara o ruído, mas quando os ergueu já era tarde: o homem de preto se apercebera de sua presença e avançava ao seu encontro. Willalme se esquivou ao golpe, agarrou-lhe o braço esquerdo e tentou imobilizá-lo. Mas o agressor era forte; libertou-se com um puxão e sacou um punhal.

O jovem antecipou uma estocada no flanco, bloqueou o pulso do adversário e tentou atirá-lo contra a parede. Mas teve de recuar um passo e, assim fazendo, esbarrou com as costas num candelabro de latão. O objeto caiu sobre o pavimento com um estrondo metálico.

O estrondo inesperado ecoou pelas abóbadas da cripta.

Ignazio interrompeu a conversa.

— Que está acontecendo?

— Alguém nos observa! — exclamou Scalò.

Orientados pelo barulho, correram para o braço oriental da nave.

Encontraram Willalme caído ao chão, tentando repelir o ataque de um agressor. O homem vestido de preto estava debruçado sobre ele e se esforçava para enfiar-lhe o punhal na garganta.

Ignazio esteve a ponto de intervir, mas o francês conseguiu se desvencilhar do adversário com uma joelhada no flanco direito. O homem emitiu um gemido surdo e recuou, mantendo, porém, o equilíbrio. Ergueu-se rapidamente, trespassando os recém-chegados com um olhar ameaçador.

Ignazio percebeu o ódio daquele homem, mas também sua indecisão. E, embora não conseguisse distinguir suas feições, examinou-o atentamente. Era alto e forte, sem dúvida, acostumado a envergar a armadura. Seu porte não era o de um simples soldado, mas antes o de um cavaleiro do exército cruzado. Esse tipo de homem tinha um modo todo próprio de andar, com as pernas abertas e o busto projetado para a frente. Além disso, o homem de preto devia estar habituado a manejar armas pesadas, espadas ou clavas, porque não parecia nada à vontade com um simples punhal.

O tempo parou por um instante. E então o homem lhes deu as costas e se precipitou para a saída.

O conde Scalò não se moveu. O mercador, porém, apressou-se a socorrer Willalme, ainda estendido no chão.

— Está tudo bem? — perguntou-lhe, alarmado.

— Ele vai escapar! — rugiu o francês, levantando-se de um salto. Mas o estranho já ia longe.

— Maldição! Uberto... — exclamou Ignazio, lembrando-se de ter deixado o jovem no piso superior.

Willalme disparou e o mercador o seguiu.

17

Extasiado com a beleza de São Marcos, Uberto passeava pela nave central admirando os mosaicos, as colunas e os afrescos. Nunca vira coisa semelhante.

De súbito, ouviu um vozerio confuso. Olhou em volta para descobrir de onde vinha e notou um homem vestido de negro que corria em sua direção. Vinham em seu encalço Willalme e Ignazio, que acabavam de sair da cripta. Os dois gritaram alguma coisa, mas o jovem não teve tempo de entender as palavras. O homem de negro atirou-o por terra com uma cotovelada e continuou correndo em direção à saída.

Uberto, golpeado em pleno peito, caiu de costas e bateu a cabeça no chão.

Quando Ignazio e Willalme chegaram perto dele, o estranho já havia cruzado o portal da basílica.

— Ele está bem, só desmaiou — disse o mercador, examinando o rosto pálido do rapaz. Em seguida, virando-se para o francês, ordenou: — Vá atrás daquele bastardo!

Willalme correu, atravessou o vestíbulo e saiu para a praça, repleta de barracas de comerciantes disseminadas por todo o espaço como um enorme mosaico. Abriu caminho em meio a tecidos, odores e bancas de todo tipo, sufocado pelo calor do meio-dia.

A densa multidão tolhia-lhe o passo. Willalme procurava a custo se aproximar do fugitivo. Mas não era fácil! Derrubou uma mulher e algumas garrafas de vinagre, mas foi em frente assim mesmo, entre gritos, vociferações e cantilenas.

No meio daquela maré de gente, uma lembrança lhe ocorreu: um grupo de guerreiros cristãos debruçados sobre ele, estendido inerme na ponte de uma nau cruzada. O pensamento logo se desvaneceu como uma miragem.

Continuou avançando em meio à multidão, mas era tarde. Perdera de vista o homem de negro.

— Maldição! — praguejou entre dentes.

18

O homem de negro atravessou a multidão e, enveredando por um beco, virou-se para verificar se o francês ainda o seguia.

Quando se viu a uma distância segura do mercado, arrancou o véu e descobriu um rosto de traços nórdicos. Tinha mandíbulas fortes, nariz afilado e mantinha a boca cerrada numa expressão severa. A pele era enrugada como a casca de uma árvore.

Foi andando pelas ruas, às vezes refazendo os próprios passos para assegurar-se de que não estava sendo seguido. Quando teve certeza de que despistara o perseguidor, aproximou-se de um canal e chamou uma gôndola.

A embarcação se aproximou, sulcando fundo a água esverdeada. O homem desceu para bordo, balbuciou alguma coisa e sentou-se na proa. O gondoleiro repetiu as palavras do passageiro, para certificar-se de que as ouvira bem:

— À ponte de Rialto — cantarolou.

O homem confirmou o destino e desviou o olhar, perscrutando o movimento nas margens úmidas. Comprimiu levemente o flanco direito. Doía. Aquele francês era um osso duro de roer, pensou. Por pouco não lhe quebrara o braço.

A gôndola atravessou o distrito de São Marcos, embalada pelas ondas cintilantes dos canais, deslizou pelo Grande Canal e chegou a Rialto.

— Encoste perto do Campo de São Bartolomeu — ordenou o passageiro.

O barco se aproximou da margem, fazendo o costado roçar contra o molhe. O homem pagou e desceu.

Seu destino era a casa de Henricus Teotonicus, sobrinho do principal fiscal aduaneiro de Ratisbona. O lugar era frequentado por burgueses ricos que investiam no comércio com Constantinopla e na bolsa de Veneza. Mas não era só isso; era também um ponto de encontro para um gênero bem diferente de negócios.

O homem deixou para trás o Campo de São Bartolomeu e prosseguiu em direção à residência de Henricus Teotonicus, um palacete que se destacava entre os edifícios circundantes e ao qual se chegava por meio de uma galeria de pedra de Ístria.

Na penumbra da galeria postava-se um pelotão de soldados bem-vestidos.

O homem de negro parou diante deles, sem saudá-los.

— Preciso falar com Henricus Teotonicus — disse simplesmente.

O mais alto do grupo se adiantou, um rapagão musculoso e sem barba. Envergava um capuz de abas largas, uma sobreveste de veludo negro e botas de cano alto. Trazia à cintura uma grande adaga alemã, a *sax*. Pareceu reconhecer o recém-chegado, inclinou-se com deferência e falou:

— Saiu a negócios, meu senhor. Voltará à tardinha.

— E Rudolf, seu secretário?

O guarda apontou para uma janela sobre a galeria do palacete:

— Está em seu quarto.

O homem agradeceu, despediu-se dos guardas, atravessou a galeria e entrou. Subiu duas escadas com degraus de terracota e chegou a uma porta conhecida. Bateu.

De dentro, veio uma voz masculina:

— Quem é?

— Trago pão fresco e ótimos conselhos.

Não houve resposta do outro lado. A porta se abriu. Na antecâmara estava Rudolf, um velho magro de longos cabelos negros. Ele reconheceu imediatamente o visitante.

— Ah, é você, Slawnik! Entre, estou sozinho.

Slawnik entrou e fechou a porta. Atravessou a antecâmara atrás do velho e chegou a uma saleta um pouco mais iluminada. Então tirou o chapéu e se acomodou numa poltrona, levando de novo a mão ao flanco.

Rudolf notou o gesto.

— Está ferido?

— Não é nada, passará logo.

O secretário não insistiu. Sentou-se num catre coberto de papéis, apoiando os cotovelos pontudos nos joelhos.

— E então, encontrou-os?

— Sim, a moça disse a verdade. Tinham um encontro justamente hoje, na basílica de São Marcos. Ouvi a conversa dos dois. Viviën de Narbonne continua vivo.

— E o livro?

— Ainda está com ele, ao que parece. O conde Scalò encarregou Ignazio de Toledo de recuperá-lo.

— Excelente! — bradou Rudolf, dando um soco na palma da mão. — Depois de tanto tempo, conseguimos encontrá-los, e ainda por cima com o livro! Mas diga-me, sabe onde está o espanhol? E onde se esconde aquele maldito Viviën?

— Não descobri — resmungou Slawnik, irritado por ter de admitir seu fracasso diante de um subalterno de Henricus Teotonicus. — Um companheiro de Ignazio de Toledo, um guerreiro francês, pegou-me de surpresa. Precisei fugir antes de ouvir o fim da conversa.

— Eles o reconheceram?

— Não. Mas agora sabem que estão sendo seguidos. Ficarão alerta.

Rudolf pôs-se em pé e começou a gesticular nervosamente.

— Mas então como fará para descobrir onde está o livro?

— Isso não é da sua conta — fulminou-o Slawnik com um olhar que não admitia réplica. — Mande chamar a moça. Faça-a marcar outro "encontro" com o conde Scalò, para que eu possa interrogá-lo pessoalmente.

— Certo. — O secretário se empertigou amedrontado. — Quanto a você, fique atento. Enrico Scalò é um avogador* de Veneza. Não podemos nos dar ao luxo de cometer erros... Sabe muito bem o que pensa disso Dominus, nosso senhor.

— Repito que isso não é da sua conta. — O guerreiro levantou o queixo, examinando o interlocutor com ar insolente. — Limite-se a tratar com a moça. Do resto cuido eu.

---

* Magistrado veneziano encarregado de supervisionar os interesses da República. (N. do E.)

19

Uberto jazia por terra, ainda inconsciente, mas seu rosto já começava a recuperar a cor.

Por fim, abriu os olhos. Desorientado, revirou as pupilas até fixar, no alto, o teto dourado da basílica. Estava sob a cúpula da Ascensão do Cristo. Por causa da vertigem, o teto parecia prestes a desabar sobre ele.

Ignazio, ao lado, segurava delicadamente sua cabeça.

— Beba, vai se sentir melhor — disse, aproximando-lhe um cálice dos lábios.

Depois de beber um gole, Uberto quis levantar-se, mas tudo girou à sua volta. Não bastasse o que havia acontecido, ficar deitado no pavimento frio de São Marcos entorpecera-lhe os membros. Apalpou a cabeça dolorida.

— Que aconteceu? — balbuciou.

— Um homem o empurrou e você caiu.

— Que homem?

— Aquele que queremos achar. — Ignazio segurou-o pelos ombros. — E, agora, tente levantar-se.

Uberto recuperou lentamente o equilíbrio e pôs-se de pé.

— Tem certeza de que está bem? — perguntou o mercador. — Deu uma bela cabeçada...

— Sim, estou bem... ou acho que estou.

O conde Scalò, que até então permanecera calado, aproximou-se. Seu rosto, antes descontraído, agora parecia inquieto.

— Lembra-se de alguma coisa do homem que o derrubou?

— De quase nada. — O rapaz franziu o cenho, tentando recordar-se. — Estava vestido de preto e era grande como um boi. Não vi o seu rosto.

— Tomara que Willalme tenha tido mais sorte — suspirou Ignazio em tom esperançoso.

Nesse exato momento, o francês entrou na basílica, com o olhar sombrio. Aproximou-se abrindo os braços.

— Desapareceu como um fantasma — desabafou. — Sinto muito.

A expressão do mercador se anuviou.

— Bela situação, a nossa! Quem poderia ser aquele homem? Suspeita de alguém, conde?

— Uma pessoa de minha classe social sempre tem inimigos com quem precisa tomar cuidado. — Scalò coçou a cabeça. — Mas não imagino quem possa ter interesse naquilo que estávamos discutindo.

— Por isso mesmo devemos ficar atentos — aconselhou Ignazio, achando que talvez fosse mais sensato não se meter naquele negócio. Mas o *Uter Ventorum* agora lhe espicaçava a curiosidade e, ademais, poderia reencontrar Viviën... Cofiando a barba, voltou-se para Uberto e disse:

— Seja como for, já não acho seguro levá-lo comigo. A situação mudou, não é tão tranquila como eu pensava.

— Mestre, não diga isso! — implorou o rapaz. — Em dois dias, vi mais coisas que em toda a minha vida! Não serei um empecilho para o senhor, prometo.

— Veremos... — Ignazio olhou-o indeciso, enquanto a palavra "mestre" flutuava em sua mente, causando-lhe um certo embaraço. Em seguida, voltando-se para Scalò, disse: — Aceito a missão. Só não sei ainda onde vou encontrar Viviën de Narbonne.

Ao ouvir isso, o conde pareceu aliviado. Tirou de sob o manto uma bolsa tilintante e estendeu-a ao mercador.

— Adiantamento em moeda veneziana, como sempre. O resto será pago depois, quando voltar. — Antes de prosseguir, certificou-se de que não havia ninguém por perto a espionar. — O padre Vivïen o espera na abadia beneditina de San Michele della Chiusa, entre Turim e a Borgonha. Mas fique bem atento.

Ignazio pegou a bolsa e guardou-a no alforje.

— Sei onde é. Partirei amanhã mesmo.

20

A noite caíra. Depois de uma ceia tediosa com o bispo e outros prelados, o conde Scalò se julgou merecedor de algumas horas de distração. Cerca de meia-noite, entrou em sua gôndola, envolto num manto cinza.

— Vamos, Gigin. Você sabe aonde — ordenou ao gondoleiro. — Hoje estou farto de moral.

O outro lhe devolveu um risinho cúmplice e começou a remar.

A gôndola saiu dos canais de Rialto, deslizando em meio à neblina que adejava sobre a água. Deixando os bairros nobres, aventurou-se até uma zona não muito distante. Palácios e pontes de pedra cederam lugar a construções de madeira e argila, casas de mercadores, artesãos e agiotas. O dobre dos sinos de São Marcos ressoava ainda nitidamente, mas as tochas ao longo dos canais já começavam a apagar-se, sumindo-se na escuridão cada vez mais densa, às vezes total.

O barco fendia a cortina de trevas, deixando à sua passagem um sulco de água trêmula. Encostou diante de um palácio anônimo, de onde vinha um som de música e risos de moças. Só então o conde acordou de seu cochilo. Esperou que a gôndola se firmasse e desembarcou, sempre envolto em seu manto.

— Gigin, espere-me aqui.

Sem aguardar resposta, Scalò entrou no bordel. Atravessou uma estreita antecâmara e chegou a um salão de paredes vermelhas. O odor do vinho misturava-se ao perfume das prostitutas ocupadas em entreter patrícios e notáveis sentados às mesas ou esparramados em sofás.

Sentiu a tensão do dia abandoná-lo aos poucos e, logo depois, estava livre de cuidados. Não pensou mais no homem de negro que os surpreendera na cripta de São Marcos. Afinal, o que tinha a temer? Não era um simples plebeu. Era um *avogador del Comun*! Fazia parte do Conselho dos Quarenta! Meia dúzia de vassalos estabelecidos nos feudos de Constantinopla lhe devia obediência. Até o doge o respeitava.

Pensou em Ignazio de Toledo. Dali a poucas horas o mercador partiria para os Alpes e o *Uter Ventorum* seria seu... Mas logo se cansou dessas lucubrações: precisava divertir-se. Olhou em volta, já excitado.

Atravessou a sala, agora totalmente descontraído, reconhecendo muitos dos rostos que ia encontrando. Viu um sobrinho do doge e um rico mansionário veneziano, ambos embriagados e dançando com algumas jovens seminuas. Saudou-os com discrição e os dois responderam com acenos de cabeça. Naquele lugar, ninguém se chamava pelo nome.

Deu mais alguns passos e sentou-se numa poltrona, num canto tranquilo da sala. De repente, duas prostitutas se aproximaram. Uma loira e uma morena, muito novas. Perguntaram-lhe qual delas preferia ou se desejava ficar com ambas. O conde levantou a cabeça, sorriu e declarou que, antes de escolher, tinha de examinar a mercadoria. Dizendo isso, enfiou a mão debaixo de suas saias e começou a acariciá-las.

— E nenhuma de vocês me traz uma bebida? Nenhuma quer cuidar de mim?

Logo uma terceira jovem se postou ao seu lado, estendendo-lhe um copo de vinho. O porte dela era refinado, quase aristocrático. Mas os olhos negros e a boca carnuda diziam bem de seus verdadeiros talentos. Vestia um traje vermelho colado aos quadris que descia até os tornozelos. Um decote generoso revelava a pujança dos seios.

A mulher trazia no ombro um macaquinho preto, lembrança de um mercador de Alexandria do Egito. Presente exótico para uma professora de amor. Sorriu maliciosa:

— Vão, vão, meninas! Este senhor já está comigo.

Depois de reconhecê-la, o fidalgo convidou-a a sentar-se a seu lado.

— Altilia, você não permite que nenhuma mulher se aproxime de mim. Mais um pouco e pensarei que tem ciúmes.

— Se vossa graça não gosta de minha companhia, basta dizê-lo — sussurrou ela ao ouvido do conde, acariciando-lhe a orelha com a ponta da língua. — Caso contrário, ficarei para o seu prazer.

As duas prostitutas se afastaram em busca de outros clientes.

— Fique, Altilia. Sabe muito bem que é a minha favorita. — O conde acariciou-lhe os seios e acrescentou: — Enfim, sós!

Ela segurou sua mão antes que fosse mais longe.

— Aqui não, meu senhor — sussurrou. — Vamos a um lugar mais aconchegante, onde eu possa satisfazê-lo como merece. — Passou a língua pelos lábios. — Esta noite estou cheia de ideias...

Altilia fê-lo levantar-se e levou-o para o piso superior do bordel. Passaram diante de portas fechadas, de onde vinham murmúrios, vozes veladas e gemidos de prazer, e entraram num quarto a meia-luz, onde difundiam-se aromas inebriantes.

O conde se sentou à beira da cama. Os lençóis não estavam desfeitos, como acontecia nos prostíbulos da periferia, mas bem estendidos e perfumados, como convinha a uma casa aberta a clientes especiais. Ah, ele nunca se deitaria num leito onde um vilão qualquer tivesse acabado de se espojar!

Altilia deixou que o macaquinho descesse e começou a dançar na frente de Scalò. O animal se encarapitou num tripé de madeira e ali ficou em silêncio.

A mulher baixou as mãos, pegou a barra do vestido e levantou-o lentamente, descobrindo os tornozelos, as coxas e o ventre. Quando ficou completamente nua, aproximou-se do conde e sentou-se em seus joelhos. Ele lhe acariciou os seios, depois os quadris.

Altilia, escrava e senhora, apresentou-lhe um cálice de vinho.

— Beba, meu senhor. Beba para que seu prazer seja ainda mais intenso.

O conde segurou o cálice, levou-o aos lábios e esvaziou-o lentamente. Em seguida, depositou-o ao lado da cama. Deitou-se, sem se preocupar muito com o gosto amargo que ficara em sua garganta. Enquanto isso, Altilia tirava suas calças com um olhar repleto de promessas. O conde fechou os olhos, no gozo antecipado do que viria em seguida, mas de repente a excitação desapareceu. Seus membros se distenderam, tornando-se frouxos e insensíveis, sua língua começou a formigar e sua mente foi se enevoando rapidamente.

Desconcertado com aquele súbito mal-estar, o conde procurou uma explicação no rosto da prostituta.

— Altilia... Que está acontecendo comigo? — balbuciou. — Que foi que você me deu para beber?

Mas Altilia, agachada sobre ele, permanecia em silêncio. Seus olhos negros o fitavam — ferinos e traiçoeiros. O conde não podia fazer outra coisa exceto devolver-lhe o olhar — e viu aqueles olhos estreitarem-se mais e mais, até que desapareceram na sombra da inconsciência.

Diante do bordel, o corpo de Gigin balançava sem vida ao lado da gôndola.

21

Uberto estava estendido sobre o catre, no quarto de um albergue de Veneza. Não conseguia dormir. Culpava a viagem dos dias anteriores, passada quase toda em estado de sonolência. A jornada fizera-o perder a noção do tempo; já não sabia quando comer nem quando dormir. Aquilo era normal, dissera Ignazio. Uberto crescera vivendo cada hora do dia de acordo com a vida monástica, dividida entre as funções da manhã, da tarde e da noite. Com o tempo, segundo Ignazio, ele se acostumaria.

Na verdade, o jovem continuava perturbado pelo incidente matutino. Seriam necessários ainda muitos dias para ele esquecer a figura ameaçadora do homem de negro que o atacara. Mas não se atrevera a falar sobre isso com Ignazio, certo de que o mercador não toleraria suas queixas e o despacharia prontamente de volta ao mosteiro onde o havia encontrado.

Tossiu. O peito doía por causa do golpe recebido, dificultando a respiração. Calara-se também sobre isso e sobre o grande hematoma escuro que aparecera no tórax. Cruzou os braços sobre o peito e tentou dormir. No dia seguinte, se sentiria melhor.

Antes de fechar os olhos, ele observou seus dois companheiros. Willalme parecia imerso no sono, mas de vez em quando se agitava sob as cobertas, provavelmente atormentado por pesadelos. Já Ignazio estava imóvel, deitado de lado. Talvez também não conseguisse adormecer. De seu corpo emanava uma estranha tensão, como se uma nuvem de pensamentos flutuasse sobre ele.

À espera do sono, Uberto rememorou o objetivo da viagem. A abadia de San Michele della Chiusa era um mosteiro beneditino encravado no monte Pirichiano, a um dia de caminhada de Turim. Embora tivesse o aspecto de fortaleza, era uma escala para os peregrinos que se dirigiam à França. Dentro de seus muros abrigava mais de duzentos monges de várias nacionalidades — espanhóis, borgonheses e italianos. Entre eles, Vivïen de Narbonne.

Não sabia muita coisa. Mas o que mais lhe despertava a curiosidade era o conteúdo do livro.

— É um texto sacro? — perguntara horas antes ao mercador.

— Não — fora a resposta.

— Então, de que trata? — insistira o jovem.

Os olhos de Ignazio se apertaram, formando duas fissuras verdes e ameaçadoras.

— Trata de assuntos fora do alcance de seu conhecimento.

Uberto ficara desanimado com essa resposta, mas o mercador parecia firmemente decidido a não falar mais nada.

A noite veneziana transcorreu lenta para o insone Uberto. Mais lenta, porém, transcorreu para o conde Enrico Scalò.

22

O conde Scalò acordou sobressaltado. Continuaria dormindo de muito bom grado se não fosse o ardor desagradável no estômago. Devia ter bebido alguma coisa rançosa antes de ir para a cama. Estava aturdido. Esforçava-se por pensar, por evocar as lembranças. Tinha os membros entorpecidos, como se houvessem ficado por muito tempo numa posição forçada.

Tentou abrir os olhos e não conseguiu. Estava vendado e com as mãos atadas aos braços de uma cadeira. Porém, o que mais o assustou foram as pernas, imobilizadas numa espécie de cilindro metálico que se abria em forma de funil à altura dos joelhos. Frio e irremovível, aquele envoltório sinistro se dobrava sob os calcanhares formando um receptáculo para os pés.

Na mente do conde, esboçou-se a imagem de uma estranha bota de ferro. Por mais que refletisse, não conseguia imaginar para que ela pudesse servir.

Ao ardor no estômago seguiu-se a náusea, gerada pela sensação de impotência. O prestigioso Enrico Scalò, avogador de Veneza, percebeu que o pânico o invadia. Sentia o cheiro úmido e frio de mofo. Não estava certamente em seu palácio de Rialto, mas, sim, em uma masmorra. Um longínquo rumor de água chegava aos seus ouvidos. Devia estar nas imediações de algum porto.

De repente, se lembrou: fora drogado! E por Altilia, aquela puta!

Se a tivesse ao alcance das mãos naquele momento...

Ouviu o barulho de passos que se aproximavam. Um girar de gonzos, e então a porta se abriu diante dele. Uma baforada de ar viciado golpeou-lhe o rosto.

— Altilia, é você? — perguntou hesitante.

As sílabas ressoaram como gotas caindo em uma gruta calcária.

E a resposta veio das sombras, metálica:

— Altilia não está aqui.

Scalò estremeceu e seu peito foi invadido por um enxame buliçoso.

— Quem são vocês? — balbuciou.

Nenhuma resposta.

— O que querem de mim? — continuou o prisioneiro, já agora em tom explosivo. — Sou um avogador de Veneza, por Deus! Não podem me tratar assim!

As palavras foram tragadas pelas sombras.

Subitamente, ressoaram passos, muitos passos. Entraram numerosas pessoas, uma dúzia ou mais. Que dimensões poderia ter aquele recinto? A julgar pelo barulho, os recém-chegados pareceram tomar assento numa fileira de bancos, como num tribunal.

— Que está acontecendo? — gritou o conde.

— Você está perante o Tribunal Secreto da Saint-Vehme. — Era a mesma voz que falara pouco antes: uma pessoa com sotaque eslavo. — Este encontro foi organizado para examinar seu caso.

— A Saint-Vehme? — espantou-se Scalò. Embora fizesse parte do Conselho dos Quarenta, ouvira esse nome poucas vezes. Sabia que designava uma congregação de origem alemã, composta de fanáticos chamados de "Juízes Livres" ou "Videntes". Não sabia muito mais e, sem dúvida, nunca imaginara que houvesse alguns em Veneza. — Soltem-me! — grunhiu, tentando assumir um tom autoritário. — Vocês não sabem quem eu sou? Meu sequestro não permanecerá impune.

— Esta noite você está sozinho, conde. Despido de todos os privilégios — advertiu a voz. — Está sozinho diante de *nós*.

Scalò rangeu os dentes. Sua autoridade era posta em questão!

— O que querem de mim? Se é que posso saber...

— Queremos saber o que disse esta manhã a Ignazio de Toledo — inquiriu o eslavo. — Responda e não sofrerá nenhum mal.

— Isso não é de sua conta. — O prisioneiro sacudiu as mãos amarradas. — Libertem-me, por Deus! Para o seu bem.

Não houve resposta. De repente, duas mãos enormes separaram-lhe as coxas, abrindo espaço entre os membros aprisionados no invólucro metálico. Um espaço pequeno, bem pequeno. Sem demora, uma fina estaca foi introduzida entre os joelhos e cravada no cone do invólucro até embaixo, raspando a pele nua até a canela.

Com um gemido, o conde sentiu que suas pernas tinham sido comprimidas no interior do cilindro. As panturrilhas formigavam intensamente. As veias começaram a pulsar como se, impossibilitadas de bombear o sangue, estivessem prestes a explodir. O prisioneiro tentou mover os pés, mas logo se deu conta de que não havia espaço para isso.

O orgulho ferido ou, antes, o desespero lhe deu coragem para protestar:

— Vocês são um bando de miseráveis! Eu sou um nobre, diabos! Não têm direito algum de atormentar-me desta maneira!

— Responda, conde, é melhor para você — aconselhou o eslavo. — Não temos muito tempo. Que disse a Ignazio de Toledo?

— Pagarei bem, se me libertarem — insistiu Scalò. — Qualquer valor. Sou um homem muito rico.

Nenhuma resposta. Suas coxas foram novamente afastadas, dessa vez, com dificuldade, e uma segunda estaca foi introduzida entre os joelhos, sempre com a ponta para dentro do cilindro.

O conde tremeu. Que tencionavam fazer? Não cabia mais nada entre suas panturrilhas. Não havia ali mais espaço livre. O algoz deve ter percebido isso, pois desistiu da tarefa a meio caminho.

Mas então aconteceu outra coisa. Ouviu-se um novo rumor, um rangido metálico sobre o piso. Seguiu-se um deslocamento de ar provocado por um objeto pesado, como se alguém brandisse uma maça ou um... *martelo*! No instante em que essa palavra fulgurou na mente do prisioneiro, um golpe desabou sobre o cabo da estaca enfiada na abertura do cilindro.

O conde projetou o rosto vendado para a frente, esvaziando os pulmões num grito lancinante. Depois cerrou os dentes, como para sufocar a dor, e o fez com tanta força que um filete de sangue lhe escorreu dos cantos da boca.

Abrindo caminho entre a carne e o osso, a estaca afundou mais de um palmo, estraçalhando e esmigalhando tudo em seu trajeto.

O suplício, porém, havia apenas começado. Scalò não podia ver o terrível martelo alçar-se uma segunda vez, mas adivinhou seu percurso.

A estaca mergulhou mais fundo ainda, triturando tíbias e calcanhares. Seguiu-se um gorgolejo abominável e o sangue espirrou do cilindro.

A dor foi tamanha que, se pudesse, o conde não hesitaria em amputar as pernas com as próprias mãos para se ver livre. Percebeu que havia urinado e defecado, mas agora sua condição estava além da humilhação. Dores terríveis subiam-lhe dos pés até as virilhas sem que pudesse determinar onde terminavam seus membros e onde começava o cilindro de ferro.

Sem nenhuma compaixão, a voz do eslavo prosseguiu:

— Fale, e não sofrerá mais.

— Direi tudo o que quiserem... — A respiração do prisioneiro soava como o resfolegar de um cavalo em plena corrida.

— Então responda: que sabe sobre o *Uter Ventorum*?

— Sei apenas que serve para evocar os anjos... — murmurou o conde, sem sequer tentar mentir.

— Como soube disso?

— Quem me contou foi um homem chamado Viviën de Narbonne... Escreveu-me uma carta há alguns meses.

Ouviram-se vozes surdas ao fundo.

— Que relações você tem com esse homem?

— Não o conheço. Ele me procurou primeiro, começou a escrever-me...

— E o que quer de você o tal Viviën de Narbonne? Onde entra Ignazio de Toledo em tudo isso?

— Viviën quer que eu compre o livro, o *Uter Ventorum*. Mandei Ignazio de Toledo ao seu encontro, para que faça o negócio... Viviën de Narbonne quis assim. Não sei por qual motivo...

O vozerio subiu de tom:

— *O mercador de Toledo reapareceu! Quer reunir-se ao companheiro! Os dois tencionam fugir com o livro!*

— Silêncio! — A voz cavernosa do eslavo vibrou no ambiente. — Onde se esconde Viviën? Vamos, diga!

— No mosteiro de San Michele della Chiusa — respondeu Scalò, num tom de quase devoção. Suas têmporas brilhavam de suor e latejavam descontroladamente. Mas logo deixaria de sofrer, pelo que bendizia o Senhor.

— Jura por sua honra? Por sua vida?

— Juro pelo que quiserem! San Michele della Chiusa! E agora libertem minhas pernas, eu imploro!

— Como queira, conde — disse o eslavo. — Você evitou seu sofrimento.

Scalò esboçou um sorriso parvo e as vendas lhe foram tiradas dos olhos.

23

Ao amanhecer, Willalme e Uberto rumaram diretamente para o interior.

O barco zarpou, ultrapassou a ponte móvel de Rialto junto a um grupo de outras naus e deixou Veneza para trás, aventurando-se nas águas dos afluentes do Pó. O mercador escolhera aquela embarcação porque ela não pagava taxas aduaneiras e não fazia escalas.

Uberto jamais estivera a bordo de um navio. Andava pelo convés lançando olhares curiosos e ouvindo o linguajar áspero dos marinheiros.

— Onde desceremos? — perguntou a Ignazio, que o acompanhava.

— Este barco transporta uma carga de sal para Pavia — respondeu o mercador. — Lá, poremos pé em terra e prosseguiremos a cavalo rumo ao noroeste, até chegar ao nosso destino.

O jovem assentiu sem dizer palavra alguma, pois já olhava para outro lado, para a proa. Lá estava Willalme, apoiado à amurada. Parecia triste, embora seu olhar às vezes lançasse fagulhas de súbita cólera, como se o atormentassem lembranças dolorosas demais para serem reprimidas.

Ignazio pressentiu as reflexões de Uberto e pousou-lhe a mão no ombro.

— Uma hora destas, conto-lhe a história dele — disse. — Então, você entenderá.

O jovem replicou com um aceno de cabeça e desviou os olhos de Willalme, como para não violar seu recolhimento. Ouviu por algum tempo o mugido do rio, enquanto as margens cobertas de vegetação desfilavam diante de seus olhos, e voltou-se novamente para o mercador:

— Pensei nele a noite inteira. No livro, quero dizer. Não vai me dizer nada a respeito?

Aos lábios do homem aflorou um sorriso fugidio.

— São coisas fora de seu alcance, meu rapaz. Por ora, basta-lhe saber que é um manuscrito muito raro e, na mesma medida, perigoso.

— Se é tão perigoso assim, talvez fosse mais correto ignorar sua existência e deixá-lo onde está.

— Ao contrário, é necessário recuperá-lo. Em suas páginas talvez se oculte o mistério da verdadeira sabedoria.

Uberto olhou-o de lado.

— Eu supunha que a verdadeira sabedoria residisse unicamente na *Bíblia*.

Num gesto quase teatral, Ignazio abriu os braços e contemplou as nuvens.

— Falo de outro tipo de sabedoria: a dos astrônomos babilônios, dos caldeus e dos magos persas.

— Refere-se aos três Reis Magos?

O mercador sorriu.

— Quem disse que os magos eram três e, ainda por cima, reis? Os Evangelhos não afirmam isso. Na realidade, os magos eram doze sábios que viviam pelos montes observando as estrelas. Vestiam-se de branco e levavam vida frugal. Zoroastro foi seu profeta.

O rapaz ouvia-o com ceticismo.

— Ninguém nunca me falou de tais coisas. Como saberei se são verdadeiras?

— Talvez, durante esta viagem, encontre oportunidade de descobri-lo — respondeu Ignazio, pousando nele seus olhos cor de esmeralda. Não desejava impor-lhe coisa alguma, apenas deixá-lo curioso.

Como estava farto de saber, a verdade não podia ser ensinada, só podia ser buscada gradualmente e na mais absoluta liberdade.

— Os magos foram chamados "adoradores do fogo" porque no alto de seus templos ardiam fogueiras misteriosas. Eram homens muito sábios e poderosos. — Hesitou um pouco e continuou: — Sua sabedoria derivava das entidades celestes.

— Não compreendo. A que se refere?

— Ao mistério oculto no *Uter Ventorum*. — Após breve reflexão, o mercador prosseguiu: — Um mistério que outros também estão procurando: o homem de negro com quem nos defrontamos em Veneza tem certamente o mesmo interesse. Talvez até mais que nós.

24

O sorriso ambarino da manhã coloria os tetos de Veneza, mas na casa de Henricus Teotonicus reinavam ainda as sombras por trás das cortinas das janelas. Slawnik foi recebido por um criado baixo e idoso, que o mandou esperar no escritório. O patrão mal acabara de despertar, mas logo desceria para atendê-lo.

O escritório era espaçoso, mal iluminado pela chama de uma vela. O soldado dirigiu-se para a luz, tateando os objetos semiocultos na penumbra. Sentou-se a uma mesa circular, no centro do recinto, pondo-se imediatamente à vontade. Passou a mão pelos olhos, depois pelas têmporas. Massageou a pele, apertando-a entre os dedos. Enquanto isso, ele pensava nos acontecimentos das últimas horas.

Na mão esquerda, segurava a venda tirada dos olhos de Enrico Scalò. Contemplou-a satisfeito, como um troféu, e desceu os olhos para o indicador, onde cintilava um anel de ouro. Fora-lhe dado por um padre moribundo, havia muitos anos. Trazia impressa uma flor de genciana, símbolo de uma família boêmia caída em desgraça.

Havia décadas que a ruína se abatera sobre a dinastia de Slawnik, e ele, na tentativa de mantê-la viva, pusera-se a serviço de um homem muito poderoso. Seu senhor tinha assento numa sociedade secreta radicada em todo o Sacro Império Romano. E ele, como seu vassalo, fora acolhido na mesma fraternidade, onde lhe deram um encargo importante. Aprendera a tratar seu senhor pelo nome em código de Dominus.

O boêmio ouviu o ruído de uma porta que se abria e logo avistou a figura maciça de Henricus Teotonicus. Este atravessou a sala e sentou-se à mesa com um ar sério, iluminado apenas pela luz da vela. Era um homem obeso, envolto em uma túnica entretecida com motivos orientais, a cabeça suada coberta por um emaranhado de cabelos ruivos. Os olhos cinzentos, apertadíssimos, encimavam bochechas gordas e um pescoço grosso. Slawnik sempre o achara repugnante, mas reconhecia que era uma ajuda valiosa em sua missão.

Henricus apoiou os grossos punhos na mesa. No lugar dos nós dos dedos, viam-se pequenas depressões escavadas no dorso das mãos. Antes de falar, inspirou profundamente, com dificuldade. Era como se a gordura lhe oprimisse os pulmões.

— Ele falou? — perguntou, mirando com crescente inquietude a faixa estreita nas mãos do soldado. — Você conseguiu o que queria?

— Sim — respondeu Slawnik com um sorriso cortante. — Agora sei onde se encontra o *Uter Ventorum*.

Intimidado por aquele olhar, Henricus retraiu-se e tossiu nervosamente. Alimentava ambições de comando, mas não gostava de participar de certos interrogatórios sádicos.

— E que pretende fazer?

— Seguir Ignazio de Toledo e encontrar o livro. Dominus o quer a qualquer preço.

— É justo, Dominus tem de ser bem servido — arquejou o obeso. Sua voz soava como um estertor. — Quem o acompanhará?

— Irei sozinho. Sei onde encontrar ajuda em caso de necessidade. Peça aos outros que permaneçam aqui, em Veneza.

— Farei isso. — Henricus nem pensava em objetar. O homem que tinha à sua frente lhe era inferior em posição e linhagem, mas gozava de muita autoridade e liberdade de ação. Dominus assim o dispusera: servindo-se de *caballarii* privados de iniciativa, freava a ambição dos seguidores de classe superior. Com o tempo, porém, tudo mudaria, disse Henricus a si mesmo. Já estava trabalhando nesse sentido...

— Nada mais tenho a lhe dizer — continuou o boêmio. — Providencie para que, de um local nas imediações, eu possa cavalgar para longe dos pântanos.

— Quando tenciona partir?

— Agora mesmo. — Slawnik fez menção de se levantar, mas, refletindo um pouco, acrescentou: — Peço-lhe um último favor. Antes de viajar, quero saber quantas naus já zarparam ou estão prestes a zarpar para o interior. Ignazio de Toledo terá certamente embarcado em uma delas.

25

Era o quinto dia de navegação, pouco antes do meio-dia. Ignazio e Willalme descansavam no porão. Uberto, porém, estava postado a bombordo.

Subindo o rio, o barco balançava muito na contracorrente e ameaçava a todo instante mergulhar de proa. O rapaz, enjoado com aquele movimento, percebia que não tinha nenhuma vocação para marinheiro. Seu estômago acompanhava de perto as vibrações da nau e a todo instante acusava os sintomas da náusea. Por sorte, o vento era favorável. Em breve, alcançariam a ramificação do Ticino.

Uberto refletia sobre as palavras de Ignazio. Não lhe saíam da cabeça os magos da Pérsia. Meditava sobre suas cerimônias praticadas nos templos do fogo, nas montanhas do Oriente. A que teria se referido o mercador dizendo que a sabedoria deles derivava das entidades celestes? Por que não se expressara de maneira mais clara?

Ele ainda não havia entendido o que Ignazio queria realmente dele — e isso o deixava inquieto. Para não pensar mais no assunto, debruçou-se na amurada e passou a observar o que acontecia ao longo das margens do rio. Diante de seus olhos, desfilavam pequenas cenas de vida campesina: um grupo de aldeões perseguia um javali; um vaqueiro levava seus bois para beber água; mulheres lavavam roupa na margem; um rebanho de cabras pastava num prado; e um pastor roncava à sombra de uma faia.

Notou que vários barcos agora se emparelhavam com o seu. Pavia sem dúvida estava próxima.

Ignazio tinha acabado de acordar. Não sabia que horas eram nem por quantas havia dormido. Suas narinas estavam impregnadas do cheiro da resina que revestia o casco do barco. Dirigiu-se para o convés e cruzou com Willalme, que estava ocupado a jogar dados com os marinheiros. Fazia tanto tempo que não o via rir! Lembrou-se de quando o conhecera a bordo de uma nau cruzada ao largo de São João de Acre. Encontrara-o no porão, amarrado como um animal moribundo. "Ajude-me!", balbuciara ele. E Ignazio o socorrera como em seu lugar o teria feito Maynulfo de Silvacandida.

Deixando de lado as lembranças, caminhou para a popa e encontrou Uberto junto à roda do leme, olhando para bombordo. Depois do incidente ocorrido na basílica de São Marcos, teria preferido mandá-lo de volta ao mosteiro, para maior segurança, mas uma dúvida o espicaçava. O mandante do espião encontrado em Veneza poderia controlar também o claustro de Santa Maria del Mare, talvez até estivesse de conluio com Rainerio de Fidenza e o misterioso Scipio Lazarus. Nesse caso, ordenando ao rapaz que regressasse, o mercador o exporia a graves riscos.

Entretanto, prosseguir viagem também não era uma escolha das mais sensatas, pois Ignazio não excluía a possibilidade de o homem continuar em seu encalço. Aquele indivíduo, além de tudo, despertara nele velhos temores. Sim, a forma de seu punhal... Mas não tinha certeza, vira-o apenas de relance.

Procurou controlar a ansiedade. Não queria que Uberto o visse inquieto. A única coisa a fazer no momento era prosseguir conforme os planos e deslocar-se rapidamente, sem dar na vista. Talvez sua preocupação fosse excessiva.

Não pensou mais no assunto e aproximou-se do rapaz.

— Como está?

— O estômago não me dá descanso.

— Conseguiu dormir?

— Um pouco.

— Relaxe, estamos chegando. — O mercador apontou uma basílica a curta distância. — Olhe.

Logo depois, a nau iniciava as manobras de atraque.

A basílica de San Pietro in Ciel d'Oro erguia-se nos arredores de Pavia. Uberto admirou-a de passagem e ficou desapontado por partir novamente sem contemplar seu famoso teto dourado, que lhe tinha valido o epíteto de *ad cœlum aureum*.

Nos três cavalos que haviam comprado, desfilaram a trote diante da basílica. Uberto, refreando sua montaria, admirou o pórtico encimado por uma luneta que figurava um anjo empunhando uma flor e um globo, tendo de cada lado um personagem em ato de súplica, um aldeão e um monarca.

Desviando o olhar da basílica, o jovem notou que Willalme segurava seu cavalo pela rédea.

— Mantenha os pés bem firmes nos estribos e não puxe as rédeas — recomendou-lhe o francês. — Assim, o *cheval* não fará o que lhe der na telha.

Uberto sorriu e obedeceu.

Galoparam na direção de Turim.

26

Fazia uma semana que Ignazio partira do mosteiro de Santa Maria del Mare. Rainerio de Fidenza passara aqueles dias na mais profunda inquietude, após a descoberta que fizera. Ignazio não era apenas um necromante, um adorador do Diabo: comportava-se como um herege. Poderiam dizer o que fosse, mas o tal Willalme de Béziers tinha todo o jeito de um cátaro.

Por que um nobre veneziano como Enrico Scalò trataria com semelhantes velhacos? Rainerio supôs que Ignazio talvez o houvesse ludibriado, prometendo vender-lhe algum objeto falso. Ou, pior ainda, bem podia estar tramando difundir entre as classes altas de Rialto as sementes da heresia.

Embora estivesse certo de haver desmascarado a corrupção de Ignazio, Rainerio não conseguia aplacar a inveja. Por que Maynulfo o amara tanto, a ponto de se encarregar de seu segredo? E esse segredo estaria no baú ou em alguma outra parte do mosteiro?

Depois de ler a carta mandada por Scalò ao mercador, Rainerio escrevera imediatamente ao reitor da igreja de Santa Maria e São Damiano, na ilha de Murano, perto de Veneza, pedindo-lhe para marcar um encontro com o conde. Queria pô-lo em guarda contra Ignazio. Caso houvesse recusa ou mau tratamento da parte de Scalò, procuraria ainda assim obter mais informações sobre o espanhol para que pudesse comunicá-las a Scipio Lazarus, seu benfeitor.

Após dias de espera, chegou a resposta do reitor da igreja de Murano. Seu conteúdo superava as piores expectativas. Rainerio leu e releu aquelas linhas, de cenho franzido. Ali estava escrito que não seria mais possível falar com o conde Scalò porque ele havia sido encontrado suspenso da verga mestra de uma nau, com as pernas esmagadas, na manhã da segunda-feira anterior.

Uma terrível desgraça. O criminoso não fora encontrado, mas um marinheiro jurava pelas relíquias de São Marcos ter assistido à cena do enforcamento: acontecera pouco antes do amanhecer e fora obra de um grupo de homens mascarados vestidos de negro. O marinheiro correra em socorro da vítima, mas ordenaram-lhe que se afastasse senão também morreria.

Rainerio amassou a carta, muito irritado. A coincidência do encontro de Scalò com Ignazio era evidente demais para escapar-lhe. Assassino! Então aquele espanhol era também assassino! Devia comunicar logo o fato a Scipio Lazarus. Ele, sim, saberia o que fazer.

Rainerio empunhou a pena e começou a escrever. E, enquanto alinhava as palavras, pensou na longa viagem que aquela carta faria. Havia tempo que Scipio Lazarus não se achava mais no convento dominicano de Bolonha; estava em Toulouse, na igreja de Saint-Romain.

Corria o ano de Nosso Senhor de 1210 quando o conhecera. Era 1º de janeiro e tinha começado a nevar. Rainerio esperava no claustro de São Nicolau, envolto num manto de lã crua. Scipio Lazarus aparecera na sombra do portal e avançara encurvado, o rosto coberto pelo capuz. Sabia pouca coisa sobre ele. Segundo se dizia, ele havia sido um dos primeiros religiosos a abraçar o movimento dominicano, acompanhando frei Domingos de Gusmão. Pelo que parecia, gozava de amizades muito influentes, tanto na cúria romana quanto no exterior.

— Você é Rainerio de Fidenza? — perguntara-lhe Scipio Lazarus.

— Sim, padre. Por que me chamou?

A essas palavras, o homem baixou o capuz, revelando um rosto marcado por horríveis cicatrizes. Rainerio lembrou-se, com certo embaraço, de haver tremido como um menino assustado. Nunca tinha visto coisa igual e jamais imaginou que pudesse ver algo pior.

— Não tenha medo de minha aparência. — E Scipio Lazarus desviou o olhar, embaraçado. Sabia que era repulsivo. — Queria falar com você. Sei que deseja o título de abade.

— Como sabe?

— Posso lhe dar esse cargo — prosseguiu Scipio Lazarus, ignorando a pergunta. — Conheço um mosteiro perto do Adriático, suficientemente rico e presidido por um abade muito velho... Só precisarei transferi-lo para lá, onde deverá aguardar a morte do abade. Não esperará muito. Depois, pensarei em uma maneira de promover sua sucessão.

— Sinto-me lisonjeado, mas por qual motivo quer me ajudar? Não o conheço e nada tenho a oferecer-lhe em troca dessas promessas.

— Em troca, vou lhe pedir pouca coisa: uma ajuda para resolver uma questão espinhosa que me interessa muito.

— Explique-se.

— Ando em busca de notícias sobre um mercador espanhol ligado ao mosteiro onde proponho instalá-lo como abade e para onde cedo ou tarde ele voltará. Peço-lhe que obtenha informações a seu respeito e me coloque a par do que descobrir.

Rainerio não achou aquilo um grande sacrifício.

— Se for apenas isso, farei com prazer — dissera, sem pensar duas vezes. — Como se chama o homem que devo investigar?

— Ignazio de Toledo. — Scipio Lazarus escandira as sílabas lentamente.

Daquele momento em diante, a vida de Rainerio correu fácil. Por recomendação de Scipio Lazarus, fora imediatamente transferido para o mosteiro de Santa Maria del Mare e em poucos anos sucedia Maynulfo da Silvacandida como abade, para desapontamento de irmãos bem mais qualificados.

Deixando de lado as recordações, Rainerio continuou redigindo a carta endereçada ao seu benfeitor. Havia chegado a hora de pagar sua dívida, revelando-lhe o que descobrira sobre o mercador de Toledo, após anos de espera paciente.

27

A viagem para Turim levou quatro dias. O grupo de Ignazio se deslocou velozmente, acompanhado todas as noites, nas hospedarias, por peregrinos que pululavam pelo caminho. Assim fazendo, conseguiam comer e dormir com certa regularidade.

Deixando para trás as muralhas de Turim, subiram o Dora Riparia até alcançar as trilhas do Val di Susa. Lá, porém, encontraram todas as hospedarias, tavernas e até celeiros ocupados por peregrinos vindos da via Francigena, não lhes restando alternativa a não ser dormir ao relento, junto ao monte Pirichiano. No dia seguinte, em poucas horas, já haviam chegado à abadia de San Michele della Chiusa.

Acenderam uma fogueira, comeram carne seca e pão duro, depois se acocoraram em volta das brasas.

Uberto estava cansado, mas feliz. O mercador lhe prometera que, durante a viagem de volta, eles andariam mais devagar e assim ele poderia conhecer as cidades que haviam deixado para trás. Inspirou profundamente. O ar não era como o das lagunas junto às quais crescera, era mais leve, carregado do aroma de resina e agulhas de pinheiro que acariciava as narinas.

Pensou por um instante no que o aguardava em San Michele della Chiusa; a seguir, cerrou os olhos e adormeceu.

Ainda estava escuro quando acordou. Um rumor de passos sobre a relva o despertara: alguma coisa se movia perto dele. Ergueu a cabeça e olhou em torno, sonolento. À luz etérea da lua, percebeu uma massa de pelos aninhada a seus pés. Esfregou os olhos para ver melhor: ali estava um animal grande demais para ser um javali.

De repente, a criatura percebeu que a observavam, deixou cair o alforje que estava vasculhando e aproximou-se do rapaz. Tinha rosto humano, mas o corpo era inteiramente peludo.

Uberto abriu a boca para gritar e não conseguiu emitir um único som. Veio-lhe à lembrança a imagem de um monstro que vira uma vez num bestiário. Tentou gritar de novo e dessa vez conseguiu.

— *Homo lupus!* — exclamou, dando pontapés para manter a distância aquele ser.

Despertado pelos gritos de alarme, Willalme se pôs de pé num salto e olhou para Uberto. No escuro, entreviu o bandido envolto em peles que se achegava ao rapaz. Não teve tempo de intervir: um segundo bandido surpreendeu-o por trás, cingindo-lhe o peito com os braços. Eram braços fortes, mas o francês conseguiu se desvencilhar. Levou a mão ao flanco esquerdo, agarrou a cimitarra e puxou-a. Com esse gesto, afundou o cabo no ventre do agressor, que sentiu o golpe e se dobrou com um grunhido. Era um energúmeno vestido de trapos.

Ignazio também se pusera em pé e agarrara o cajado. Estava para se lançar em socorro de Uberto, mas Willalme foi mais rápido: girou sobre si mesmo com a agilidade de um gato e golpeou o bandido peludo em pleno rosto, com a prancha da espada. Outrora, tê-lo-ia decapitado, mas o mercador lhe ensinara a respeitar a vida alheia. O homem caiu de costas, com o sangue espirrando do nariz.

O francês se virou para o outro atacante, que o agredira por trás. Ele estava se levantando, mas Willalme o derrubou de novo com um pontapé na barriga e apontou a espada para sua garganta.

— Cães bastardos! — rugiu. — Sumam senão os esfolarei como se fossem animais!

Uberto, recuperado do susto, observava a espada do francês. Era recurva, menor que os espadagões dos cavaleiros cristãos. Não percebera que ele a trazia consigo.

As ameaças do francês e as bordoadas de Ignazio convenceram os dois bandidos a fugir. Desceram correndo para o vale e perderam-se como bestas feras entre a folhagem. O mercador seguiu-os com os olhos até desaparecerem.

— Se não acordássemos, roubariam nossas provisões e os cavalos. Sem falar que poderiam ter nos matado em pleno sono.

Willalme voltou-se para o leste.

— Vamos embora, não é prudente permanecer aqui. Além disso, já está amanhecendo.

Uberto, olhando para o norte, estudava o último trecho do itinerário que teriam de percorrer. No alto do monte Pirichiano, desenhava-se a silhueta de San Michele della Chiusa.

Recolheram depressa seus poucos pertences e puseram-se a caminho.

28

Sob um sol cada vez mais escaldante, Ignazio avançava por entre os paredões rochosos.

Uberto cavalgava logo atrás, ao lado de Willalme, pensando no que acontecera poucas horas antes, no vale. Levara um belo susto com aqueles bandidos!

— Nunca tinha visto uma espada como a sua — disse ao francês.

Rompendo o silêncio, Willalme sorriu.

— É uma cimitarra. Os guerreiros mouros a usam. — E, dizendo isso, sacou a arma da bainha, oculta sob o manto. A lâmina era percorrida por nervuras que iam do dorso até o corte.

— Foi forjada com aço de Damasco, impossível de encontrar no Ocidente.

— Onde aprendeu a lutar? — perguntou o rapaz, encantado por ter conseguido fazer o outro falar e, mais ainda, por tê-lo posto de bom humor.

— Em uma nau de piratas — respondeu Willalme, piscando-lhe um olho.

Uberto, visivelmente impressionado, continuou a observá-lo por algum tempo. Que tipo curioso! Mais curioso até do que o mercador. Parecia um nobre cavaleiro com aqueles longos cabelos loiros e o olhar decidido.

A certa altura, da vanguarda da comitiva, ressoou a voz de Ignazio.

— Aí está, finalmente — anunciou ele, apontando para o alto.

Uberto olhou à frente e viu, a pouca distância, uma imponente muralha, por trás da qual se erguia o mosteiro de San Michele della Chiusa, como um gigante de pedra sufocado por uma selva compacta de edifícios. No conjunto, a estrutura parecia desarmônica, mas isso era compreensível: não devia ter sido fácil edificá-la no cimo daquela escarpa.

Os três companheiros se juntaram a uma fila de peregrinos apinhados diante da entrada e aguardaram sua vez.

Depois de atravessar as fortificações externas, pareceu-lhes ter chegado à vila de um castelo. Os caminhos estavam cheios de monges, mercadores e aldeões. Nos cruzamentos juntavam-se pessoas de todos os tipos, vendedores de tecidos e de couros, mendigos e soldados.

Chegando à estalagem, confiaram os cavalos a um criado e dirigiram-se a pé ao mosteiro. Pela primeira vez a impaciência transparecia claramente no rosto do mercador.

Ignazio se aproximou de um grupo de monges, saudou-os com reverência e perguntou-lhes onde poderia encontrar o padre Viviën de Narbonne. Ao ouvir isso, os beneditinos se consultaram entre si. O mais velho deu um passo à frente — um tipo magérrimo, com ar de asceta. Passando os dedos pelas faces que o jejum escavara, respondeu:

— Não o conhecemos. Mas é desculpável, pois aqui vivem muitos monges. Pergunte ao velho celeireiro, o padre Geraldo de Pinerolo. Mora aqui há muito tempo e conhece todos os membros do claustro. A esta hora, costuma ficar nas proximidades do portal do mosteiro.

O mercador agradeceu, inclinando-se. Os monges o abençoaram e se foram.

Como lhes fora indicado, os três companheiros se encaminharam para o mosteiro subindo uma escada cavada na rocha. Chegaram a uma clareira recoberta de seixos, a poucos passos da qual se erguia o templo de San Michele Arcangelo. Pararam à porta, decorada com esplêndidos baixos-relevos que representavam os signos do zodíaco.

— Este portal foi esculpido há quase um século — disse uma voz rouca, que os colheu de surpresa.

Ignazio, Uberto e Willalme viraram-se ao mesmo tempo. Quem falara fora um monge velho, de baixa estatura, olhos vivazes e pele encarquilhada.

Não obtendo resposta, o ancião prosseguiu:

— Não é maravilhoso, o portal? Todo dia paro aqui para admirá-lo. O artífice foi um tal de Nicholaus, que decorou também a catedral de Ferrara. Segundo alguns, era espanhol, mas acho que nasceu no Languedoque. Devia ser cátaro, ele também. — E sorriu com sua boca desdentada.

— O senhor é, por acaso, o padre Geraldo de Pinerolo? — perguntou Ignazio.

— Sim, sou eu. Que posso fazer por vocês, abençoados peregrinos?

— Procuramos um monge. Seu nome é Viviën de Narbonne, e nos disseram apenas...

— Viviën de Narbonne? — Geraldo franziu o cenho e observou bem os três forasteiros. — Quem são vocês? — perguntou, fazendo tremer a longa barba branca.

— Amigos dele — respondeu o mercador, abalado pela reação do velho. — Escreveu-nos uma carta há poucos meses e viemos aqui encontrá-lo.

— Impossível! — exclamou o monge. — Viviën de Narbonne morreu há treze anos.

29

Slawnik cavalgava havia cerca de duas semanas. Só parava para comer e deixar a montaria descansar. Após um demorado galope, sentia as virilhas e os joelhos doloridos, enquanto um irritante formigamento se espalhava por suas nádegas. As pálpebras a todo instante ameaçavam fechar-se por causa do cansaço. Como já estava quase chegando, resolveu parar em uma estalagem.

Apeou, amarrou o cavalo em uma estaca e lavou o rosto em um bebedouro. A água fresca o reanimou. Os raios do sol a pino filtravam-se pelas montanhas, iluminando as encostas e veredas do Val di Susa. Para além da cadeia rochosa, em algum lugar, Dominus aguardava com impaciência suas notícias.

Sentou-se perto de um palheiro e pôs-se a remoer sua missão. A julgar pelas informações que obtivera a caminho, o grupo do mercador deveria estar com um dia de vantagem sobre ele. Logo os alcançaria, pensou o boêmio, contemplando os picos que reluziam como lâminas de cobalto.

Um rumor de passos na grama ressoou às suas costas.

Slawnik virou-se rapidamente, com a mão no cabo do punhal, mas viu-se diante de um rapazinho loiro de cara suja. Fixava-o, imóvel e taciturno, sem dúvida intrigado com seu aspecto imponente. O boêmio lançou-lhe um olhar severo, mas não ameaçador. O rapazinho lhe fazia lembrar ele próprio quando criança, na época em que ainda não conhecia a violência da espada.

— Estou com fome. Peça ao seu pai que me traga algo de comer — ordenou-lhe em tom peremptório e já olhando para outro lado.

O menino não pareceu intimidar-se.

— Meu pai morreu no inverno passado — disse ele, sem desviar os olhos do cavaleiro negro.

Meu pai também está morto, pensou Slawnik. Havia muito tempo que isso tinha acontecido e desde então ele se sentia muito só.

— Como foi isso? — perguntou, sem mostrar grande interesse.

O menino escondeu as emoções por trás de uma máscara colérica.

— Os bandidos o mataram.

— Então você mesmo me trará a comida — concluiu o boêmio, pousando as mãos nos joelhos.

Sem responder, o garoto correu para uma pocilga fronteira ao estábulo. Pouco depois, voltou com um prato de sopa de centeio e um pedaço de pão. Uma jovem de xale preto apareceu à janela. Era bonita, mas tinha o rosto magro, consumido pelo sofrimento e pela angústia.

Slawnik pegou o prato sem agradecer. Comeu em silêncio, sempre com os olhos fixos no menino. Ao terminar, devolveu o prato vazio, montou e disse:

— Cresça, fique forte e vingue seu pai. Mate todos, sem piedade.

Esporeou o cavalo e partiu a galope.

O garoto permaneceu imóvel, com o prato na mão, observando-o enquanto se distanciava.

Rumou direto para San Michele della Chiusa. Dentro em breve, chegaria a seu destino.

30

Ignazio, observando o rosto enrugado do padre Geraldo, parecia não ter entendido bem as palavras que ele acabara de proferir. A frase ecoava em seu cérebro — *Viviën de Narbonne morreu há treze anos!* — e não fazia sentido. A expressão atônita de Willalme e Uberto refletia o mesmo desapontamento.

Tudo parecia desmoronar à sua volta. Se Viviën estava mesmo morto, quem contatara em seu nome o conde Scalò? E como explicar o pingente com a concha? Por um segundo, Ignazio foi tomado de vertigem, mas logo se acalmou. Alinhou na mente as poucas certezas que tinha e tirou uma conclusão lógica: o padre Geraldo mentia ou alguém o manipulava.

Acenou aos companheiros para que não se exaltassem e virou-se para o monge:

— O senhor o conheceu?

— Éramos amigos — respondeu Geraldo, pego de surpresa pela mudança de tom do interlocutor.

— Tem certeza de que ele morreu?

— Eu o vi precipitar-se com seu cavalo encosta abaixo. Ouvi os gritos até o fundo do vale. Que diz disso?

Ignazio absteve-se de replicar. Havia algo de estranho nas palavras do velho. Não apenas ressentimento, mas também medo. Sem dúvida, escondia alguma coisa.

— Reverendo padre — disse, pensando rápido —, o senhor se lembra de onde ele morava? Onde era seu alojamento? Se não for muito incômodo, gostaria de visitá-lo.

Geraldo cruzou os braços.

— As celas dos monges são proibidas aos peregrinos.

— Por favor — insistiu Ignazio —, Viviën possuía um livro que prometera dar-me e eu gostaria muito de guardá-lo como lembrança sua. Apelo para a hospitalidade beneditina... que naturalmente pagarei com uma doação. — E, para enfatizar essas palavras, enfiou a mão no alforje e fez tilintar as moedas encerradas na bolsa que ali trazia.

O monge cofiou a barba branca.

— Pelo que me lembro, Viviën não deixou nada do gênero, mas, se insistem, podemos fazer uma tentativa. Talvez a memória esteja me pregando uma peça. — Suspirou condescendente. — Venham, vamos até os alojamentos dos confrades. Mas não façam barulho para não perturbar o recolhimento dos monges.

Geraldo atravessou com eles o claustro e dirigiu-se para um grande edifício próximo ao mosteiro. Entraram e percorreram um labirinto de corredores escassamente iluminados. Se fora se respirava ar fresco, ali dentro só se sentia o cheiro de incenso e cera derretida.

Por trás das portas fechadas, ouviam-se passos, suspiros e murmúrios. Pairava sobre tudo uma calma inquietante, uma estranha sensação de vazio. Uberto estremeceu. Willalme, percebendo-o, deu-lhe uma palmadinha no rosto.

— Chegamos — disse Geraldo, abrindo uma porta. — Esta era a cela de Viviën, que ninguém ocupa no momento. Correm boatos supersticiosos a respeito... — Sorriu embaraçado. — Os monges são mais impressionáveis que as crianças.

Entraram. O recinto era exíguo e despojado, contendo apenas um catre e um armário coberto de poeira. Ignazio aproximou-se, abriu as portas e examinou o conteúdo: um tinteiro seco, uma lamparina com o pavio de linho queimado, alguns palimpsestos, um livro de salmos e um par de calçados bem gastos.

Na última prateleira, embaixo, havia um livro. Esperançoso, o mercador apanhou-o e folheou-o. Estava escrito em árabe. Leu algumas palavras, conferiu o título no frontispício e devolveu-o, decepcionado, ao armário.

— Não é o que procuro — disse. — Este é o *Liber Scalarum*.

— Que vem a ser o *Liber Scalarum*? — perguntou Uberto, antecipando-se a Geraldo.

— Fala de uma viagem empreendida por Maomé sob a orientação do arcanjo Gabriel — explicou Ignazio. — Segundo esse livro, o profeta visitou os infernos e as esferas celestes. Mas, como eu já disse, não é o que estamos procurando.

O monge fez uma careta de incredulidade.

— Não imaginava que Viviën se dedicasse a semelhantes leituras.

Aquilo não era nada, poderia lhe dizer o mercador. Mas conteve-se. Olhou em volta, à procura de indícios. Obviamente, o *Uter Ventorum* não estava mais ali, se é que alguma vez estivera.

De súbito, Ignazio notou um pequeno ícone de madeira suspenso da parede, acima do catre. Representava, em estilo bizantino, um personagem com cabeça de cão e túnica oriental, as mãos postas em atitude de prece.

— Não me lembro de já ter visto este ícone — declarou Geraldo, acompanhando o olhar de Ignazio.

— Representa são Cristóvão, o protetor dos peregrinos — disse o mercador.

— Que estranho! — admirou-se Uberto. — Por que motivo tem cabeça de cão?

— Talvez por causa da história segundo a qual, antes de converter-se ao cristianismo, Cristóvão fora um devorador de homens. No Egito, é comparado a Anúbis, o deus da morte. — Refletindo melhor,

Ignazio concluiu que talvez aquele Cristóvão-Anúbis fosse algo mais do que parecia. Podia ser uma pista deixada por alguém. Aproximou-se do ícone e o retirou da parede, para examiná-lo de perto.

Viu então que, na parte de trás, fora gravada a seguinte frase em latim:

LEGITE IN MEO SEPVLCRO QVOD SCRIPSI IN VITA MEA

Ignazio permitiu-se um sorriso de triunfo e traduziu:

— "Lede em meu sepulcro aquilo que escrevi durante a minha vida".

A expressão de seu rosto tornou-se inescrutável.

— Padre Geraldo — disse finalmente —, devo lhe pedir um último favor. Leve-me ao local onde Viviën de Narbonne foi sepultado.

O monge já não podia recusar.

Seguindo-o, Ignazio e seus companheiros saíram do dormitório do mosteiro e chegaram a um grande espaço ao ar livre, delimitado por muros circulares.

— Este é o cemitério dos monges — explicou o velho, apontando para as lápides que cobriam o terreno. Depois de fazer o sinal da cruz, atravessou aquele local deserto e parou diante de uma cruz de madeira. — Eis a tumba de Viviën de Narbonne. Seu corpo, porém, não jaz aqui. Não foi encontrado depois de rolar pela escarpa. Orem por ele, se quiserem. Espero-os na trilha.

Geraldo se afastou de mãos postas, após se despedir dos três forasteiros. Já estava farto daquela estranha história.

— Que estamos fazendo aqui? — perguntou Willalme ao mercador. — Que é que você procura entre os mortos?

Ignazio não perdeu tempo em responder-lhe e inspecionou cada ângulo da cruz. Na frente, só se lia o nome do defunto. Girou em torno da cruz e inclinou-se sobre ela. Suas pupilas se dilataram.

— Aí está! Eu bem sabia! — exultou de repente. — Viviën não morreu. Deixou um sinal cifrado. Diabo de monge!

Na superfície da madeira, estava escrito: VTER VENTORVM. Sob a inscrição, aparecia um desenho um tanto grosseiro, em cujo centro se via um homem empunhando um grande odre e, à sua volta, quatro anjos soprando em sua direção. O ar escapava de suas bocas sob a forma de segmentos curvilíneos rabiscados apressadamente e que convergiam para o odre.

— Parece uma ilustração dos quatro ventos que sopram dos pontos cardeais — observou Uberto.

— Não, acho que são as "entidades celestes" dos magos a respeito dos quais lhe falei — disse Ignazio, insondável. — Olhe mais embaixo.

Sob o desenho, aparecia uma série de letras aparentemente privadas de sentido.

a e r c m s a u r n o r z u d t o a r s

l l a i t o u s e e r l b z a u i s n t

z t d e a r t o u i r a n m i a n r + a

o i l e o t s s e e + l l e u m n e a t

t t s o u g z t l a u n m g b i r s e m

h e u t s n r e u l b g e e r n p u o d

r e + n k i o g b e a r b s e i l t j n

+ e c h e c l s u e m s s a a t n e c u

c m s i o d u n n u i c l a u f s i i t

i l r l a i t e u l r o l s a e u l r t

+ c a s m a e + z s a u r i a t k n u e

l c e a p s i a u l s t s e e u r l u o

u c e a a m l g e i b n a e s a t t u a

a s m u p b i o s c t a e j l e l d e n

— Que é isso? — perguntou o jovem.

— Um criptograma. Teremos de decifrá-lo, mas agora não há tempo. Copie-o sem cometer nenhum erro.

Uberto obedeceu. Tirou do alforje um díptico de superfície encerada e começou a transcrição. Estava curioso quanto ao significado daquelas letras, mas o ato de copiar absorvia toda a sua atenção e o impedia de fazer suposições.

Ignazio passou os dedos pela incisão da cruz.

— É recente. Não tem mais de um ano — disse, virando-se para Willalme. — Nota-se isso pelo entalhe, que não foi corroído pelas intempéries como o nome gravado na face anterior. Provavelmente, ninguém notou sua existência. — E pousou os olhos no criptograma, aparentemente sem sentido.

Uberto fechou o díptico e recolocou-o no alforje.

— Terminei. Copiei tudo.

— Ótimo. Agora, saiamos daqui. — O mercador lançou um derradeiro olhar ao sepulcro vazio. — Não sei por quê, mas não me sinto seguro entre estes muros.

31

Mal havia se passado uma hora quando um forasteiro se apresentou ao padre Geraldo de Pinerolo. O velho, que acabara de fazer a inspeção diária da despensa, permitia-se um instante de repouso ao sol, diante do mosteiro.

— *Dilectissime patre*, perdoe-me — começou o estranho, inclinando-se, mas com certa rigidez de movimentos.

— Pode falar, meu filho. — Geraldo examinou a figura de negro, cuja face mal aparecia sob o capuz. Num primeiro momento, confundiu-o com um monge peregrino; mas, descendo o olhar, percebeu sob a capa as botas de couro armadas de esporas. Não, aquele tipo não era um religioso e muito menos um viandante pobre.

— Procuro três peregrinos que chegaram aqui há pouco. Alguns monges me disseram que eles falaram com o senhor hoje mesmo, no final da manhã.

— É verdade. Mas já partiram. Você chegou tarde.

Ao ouvir isso, o estranho cruzou os braços ao peito, como que para conter uma cólera súbita.

— Para ser mais exato, não procuro por eles, mas, sim, por um monge, o padre Vivien de Narbonne.

— De novo essa história! — desabafou Geraldo. Mas logo procurou acalmar-se, pois, ao contrário dos visitantes anteriores, o aspecto daquele homem não era nada amistoso. Talvez pelo sotaque eslavo e um tanto rude, talvez pelo porte imponente, o velho não se sentia seguro.

— Conforme já expliquei aos outros, Viviën de Narbonne morreu há muito tempo — disse Geraldo, cruzando os dedos sob a longa barba branca.

O homem hesitou por um instante. A capa negra se agitou.

— Levaram alguma coisa daqui? — perguntou enfim. O tom de voz mudara, agora parecia inquisitorial.

— Não — respondeu o monge, encolhendo-se. — Visitaram o túmulo de Viviën. Só isso.

— Leve-me até lá — ordenou o forasteiro.

O monge assentiu, inclinou humildemente a cabeça e conduziu-o ao sepulcro.

Caminhando pelo cemitério, Slawnik olhava em volta, mal contendo a cólera que lhe roía o peito. Viviën de Narbonne morto! Alguém estava se fazendo passar por ele ou o conde Scalò havia mentido! O caso se complicava. E se o livro estivesse enterrado no túmulo? Nesse caso, Ignazio de Toledo o teria encontrado, já que partira tão apressadamente de San Michele della Chiusa. Slawnik perdera-o de vista! Mas, fosse como fosse, devia controlar-se. Além disso, aquele Geraldo de Pinerolo lhe escondia alguma coisa. Talvez estivesse mancomunado com o mercador.

— Esta é a tumba de Viviën — disse a certa altura o monge.

O boêmio examinou-a. Não havia sinais de terra removida ou violação. Só se via uma cruz de madeira. Slawnik sentiu-se de repente num beco sem saída. Alguém devia estar brincando com ele. A missão corria o risco de fracassar. Dominus não o perdoaria nunca!

Num súbito acesso de ira, Slawnik agarrou o monge pela barba e mirou-o com olhos gélidos.

— Está mentindo! — gritou-lhe no rosto. — Que lhe disse o mercador de Toledo? Diga-me tudo ou eu o mato!

Aterrado, Geraldo implorou piedade com gestos trêmulos de mão.

— Em nome de Jesus Cristo... — balbuciou. — Não sei nada... Acredite-me...

O boêmio leu no rosto decrépito do monge a sinceridade do desespero. Não lhe arrancaria coisa alguma agindo daquela maneira. Mais irritado ainda, ele empurrou o velho contra a tumba de Viviën. Com o choque, a cruz se desprendeu do chão, lançando terra para todos os lados.

Slawnik sacou da espada e brandiu-a, sufocado de cólera. O monge ainda teve forças para segurar a cruz e tentar se proteger com ela.

O boêmio ia desferir o golpe, mas deteve-se. Uma inscrição no crucifixo chamou sua atenção. Leu, satisfeito: VTER VENTORVM.

Arrancou a cruz das mãos do monge, cortou a parte que trazia a inscrição e guardou-a sob o casaco. Agora tinha o que queria. Geraldo, estendido no chão e tremendo como uma folha verde, já não o interessava.

Girou nos calcanhares e ia afastar-se quando avistou um noviço que se distanciava correndo do sepulcro. Devia ter assistido à cena e provavelmente ia buscar ajuda. A situação não era mais segura. San Michele della Chiusa contava com um bom serviço de vigilância. Quase matara um monge, não se safaria com muita facilidade.

Saiu às pressas do cemitério, tencionando alcançar o mais depressa possível sua cavalgadura. Entrou esbaforido no estábulo, seguido de gritos que chegavam cada vez mais perto. De repente, um guarda atravessou seu caminho, tentando feri-lo com a lança. O boêmio, que ainda brandia a espada, simulou uma estocada, avançou e golpeou o inimigo no flanco com o corte da lâmina. O guarda caiu, levando as mãos à ferida.

Slawnik saltou para a sela, esporeou o cavalo, atirou-se para fora do estábulo e disparou em direção à muralha, galopando com fúria. Guardas, monges e peregrinos abriram caminho para não ser derrubados. Uma flecha sibilou sobre sua cabeça, disparada por um dos arqueiros postados nas ameias. O ar vibrou de novo e Slawnik teve o peito trespassado.

O animal, como se percebesse sua dor, relinchou e estacou de súbito.

Slawnik levou a mão à ferida, sob o gibão de couro. A flecha se encravara na madeira da cruz depois de perfurar o gibão e as carnes. Perdia sangue.

Tentou prosseguir, mas já um destacamento de guardas o rodeava. Ousadamente, ele puxou as rédeas e fez o cavalo empinar. Os homens se detiveram, e alguns, escoiceados pelo animal, caíram por terra. O boêmio sacou a espada, girou-a no ar e desferiu um golpe violentíssimo na cabeça de um soldado, amassando-lhe o capacete. O infeliz desabou como um saco vazio, deixando livre a passagem.

O animal, que escoiceava furiosamente, deu um salto e se desvencilhou da turba.

Slawnik baixou a cabeça e galopou na direção dos portões veloz como um raio. Flechas voavam ao seu redor, mas não o feriram de novo. Conseguiu atravessar os portões antes que se fechassem.

Estava salvo, fora das muralhas de San Michele della Chiusa.

32

Ignazio, Uberto e Willalme se abrigaram em uma taverna a pouca distância de San Michele della Chiusa. O mercador não achara prudente permanecer no mosteiro: se Viviën de Narbonne queria se passar por morto, tinha lá seus motivos.

— Procurávamos um monge com um livro e encontramos uma mensagem cifrada. — Sentado a uma grande mesa de madeira, Uberto perscrutava os olhares dos companheiros à sua frente. Seu rosto denunciava cansaço e apreensão. — Essa história é completamente absurda.

— Talvez Viviën de Narbonne estivesse se sentindo em perigo — aventou Willalme — e por isso fugiu.

— Por causa de um livro? Não seria demais?

— Como eu já disse — interveio o mercador —, certos livros às vezes são muito perigosos.

Uberto olhou-o com desconfiança.

— Acha que Viviën foi ameaçado?

Ignazio desviou o olhar, fingindo seguir os movimentos do taberneiro entre as mesas.

— Não sei, mas sem dúvida está agindo de modo premeditado. Fugiu para se esconder e preservar o *Uter Ventorum*. Quer que o procuremos. — As tábuas da mesa rangeram sob seus cotovelos. — Deve ter pressentido que outras pessoas se interessavam pelo livro e ficou com medo. Talvez uma delas seja o homem de negro que nos espionou em Veneza.

Essas palavras soaram agourentas e ninguém soube responder. Os três mergulharam num silêncio insondável.

— Precisamos decifrar a mensagem da cruz — lembrou Willalme.

— Faremos isso mais tarde — disse o mercador. — Primeiro, vamos comer alguma coisa. Temos de recuperar as forças.

Acabavam de chegar à sua mesa um assado de cervo e um jarro de hidromel.

Uma hora depois, a taverna estava deserta, exceto pelo proprietário e por alguns serviçais atarefados. Dentro, só se ouvia o crepitar do fogo; fora, o rumor dos galhos e uivos a distância.

Depois de comer, Ignazio pediu a um criado que tirasse a mesa e acendesse um candeeiro, pois as tochas nas paredes começavam a apagar-se.

Quando os três companheiros ficaram novamente sós, Uberto retirou o díptico do alforje e abriu-o à luz da candeia.

— Não tão perto da chama — advertiu-o Ignazio. — Não queremos que a cera das tabuinhas se derreta!

O rapaz obedeceu, puxando o díptico mais para si.

— A inscrição é incompreensível — murmurou. — Está escrita num alfabeto secreto?

— Não — respondeu o mercador. — É um método inventado pelo próprio Vivïen. Usava-o para ocultar as mensagens importantes contidas em suas cartas.

— Como funciona?

— Como um tabuleiro de xadrez, em que as casas brancas se alternam com as pretas. Veja.

Assim dizendo, Ignazio pegou o díptico e começou a sublinhar alternadamente as letras do código.

a e r c m s a v r n o r z v d t o a r s

l l a i t o v s e e r l b z a v i s n t

z t d e a r t o v i r a n m i a n r + a

o i l e o t s s e e + l l e v m n e a t

t t s o v g z t l a v n m g b i r s e m

h e v t s n r e v l b g e e r n p v o d

r e + n k i o g b e a r b s e i l t j n

+ e c h e c l s v e m s s a a t n e c v

c m s i o d v n n v i c l a v f s i i t

i l r l a i t e v l r o l s a e v l r t

+ c a s m a e + z s a v r i a t k n v e

l c e a p s i a v l s t s e e v r l v o

v c e a a m l g e i b n a e s a t t v a

a s m v p b i o s c t a e j l e l d e n

Finda a operação, mostrou a tabuinha a Uberto.

— Copie as letras sublinhadas nesta folha — disse, dando-lhe uma pena de ganso e uma folha de pergaminho em branco.

O jovem obedeceu, enquanto Willalme o observava admirado. Aquele rapaz tão novo e tão inexperiente das coisas do mundo sabia escrever! Para ele, semianalfabeto, aprisionar palavras em traços de tinta era pura magia.

Uberto concluiu a tarefa, mas não conseguiu entender o enigma. De que língua se tratava? Não era obviamente latim.

armarozdor

lioselzvst

zdatvrnin+

ietselemet

tsvzlvmbre

etnelgenvd

r+kobabelj
ehcsesatev
csovnilvsi
llieloselt
+amezarakv
casaltevlo
vealebastv
svbocajedn

— Parece árabe — arriscou o jovem, que de árabe não sabia nada.

— É uma mensagem cifrada — corrigiu o mercador, examinando o escrito. Estava perplexo, quase desorientado. — Eu não esperava por isso — confessou.

— Entende alguma coisa?

— Viviën nunca tinha usado tais expedientes. Outrora, limitava-se a "entretecer" as frases escandindo-as em letras alternadas, mas é óbvio que estamos diante de um quebra-cabeça diferente.

— Talvez o criptograma tenha sido composto de modo diverso... — sugeriu Uberto.

— Acho que não. — Ignazio concentrou-se na primeira linha da transcrição: *armarozdor*. Num primeiro momento, julgara essas letras destituídas de sentido; mas logo percebeu que não era assim e que elas continham um nome! Animado pela descoberta, examinou a linha seguinte, que, todavia, não conseguiu decifrar. Passou então à terceira, na qual conseguiu distinguir algumas palavras. Nessa altura, teve uma intuição e voltou à segunda, mas lendo-a em sentido contrário. Pronunciou uma série de sílabas em voz baixa, enquanto os companheiros o observavam com curiosidade crescente.

— Já sei! — exclamou de súbito. — O texto está no sistema bustrofédon.

— Bustrofédon? — espantou-se Uberto. — Nunca tinha ouvido essa palavra!

Ignazio se permitiu um sorriso vitorioso.

— Ela é de origem grega e significa “ir e vir à maneira do boi”. — Como os interlocutores não davam mostras de entender, explicou melhor: — Ao arar, os bois arrastam a relha primeiro da esquerda para a direita e depois da direita para a esquerda. Vivïen redigiu o texto usando o mesmo expediente, e é assim que devemos lê-lo.

— Incrível! — murmurou Willalme.

O mercador, tomando a pena e a folha de pergaminho, transcreveu com mão segura a mensagem oculta na escrita cifrada.

armarozdor
tsvzlesoil
zdatvrnin+
temelestei
tsvzlvmbre
dvneglente
r+kobabelj
vetasesche
csovnilvsi
tlesoleill
+amezarakv
olvetlasac
vealebastv
ndejacobvs

— São quatro frases divididas por outras tantas cruzes — revelou Ignazio. — Basta transcrevê-las de modo claro. — E assim fez.

armarozdortsvzlesoilzdatvrnin
temelesteitsvzlvmbredvneglenter
kobabeljvetaseschecsovnilvsitlesoleill
amezarakvolvetlasacvealebastvndejacobvs

— Isso não é latim — garantiu Uberto.

— Não... É uma língua parecida — disse o mercador. — Vou ler, prestem atenção. Naturalmente, a grafia do *u* e do *v* é igual.

Armaroz dort suz les oilz d'Aturnin
Temel esteit suz l'umbre d'un eglenter
Kobabel jüet as eschecs ou n'i lusit le soleill
Amezarak volvet la sa cue a le bastun de Jacobus

Uberto ouvia, cada vez mais interessado. Aquelas frases soavam como se fossem francesas.

— É provençal, a língua dos trovadores — explicou o mercador.

Willalme, que conhecia bem aquele idioma, traduziu prontamente:

Armaros dorme sob os olhos de Aturnin
Temel está à sombra de uma roseira
Kobabel joga xadrez onde o sol não brilha
Amezarak enrola sua cauda no bastão de Jacobus

— É uma adivinhação! — exclamou Uberto, empolgado. — Se não me engano, *Aturnin* é uma das formas pelas quais costuma ser chamado são Saturnino.

Ignazio concordou, levando aos lábios o copo de hidromel.

— Mas não sei quem ou o que possam ser Armaros, Temel, Kobabel e Amezarak — prosseguiu o rapaz.

— São nomes de anjos — revelou o mercador.

— Anjos... — repetiu Uberto. — Foi, portanto, a isso que você se referiu ao falar das "entidades celestes" dos magos?

Em vez de responder, Ignazio continuou explicando:

— Esses nomes aparecem no *Livro de Enoque* e designam alguns dos anjos rebeldes que desceram à Terra na companhia de Lúcifer.

— Em suma, demônios — pontificou Uberto. — Eis o que você está procurando, um livro que fala de demônios!

O mercador pediu-lhe que se acalmasse, mas ele se levantou de um salto, com o rosto congestionado.

— Não quero mais ajudá-lo nesta busca!

— Você não está entendendo — replicou Ignazio, agarrando-o pelo pulso e obrigando-o a sentar-se de novo. O aperto era forte e gentil ao mesmo tempo. Foi esse aperto, e não propriamente as palavras, que obrigou o rapaz a conter-se. — Não importa *quem* sejam esses quatro anjos, mas, sim, *aquilo* que representam.

Uberto percebeu então que havia agido como uma criança assustada e sentiu vergonha de sua atitude.

— Quer dizer que se trata de símbolos?

— Mais que isso. — O olhar do mercador galvanizou a atenção dos companheiros. — Segundo Enoque, os anjos caídos transmitiram aos homens as bases da magia. Armaros lhes ensinou os encantamentos. Temel, a astrologia, Kobabel, a leitura dos astros, e Amezarak, as virtudes das raízes.

Willalme ficou pensativo.

— Resta saber que relação têm esses anjos com o *Uter Ventorum*.

— Nós já vimos esses anjos — observou o mercador. — Nos desenhos sobre a cruz de Vivïen, em San Michele della Chiusa, lembram-se? Eram quatro como os ventos cardeais e sopravam dentro do odre.

— Sim, o odre no centro do desenho... — Os olhos de Uberto se iluminaram. O *Uter Ventorum*, o odre dos ventos!

Ignazio assentiu.

— Provavelmente, o livro traz esse título porque contém o sopro dos quatro anjos, isto é, seus ensinamentos.

— Quatro ventos — continuou o rapaz — ou quatro ciências herméticas.

— Mas também quatro seções do livro — completou o mercador. — Quatro capítulos, quatro dissertações.

— Mas por que dizer isso numa adivinhação? — perguntou Willalme. — De que nos serve saber que o livro tem quatro capítulos?

Ignazio refletiu sobre as palavras do francês enquanto examinava atentamente o enigma.

— É verdade — admitiu por fim. — Não faz sentido idealizar um criptograma tão complicado só para descrever a estrutura de um livro. O texto que aqui temos deve servir a outro propósito... A meu ver, nos revelará onde está escondido o *Uter Ventorum*... — Hesitou por um instante e sorriu astutamente. — Parece-me razoável supor que Viviën tenha inventado esse estratagema para nos informar que o livro está dividido em quatro partes escondidas em um ou mais lugares.

— Que lugares? — perguntou Uberto.

O mercador recostou-se na cadeira, quase constrangido por dizer o óbvio.

— O primeiro é Toulouse.

— Tem certeza?

— Você mesmo o disse há pouco: São Saturnino, ou melhor, Saint Sernin. É o padroeiro de Toulouse.

— É isso! — exclamou o rapaz. — Assim, escrevendo “Armaros dorme sob os olhos de São Saturnino”, Viviën quer nos dizer que a primeira parte do livro, dedicada aos encantamentos, está escondida na catedral de Saint Sernin, em Toulouse.

— É o que parece — concordou Ignazio, ainda recostado na cadeira. — Só nos cabe agora averiguar.

— E o resto do enigma? — quis saber Willalme.

— Um passo de cada vez — aconselhou o mercador. — Além disso, suspeito que a escrita cifrada oculte outros segredos.

33

Era noite alta quando um cavaleiro desceu para o vale do Dora Riparia e deslizou nas sombras do bosque até alcançar uma *mansio* fortificada. Examinou o edifício de pedra e madeira, encimado por duas torres que ostentavam as armas dos Cavaleiros de Jerusalém, uma grande cruz vermelha rodeada por quatro cruzes menores.

Ali Slawnik encontraria abrigo, pois era onde viviam em segredo alguns emissários da Saint-Vehme fiéis a Dominus. Tranquilizado, dirigiu-se para os portões da muralha externa e parou diante de três guardas acocorados em volta de uma fogueira.

Um dos homens se levantou a contragosto e correu na direção dele. Usava um elmo cônico munido de viseira e uma túnica branca sem mangas que lhe chegava aos pés. Nas mãos, trazia uma lança com a ponta em forma de folha de salgueiro. Aproximando-se do estranho, iluminou-o com uma tocha.

— Quem é você? — perguntou-lhe.

O desconhecido baixou o capuz, descobrindo um rosto pálido como cera.

— Procuro abrigo para a noite. Disseram-me que aqui se acolhem peregrinos.

— É verdade. — O soldado não deixou de notar os olhos febris do forasteiro. Hesitou um segundo e acrescentou: — Você não me parece bem... Está ferido?

— Só preciso descansar — respondeu Slawnik, respirando profundamente para aliviar o cansaço extremo.

O soldado observou-o com atenção. Não era um simples peregrino nem um religioso. Talvez fosse um mercenário a caminho do Languedoque para se alistar na cruzada contra os albigenses. Muitos deles passavam por ali de tempos em tempos.

— Desmonte, senhor — intimou-o o soldado, como de praxe.

O boêmio vacilou na sela ao tentar descer, seus joelhos cederam e ele caiu na relva, sem forças. O cavalo relinchou como se estivesse aliviado por ficar livre de seu fardo.

O guarda se inclinou sobre o forasteiro, julgando-o morto, e viu-lhe o rosto pálido banhado de suor. Estava vivo, mas febril. Encostou-lhe a mão no peito e retirou-a suja de sangue. Foi então que notou um rasgo no gibão de couro e uma lasca de madeira que se projetava da carne.

— Está ferido! — bradou, virando-se para os companheiros.

— Que é? — perguntaram os outros, que haviam permanecido junto ao fogo.

— Com os diabos, apressem-se! O homem tem uma ponta de flecha cravada no peito!

Parte III
A MARCA DE TEMEL

Sabei que a Lua é o mensageiro dos astros. Com efeito, ela transmite suas virtudes de um corpo celeste a outro.

Abu Masar, *Libri Mysteriorum, II, 202*

34

Dedos maternais sobre a fronte. Odores delicados. Cantiga de ninar...

Slawnik despertou de um sono profundo. Estava deitado num catre, num quartinho ensolarado revestido de madeira. As cobertas tinham o perfume das flores que constelavam as selvas da Boêmia.

Sentou-se à beira da cama com a mente cheia das lembranças e dos sorrisos da mãe. De súbito, percebeu que seu tórax estava enfaixado, e as reminiscências se esvaíram como borboletas tangidas pelo vento.

Levou a mão direita à ferida e percebeu que havia sido medicado.

Quem teria cuidado dele? Quem o deitara naquele catre?

Procurando ordenar os pensamentos, lembrou-se do que lhe acontecera em San Michele della Chiusa. O pedaço da cruz de Viviën salvara sua vida detendo o avanço da flecha. Um verdadeiro prodígio.

Só então percebeu que estava com o peito nu. Aonde teria ido parar aquele pedaço de madeira?

Pôs-se de pé e procurou pelo quarto. Confuso, só instantes depois reparou que suas roupas estavam dobradas sobre uma cadeira. Olhou para o chão e suspirou, aliviado. Aos pés do leito viu sua espada, suas botas... e o pedaço da cruz com a inscrição. Não o perdera.

Entretanto, viu também algo que não esperava: a flecha, trespassando a madeira, arranhara a superfície, tornando ilegível a parte inicial do criptograma!

O boêmio praguejou, com as veias do pescoço infladas de raiva. E já ia explodir num acesso de ira quando ouviu um rumor de passos que se aproximavam da porta. Procurou controlar-se e, com o rosto ainda transtornado, viu-a abrir-se.

Entrou uma mulherzinha de cabelos brancos enrolados na nuca. Slawnik lançou-lhe um olhar ameaçador, mas, percebendo que a recém-chegada não representava nenhuma ameaça, acalmou-se. Era ela quem devia ter cuidado de sua ferida.

— Vejo que já se recuperou, senhor — disse a mulher em tom jovial. — Foi grave. Delirou por 48 horas seguidas.

As feições do boêmio se contraíram. Maldição! Dormira dois dias! A mulherzinha não lhe deu tempo de responder. Alçando-se nas pontas dos pés, tocou-lhe a fronte.

— A febre passou — disse. E, aproximando-se da cama, estendeu as cobertas. — Deve estar faminto, imagino. Quer que eu lhe traga alguma coisa? — perguntou, ajeitando o travesseiro com gestos rápidos e enérgicos.

— Prefiro comer embaixo, na estalagem. Há uma aqui, não?

— Sim. Se estiver se sentindo bem, não há problema. Mas não se esforce muito — ela recomendou, quase como se estivesse falando a um menino.

— Isso não é da sua conta — grunhiu o boêmio, impaciente.

Dando de ombros, a mulher lançou um último olhar à cama arrumada e caminhou para a porta.

— Não ingeriu os medicamentos por dois dias. Suas roupas, como vê, estão na cadeira. Tomei a liberdade de lavá-las e remendá-las.

O hóspede fez-lhe sinal para que esperasse, mas ela já havia saído. Ele não estava acostumado a exprimir gratidão, achava que toda demonstração de sentimento era uma fraqueza. As palavras de agradecimento morreram-lhe na garganta.

Depois de se vestir, desceu ao andar inferior. Entrou na estalagem e sentou-se a uma mesa vazia.

O cheiro da comida espicaçou-lhe o apetite. Pediu que o servissem e olhou em volta. O local estava apinhado de peregrinos e soldados, rostos desconhecidos baixados sobre o prato.

Com a maior desenvoltura, tirou da cinta o punhal em forma de cruz e fincou-o no centro da mesa. Era um aviso. Alguns dos presentes se viraram para ele e imediatamente voltaram a comer.

Pouco depois, trouxeram-lhe vinho e um assado de coelho, que ele se pôs a devorar.

Não se passou muito tempo e duas figuras saíram de um canto escuro, atravessaram a sala e sentaram-se à sua frente. Não eram imponentes como ele, mas tinham o porte robusto. Estudaram-no em silêncio e sacaram seus punhais, também esses em forma de cruz, colocando-os ao lado do dele.

— Sabia que vocês se escondiam aqui, mas não tinha certeza de que os encontraria — disse Slawnik, observando-os atentamente enquanto mastigava com voracidade um bocado de carne. — Preciso de sua ajuda — completou.

— Por conta de quem? — perguntou um dos homens, deslizando a mão direita pelo punho da espada.

— Dominus.

A palavra caiu como uma pedra num lago. Houve uma pausa.

Os dois homens se descontraíram e esboçaram uma inclinação de cabeça.

— Oferecemos nossos préstimos — disseram. — Como podemos ser úteis?

— Estou à procura do *Uter Ventorum* e prestes a encontrá-lo — explicou o boêmio, sorvendo um trago de vinho de uma caneca de cerâmica.

— O livro que encerra o segredo dos anjos?

Slawnik anuiu.

— Dizia-se que estava perdido.

Sem responder, o boêmio tirou a inscrição do gibão de couro e pousou-a sobre a mesa, bem diante dos olhos dos interlocutores, que a admiraram como uma relíquia.

— Que está escrito aí? — perguntou um dos homens.

— Acho que só Dominus é capaz de decifrá-la. — O boêmio pegou novamente o objeto e guardou-o no gibão. — Preciso encontrá-lo. No momento, está em Toulouse, usando um nome falso. — Calou-se por um segundo, como se sentisse vergonha de pedir auxílio, e prosseguiu: — Poderão surgir complicações. Três pessoas estão na pista do livro e têm vantagem de dois dias. Depois de consultar Dominus, decidiremos o que fazer.

Os dois concordaram.

— Só mais uma coisa — acrescentou Slawnik.

— Diga.

— Se me atrapalharem de algum modo, mato-os com minhas próprias mãos.

35

Cruzar os Alpes foi uma aventura extenuante. O grupo de Ignazio tinha de avançar por um longo trecho a pé, guiando os cavalos em terreno acidentado.

— No inverno é ainda pior — explicou o mercador. — Quando a neve e o gelo cobrem as veredas, os montanheses recorrem a um método todo seu para conduzir os viandantes até o vale: deitam-nos em peles de animais e arrastam-nos. De vez em quando, algum escapa de suas mãos e acaba no fundo de um despenhadeiro...

— E os cavalos? — perguntou Uberto. — Como fazem para levá-los até o vale no inverno?

— Arrastam-nos do mesmo modo, pobres animais! — respondeu Ignazio, sorrindo.

Vencidos os Alpes, prosseguiram para oeste embrenhando-se num bosque cerrado. Atravessaram o Ródano perto de Avinhão, pela ponte de Saint-Bénézet, e seguiram o curso do rio em direção ao mar. Após dez dias de viagem a partir de San Michele della Chiusa, pernoitaram numa hospedaria das vizinhanças de Nîmes.

Pelo caminho, Uberto pudera conhecer a doce terra do Languedoque, onde o perfume das vinhas se mesclava à brisa do Mediterrâneo. Admirava-se, sobretudo, do modo de falar da gente local, tão diferente do latim e dos dialetos italianos. Às vezes, ao ouvir uma determinada palavra ou expressão, procurava repeti-la e perguntava a Willalme o significado.

Ignazio se alegrava com o entusiasmo do rapaz, mas no fundo continuava ansioso. Faltavam-lhe ainda muitos fragmentos do mosaico. Não sabia o que havia acontecido a Viviën nem o que ele fizera durante todos aqueles anos. Não sabia também se o amigo continuara fugindo, como ele próprio, ou se conseguira livrar-se da Saint-Vehme. Além disso, não entendia por que se passava por morto, deixando atrás de si pistas falsas e enigmas obscuros. Enfim, escapava-lhe a verdadeira natureza do *Uter Ventorum*.

Atormentado pela inquietação, o mercador ergueu os olhos e viu Uberto e Willalme na varanda da hospedaria, banhados pela luz avermelhada do crepúsculo. Não queria que o rapaz corresse riscos. Tentaria impedir isso a todo custo.

De repente, emergiu de seus pensamentos um rosto de mulher. Um rosto belíssimo, que havia amado e que continuava a amar perdidamente.

— Sibilla — murmurou. — Estou fazendo de tudo para remediar as coisas, querida. Espero abraçá-la de novo em breve.

A poucos passos do mercador, Willalme e Uberto contemplavam o sol que se escondia por trás dos montes. As cores ardentes do astro aqueciam suas faces com uma tepidez agora suave.

Uberto apontou para o mercador, sentado a distância numa cadeira de vime.

— Esta tarde, ele parece melancólico — observou.

— Fica assim quando pensa em sua terra natal e em sua família — confidenciou o francês.

— Nunca fala sobre o assunto.

— Prefere dessa maneira.

— Não sei o que significa ter uma família... pais. — No rosto de Uberto aflorou uma nota de constrangimento. — Minha única família foi a comunidade de Santa Maria del Mare. Mas sempre me senti diferente dos monges.

— Meu pai era carpinteiro — revelou Willalme, com os olhos azuis fixos no crepúsculo. — Lembro-me de suas mãos grandes, ásperas, arranhadas pelas lascas de madeira. Ele era alto e forte, todos o respeitavam. Minha mãe, ao contrário, era uma mulher magra e loura, como minha irmã.

— Onde estão agora?

O francês baixou o olhar, procurando esconder sua dor profunda.

— Em julho de 1209, o papa Inocêncio III e Arnaud-Amaury, o abade de Cîteaux, decidiram destruir Béziers, minha cidade natal. Quando isso aconteceu, eu nem sabia que ano era. Soube-o mais tarde — disse, evitando por ora a pergunta de Uberto. — Béziers não é perto daqui, junto ao mar. Afirmaram que o lugar estava cheio de hereges e que destruí-lo seria uma missão sagrada, digna dos cavaleiros da Cruz. Não sei se isso era verdade, eu tinha apenas 13 anos. Mas de uma coisa estou certo: nem eu nem minha família podíamos ser considerados hereges. Não sabíamos sequer o significado das palavras "albigense" ou "cátaro".

Uberto fitou-o perplexo.

— Os cruzados responderam ao apelo do papa — suspirou Willalme. — Vinham pela maior parte do norte da França, alguns comandados pelo conde Simão de Montfort. Assediaram Béziers.

Willalme prosseguiu narrando o episódio. Explicou a Uberto que as milícias de Béziers enfrentaram os invasores, mas os cruzados tinham levado a melhor. Em seguida, começou o saque, durante o qual muitos cidadãos encontraram a morte na tentativa de proteger a si e a seus bens. Às vezes, eram simplesmente atravessados a fio de espada; outras, se viam coagidos a andar descalços sobre brasas. E, por fim, houve o incêndio.

O rosto do francês se contraiu numa expressão carrancuda.

— Durante o cerco, muitos fugitivos se refugiaram na igreja de Santa Maria Madalena: homens, mulheres e crianças, hereges e católicos, mas todos igualmente aterrorizados. Eu estava entre eles, com minha mãe e minha irmã... Meu pai já havia morrido, trespassado por uma lança ao tentar defender-nos. Ali, naquela igreja, pensávamos que os soldados teriam piedade e nos poupariam. Não foi assim.

A dor da lembrança era intensa, mas Willalme continuou falando. Disse que, na impossibilidade de saber quem era católico e quem era herege, o abade Arnaud-Amaury decidira matar todos: "purifiquemos a blasfêmia albigense", decretou. Uma vez mortos, Deus saberia distinguir os justos dos infiéis.

— Os soldados entraram na igreja. Ninguém sobreviveu. Não pouparam nem mesmo as crianças. Minha mãe e minha irmã foram arrancadas da multidão diante de meus olhos. Nunca mais as vi. Nunca mais. Só eu consegui escapar, por puro acaso: golpearam-me na cabeça e caí desmaiado. Julgaram-me morto, e quando acordei, horas depois, estava no meio dos cadáveres. Por um instante, pensei que havia descido ao inferno... Centenas de mortos... Entende? O sangue cobria tudo... Que deus exigiria semelhante massacre? Procurei entre os corpos, mas não encontrei os de minha mãe e minha irmã. Então, fugi. Ainda lamento não ter conseguido achá-las, sepultá-las... Se isso acontecesse, hoje poderia ao menos chorar sobre a tumba delas.

Willalme se calou, como para agarrar a lembrança de algo que não mais existia. Tinha os olhos úmidos. Cerrou os punhos e voltou a contemplar o crepúsculo.

— Maldito seja Arnaud-Amaury! Maldito seja Simão de Montfort! E que Inocêncio III queime no inferno entre os demônios, seus irmãos!

Uberto não achou palavras que expressassem sua comoção. Se pudesse, assumiria parte da dor do companheiro, para aliviar-lhe o tormento.

Willalme pareceu entender o seu anseio e sorriu-lhe, descontraindo um pouco as feições.

— O massacre ocorreu durante as festas de Maria Madalena — concluiu.

— Depois de salvar-se, o que você fez?

— Por três anos, vaguei sem rumo, solitário como um cão. Vivia de esmolas e pequenos furtos. Até que um dia me deparei com uma multidão de crianças. Avançavam como um exército, agitando estandartes e bandeiras com símbolos cristãos. Eram em sua maior parte pastores da Île-de-France e da Renânia. Afirmavam ter sido escolhidos por Deus para encontrar a Vera Cruz. Deviam estar meio loucos, mas me juntei a eles porque assim ao menos poderia comer regularmente. Disse a mim mesmo: "Por que não? Que tenho a perder, afinal?" Acompanhei aquelas crianças e me tornei uma delas. Não precisava fazer outra coisa a não ser cantar e pregar enquanto marchava; se alguém dizia ter visto uma cruz luminosa no céu, não devia contrariá-lo, mas sustentar que também a vira. Logo outro se erguia do lado, possuído como um profeta, e bradava: "É verdade! Por Deus, lá está ela, eu a vejo!" Ninguém, entretanto, saberia dizer onde brilhava a tal cruz: à direita ou à esquerda, no sol, sobre uma nuvem... No fundo, aquilo era apenas uma brincadeira, pensei. Quando menos, ajudava-me a esquecer das minhas desgraças. Só mais tarde Ignazio me explicou que eu havia tomado parte na chamada Cruzada dos Inocentes.

— Achei que isso fosse uma lenda.

— Não, aconteceu de fato — assegurou o francês. — Pusemos na cabeça que deveríamos velejar para a Terra Santa, onde, diziam-nos, acharíamos a Vera Cruz. Quando chegamos a Marselha, alguns se separaram do grupo e voltaram para casa. Eu, que não tinha casa, segui os mais ousados e embarquei num navio de armadores marselheses. Éramos tantos que enchemos sete veleiros. Durante a viagem, porém, as naus se dispersaram e duas delas teriam naufragado. Quanto a mim, descobri tarde demais que os armadores nos haviam iludido:

desembarcaram-nos em Alexandria e nos venderam como escravos aos mouros.

— Isso é espantoso!

— Há destinos piores — garantiu Willalme, esboçando um sorriso amargo. — Para mim não foi uma grande desgraça. Passando de um senhor a outro, acabei como grumete num barco de piratas muçulmanos que se divertiam assaltando as naus dos cruzados. Assim, com o correr dos anos, tornei-me pirata eu próprio, descobrindo ser bastante hábil na arte da espada e do punhal. Parte de mim se rejubilava com aquilo, pois podia vingar-me dos cruzados que haviam destruído minha família em nome da avidez e da mentira.

— Sua vida tem sido repleta de aventuras — observou Uberto —, mas também de solidão.

— Só o que lamento é ter assistido impotente ao massacre de minha família. Daria tudo para remediar essa falha.

Uberto gostaria de confortá-lo com palavras doces e perguntar-lhe como conhecera o mercador de Toledo. Mas, nesse momento, Ignazio já se aproximava deles.

— Começa a escurecer — disse. — É melhor dormirmos.

— Está preocupado? — indagou Willalme.

— Ultimamente temos visto muitos soldados dirigindo-se a Toulouse. Isso não me agrada. O estalajadeiro afirmou que sopram ventos de guerra.

36

A luz da alvorada já se estendia sobre os subúrbios de Toulouse, iluminando as paredes e os tetos adormecidos. Os elmos das sentinelas, no alto das muralhas, refletiam os primeiros raios enquanto os soldados postados nas ameias carregavam as máquinas de tiro e olhavam inquietos para além dos fossos. Era a bonança antes da tempestade.

Durante a noite, Slawnik entrara na cidade por um pequeno túnel sob a muralha. Poucos conheciam aquele acesso.

Nos dias anteriores, conseguira recuperar o tempo perdido. Em Gênova, embarcara para Narbonne, subira o rio até o Languedoque, e agora, em Toulouse, vagava como um fantasma pela cidade sonolenta. Atrás dele caminhavam os dois esbirros recrutados na casa dos Cavaleiros de Jerusalém.

— Chegamos — anunciou Slawnik, apontando para um palácio. Conhecia bem aquele lugar, que a Igreja confiscara a um mercador condenado por heresia e transferira a uma obscura sociedade de Colônia. Ninguém sabia a quem pertencia realmente.

Aproximando-se do palácio, o boêmio seguiu com os olhos o emaranhado de trepadeiras que cobria as paredes. Sua atenção se fixou nas janelas ainda imersas na obscuridade. Umas cortinas se agitaram. Alguém observava.

Mal entrou, Slawnik foi acolhido por três homens trajados de negro, os rostos ocultos em largos capuzes. Nenhum disse nada, limitando-se a mostrar uma porta ao fundo de um corredor.

— Esperem aqui — ordenou o boêmio aos companheiros.

Atravessou o corredor e abriu a porta que lhe fora indicada.

Estava escuro lá dentro, exceto por uns poucos raios de sol que se filtravam pelas frestas das janelas fechadas e que só faziam acentuar ainda mais a escuridão ali reinante. Quando seus olhos se adaptaram às trevas, Slawnik distinguiu aos fundos a chama de uma vela. Fechou a porta e avançou naquela direção, guiado por um ruído de dedos que tamborilavam impacientes sobre a mesa.

— Sente-se, Slawnik — ordenou uma voz.

O boêmio se acomodou num banco de madeira. Diante dele uma figura se desenhava nas sombras.

— Meu senhor, eu vim o mais rápido que pude — disse respeitosamente.

— Que notícias traz, meu vassalo?

Slawnik escolheu bem as palavras antes de começar:

— Vivïen de Narbonne está vivo.

Dominus deu uma forte palmada na mesa.

— Achei que estivesse morto há treze anos. Eu o vi cair num despenhadeiro quando o seguia. — Sua voz demonstrava irritação. — E que mais descobriu?

— Escreveu a um nobre de Veneza informando que possuía o *Uter Ventorum* e agora Ignazio de Toledo anda à procura do livro.

— Mau, muito mau. Esse espanhol é astuto. Ele sabe de nós?

— Acho que não, meu senhor.

— De que informações ele dispõe?

— Vivïen de Narbonne deixou uma mensagem em San Michele della Chiusa, mensagem na qual, segundo presumo, ele revela o esconderijo do livro. O espanhol encontrou-a antes de mim.

— E você não conseguiu detê-lo? — rugiu Dominus.

— Eu o segui e encontrei também a mensagem de Vivïen. Trata-se de um criptograma.

— Você o trouxe?

Slawnik enfiou a mão sob o gibão. Ao tocar o peito, sentiu a ferida, mas não fez caso. Desprezava toda manifestação de fragilidade, e experimentar dor não condizia com seu temperamento de guerreiro. Retirou o fragmento da cruz e depositou-o sobre a mesa.

Dominus agarrou o objeto e aproximou-o da chama.

— Está incompleto. Rasurado! — exclamou com raiva.

— Fui ferido por uma flecha, meu senhor — justificou-se o boêmio. — Um acidente...

Abstendo-se de comentar, Dominus curvou-se sobre o criptograma e pôs-se a examiná-lo em silêncio.

Transcorreram minutos intermináveis, durante os quais Slawnik esperou imóvel o resultado do exame. Seu senhor era muito sagaz e engenhoso; anos de militância na Saint-Vehme o haviam habituado a decifrar códigos e enigmas de todo gênero. Sem dúvida, também dessa vez lograria seu intento, era só uma questão de tempo. E, com efeito, mal se passara uma hora e Dominus rompia o silêncio, num tom satisfeito:

— É um itinerário... Segundo essas frases, Viviën dividiu o livro em quatro partes e escondeu-as em outros tantos lugares.

— Diga-me onde devo procurar, e eu as encontrarei, meu senhor.

— Contudo, as indicações referentes à primeira localização estão ilegíveis por causa de sua incapacidade. Terá de ir ao segundo lugar indicado. E sem demora.

— Sim, senhor.

— Mas cuidado para que não o descubram. Vigie Ignazio de Toledo antes de agir. Não o mate, porém. Vivo pode ser mais útil no momento. O mesmo vale para Viviën de Narbonne, no caso de você precisar desentocá-lo.

— Não me esquecerei.

— Agora, já sabe o que fazer, meu vassalo. Parta imediatamente para a segunda etapa e espere-me lá. Juntar-me-ei a você o mais breve possível. Quero acompanhar este caso pessoalmente.

— Eu mesmo gostaria de escoltá-lo, meu senhor. Este lugar não é seguro para vocês: Toulouse acoberta hereges, e os cruzados logo a sitiarão. Devem sair daqui sem demora.

— Acha que ignoro tudo isso? Na verdade, o assédio já começou. Mas por enquanto devo ficar para resolver um negócio importante. Conheci um homem que sabe muita coisa sobre Ignazio de Toledo e Vivïen de Narbonne. Vou me encontrar logo com ele no convento de Saint-Romain. Suas informações podem ser de grande valia para nós. Mas não tardarei a estar com você, para empreendermos juntos a busca pelo livro.

— Essa pessoa sabe quem o senhor é? — perguntou Slawnik, um pouco alarmado.

— Não. Não suspeita de nada... Aliás, como poderia saber?

— Farei o que ordena, meu senhor.

O boêmio se levantou de olhos baixos em sinal de reverência. Beijou o punho de sua espada e inclinou-se num gesto rígido de despedida.

37

Após dez dias de marcha a partir de Nîmes, o grupo de Ignazio se deteve numa colina diante de Toulouse. E, dali, os três companheiros tiveram a visão inesperada do exército de cruzados franceses que sitiavam a cidade.

No caminho, o mercador soube por alguns peregrinos que Toulouse, herética e subversiva, rebelara-se contra a autoridade da Igreja, da Coroa e, sobretudo, do conde Simão de Montfort. Este preservava sua autonomia, apoiado nas milícias provençais do conde Raimundo Trencavel, que acabara de alcançar uma vitória em Beaucaire.

Mas, contrariamente às notícias que Ignazio colhera, o conflito se arrastava porque os soldados de Toulouse resistiam ao ataque. A luta era furiosa no lado ocidental da muralha, junto ao burgo de Saint-Cyprien, onde a travessia de duas pontes teria permitido aos cruzados entrar na cidade. Mais fácil dizer que fazer. A defesa, com efeito, se concentrara justamente naquele ponto, de onde — ao que se sabia — os sitiados não arredavam pé havia mais de nove meses.

Os atacantes enxameavam ao longo dos fossos, tentando abrir uma brecha nas fortificações. Deslocavam-se em carretas cobertas de couros de boi para se proteger dos projéteis e do óleo fervente que chovia das ameias. De longe, as catapultas dos cruzados respondiam aos disparos alvejando os baluartes inimigos.

Willalme pegou o mercador pelo braço e mostrou-lhe o comandante dos cruzados.

— Lá está ele! — exclamou entre dentes. — É Montfort! Diabos o carreguem!

Ignazio e Uberto fixaram o ponto indicado, além do rio Garona e junto às pontes. Viram então Simão de Montfort encabeçar a carga, rodeado pela guarda do estado-maior. Era ele, sem dúvida. O grande escudo triangular e a gualdrapa do corcel ostentavam seu brasão, um leão rampante de cauda bífida. O conde envergava ainda, sobre a couraça, uma capa branca ornada com uma cruz escarlate. Avançava feroz, de olhos em fogo e com as pontas dos bigodes negros escapando do elmo cilíndrico.

Montfort gritava brandindo a espada para excitar homens e cavalos. Ordenou a um destacamento de arqueiros que mirasse para além das ameias, a fim de atingir os soldados que carregavam as máquinas de guerra. Uma nuvem de flechas voou de repente das fileiras cruzadas, indo encravar-se nos artilheiros postados atrás das fortificações. Os atacantes gritaram com furor e os sapadores se lançaram pela enésima vez contra os muros, à sombra de possantes torres móveis.

Foi então que, do alto de seu posto de observação, Ignazio e os companheiros assistiram a um acontecimento inesperado. No interior dos muros, um grupo de mulheres de Toulouse abriu caminho por entre os cadáveres dos soldados e acionou um trabuco instalado nas ameias. A máquina emitiu um ruído metálico e arremessou uma pedra enorme na direção das fileiras cruzadas. O projétil girou no ar, descrevendo um longo arco, precipitou-se sibilando e atingiu a cabeça de Montfort.

O conde cambaleou e caiu por terra.

Os cruzados se imobilizaram. Pareciam incapazes até de praguejar, à falta de alguém que lhes desse essa ordem. A guarda de estado-maior cercou imediatamente o chefe caído, que logo foi aliviado do elmo e da couraça. Pouco depois, ouvia-se o grito de um soldado:

— Está morto! O conde de Montfort morreu!

Os lamentos dos atacantes ressoaram em volta das muralhas de Toulouse, mas foram calados pelo alarido de júbilo que se ergueu da cidade. Era o dia 25 de junho de 1218.

Willalme deliciou-se com aquele momento. Acabara de presenciar a morte de um dos algozes de sua família, o que era um presente inesperado. Augurou a Montfort uma descida sem demora ao mundo dos condenados, onde sofreria por toda a eternidade o castigo dos atos bestiais que perpetrara. Willalme não sabia o que pensar do paraíso; mas, no inferno, acreditava de todo o coração.

— Toulouse venceu. Os cruzados terão de partir — concluiu Uberto, vendo os soldados da Cruz debandarem para o acampamento.

— Não se precipite, rapaz. Olhe. — Não sem inquietação, Ignazio apontou um grupo de cavaleiros que se aproximava a galope, exibindo o estandarte do rei da França. — Estão chegando reforços. Toulouse é uma cidade rica demais para que os agressores renunciem a ela tão facilmente. O desfecho vai demorar ainda muito tempo. Semanas, talvez meses.

— Que devemos fazer agora? — perguntou Uberto, acariciando nervosamente a crina de seu cavalo.

— Poderemos entrar na cidade enquanto isso — sugeriu Willalme.

— E correr o risco de sermos confundidos com espiões dos cruzados? Não é prudente. Prefiro contornar o obstáculo, no momento.

— Como?

— Toulouse não é o único local que temos de visitar. Vivïen de Narbonne indicou em seu criptograma mais três lugares. Enquanto o assédio durar, procuraremos em outra parte.

Uberto assentiu.

— Precisamos decifrar o resto da mensagem.

O mercador esporeou o cavalo.

— Busquemos um abrigo seguro, onde possamos refletir com calma. Aqui, estamos expostos a muitos riscos.

Antes de segui-lo, Uberto lançou um último olhar ao vale. Os cruzados já voltavam à carga.

38

A batalha prosseguia junto aos muros de Toulouse. Mas, apesar dos gritos e do entrechocar das armas, dentro do convento de Saint-Romain reinava o silêncio. Protegido pelas arcadas do *studium* dominicano, frei Scipio Lazarus estava sentado imóvel em seu escritório, indiferente ao que se passava ali perto.

Meditava sobre o *Uter Ventorum*. Repassava aquilo que havia sacrificado em todos aqueles anos para obtê-lo. Chegara a juntar-se aos frades pregadores de Domingos de Gusmão para agir sem ser molestado e sem levantar suspeitas quanto à sua identidade em Roma, Bolonha e Toulouse. Nada poupara para alcançar seu objetivo.

Frei Domingos era uma pessoa bem estranha, pensou Scipio Lazarus. Cultivava ideais de humildade e devoção, mas mantinha-se distante dos valores espirituais franciscanos. Por anos seguira aquele homem, acreditando que estivesse ao abrigo de quaisquer suspeitas. Mas, às vezes, temia não conseguir enganá-lo. E Scipio Lazarus não podia permitir-se revelar coisa alguma a seu respeito. Não podia comunicar a ninguém, nem mesmo a frei Domingos, o que planejava em segredo — principalmente agora que a trama longamente urdida parecia prestes a dar frutos. Com efeito, faltava pouquíssimo para que o projeto se consumasse! Tanto mais que frei Domingos não poderia impedi-lo, caso suspeitasse de alguma coisa, pois no momento se achava em visita a Roma.

No fundo, Scipio Lazarus jamais tivera intenção de unir-se aos dominicanos para converter hereges ou viver na humildade. Aquilo fora para ele mero disfarce. Desejava outra coisa: a sabedoria dos anjos, o poder da mente, o domínio das energias celestes. Precisava ter um pouco mais de paciência, mas em breve arrancaria a máscara e abandonaria aquela vida de sombras.

Enquanto saboreava de antemão o sucesso, Scipio Lazarus lia uma carta que recebera da Itália. Fora enviada um mês antes pelo abade Rainerio de Fidenza. Nela, esse seu fantoche detalhava tudo que descobrira a respeito de Ignazio de Toledo depois da chegada deste ao mosteiro de Santa Maria del Mare.

O conteúdo da carta pareceu diverti-lo. Rainerio levara a ingenuidade ao ponto de acusar Ignazio do homicídio do conde Enrico Scalò; e julgava-o mesmo um adorador do diabo... Ignorava totalmente as forças que se moviam na sombra e sua finalidade. Não chegara sequer a entender a verdadeira natureza do segredo de Ignazio... Mas Scipio Lazarus encontrou também algo de útil naquelas linhas: Rainerio citava detalhes importantes que ele ignorava.

Suas reflexões foram interrompidas por um abalo imprevisto que fez vibrar as paredes do quarto; em seguida, ecoou lá fora um estrondo de pedras ruindo.

Scipio Lazarus se endireitou na cadeira, apurando os ouvidos para descobrir o que sucedera ao longe, no congestionamento insano das estradas. Blocos e pedaços de argamassa desmoronavam em meio a gritos e imprecações, enquanto o som de passos em fuga se perdia a distância. Refreou a tensão e esperou que voltasse o silêncio.

Aquele barulho devia ter sido provocado pelo projétil de uma catapulta que atingira um edifício próximo ao convento. Era a segunda vez, naquele dia. Os ataques dos cruzados, com suas máquinas de guerra, iam se tornando cada vez mais frequentes. Se não conseguissem entrar na cidade, certamente a demoliriam com seus disparos.

Uma voz trêmula ressoou na porta do *studium*:

— Ouviu isso, padre Scipio? Aconteceu novamente. Uma pedra passou raspando por nossa igreja!

Scipio Lazarus voltou-se tranquilo para quem lhe falara:

— Padre Claret, eu pensei que houvesse fugido com os outros irmãos. Que deseja?

Em resposta à frieza com que fora acolhido, o padre Claret balbuciou chocado:

— Um homem pede audiência. Disse que já o conhece e que veio lhe falar de um assunto do interesse de ambos.

— Quem é?

— Apresentou-se como conde Dodiko.

— Conde Dodiko? — repetiu Scipio Lazarus. — Faça-o entrar. Mas espere um pouco. — Enfiou a mão em uma caixa e tirou um rolo de pergaminho. — É uma carta que deve ser enviada o mais rápido possível. O destinatário mora em Veneza e seu nome é Henricus Teotonicus. Sigilo máximo, peço-lhe... E não deixe que o conde Dodiko a veja quando cruzar com ele no corredor.

O padre Claret anuiu respeitosamente, ainda trêmulo. Escondeu o rolo sob a cogula e saiu encurvado.

Um segundo depois, entrava um homem alto, coberto por um manto branco. Tinha longos cabelos negros, rosto de feições regulares, estava bem barbeado e mantinha o olhar decidido. Sobre a couraça, envergava um *gonel* verde decorado com tachas de metal. Esboçou uma reverência e sentou-se diante de Scipio Lazarus.

— Desculpe-me tê-lo feito esperar, conde — começou o dominicano —, mas nos tempos que correm nunca se sabe. Nós, frades pregadores, não somos bem aceitos nesta cidade pululante de hereges. Aliás, a maior parte dos irmãos já fugiu.

— Não precisa se desculpar, reverendo padre — respondeu o homem com sotaque saxônico; e, baixando delicadamente o capuz, continuou: — Nas atuais circunstâncias, as precauções são um dever.

De resto, não sei por quanto tempo ainda os cruzados terão condições de insistir no cerco. As defesas de Toulouse continuam firmes... Só me pergunto como o senhor, um humilde religioso, conseguiu permanecer por tanto tempo num lugar destes. Não receia ser tomado como refém?

Scipio Lazarus não podia, decerto, revelar que lograra continuar em Toulouse apoiando secretamente o movimento cátaro, do qual conquistara a estima e o respeito. Perguntava-se, além disso, como o próprio Dodiko, fiel à Igreja e a Montfort, pudera entrar incólume na cidade.

— Não me lembro do assunto que temos de tratar — mentiu. — Ah, sim. É sobre o tal Ignazio de Toledo, se não me engano.

— Isso mesmo. — Dodiko cruzou os braços ao peito, exibindo as placas da couraça. — Ao que parece, nosso interesse por aquele espanhol é comum.

— Chega bem a propósito, caro amigo — declarou o dominicano. O homem à sua frente era mais um dos muitos mistérios que o ligavam a Ignazio de Toledo e, talvez, ao *Uter Ventorum*. Não sabia muita coisa dele, mas o bastante para perceber que era uma pedra fundamental no ambicioso edifício de seu plano, uma pedra que finalmente poderia mover à vontade. Por isso, apresentou-lhe com malícia a carta de Rainerio de Fidenza, que ainda tinha nas mãos.

— Recebi, há pouco, algumas informações sobre o "nosso" Ignazio. Leia, leia antes de prosseguirmos...

Depois de ler atentamente, o conde Dodiko pousou a carta na mesa. Um laivo de desconfiança endurecia-lhe a expressão, mas isso traía apenas uma parte mínima do tumulto que lhe agitava o peito. Seu talento para dissimular só perdia para sua capacidade de sobreviver em combate. Com Scipio Lazarus, ele suspeitava de que teria de pôr à prova as duas qualidades...

— Nunca supus que Ignazio de Toledo fosse capaz de tamanha crueldade — confessou com a maior franqueza, referindo-se à carta que acabara de ler. — E, pelo visto, anda por aí em companhia de um provável cátaro, o tal Willalme de Béziers.

Sentado no canto mais escuro do *studium*, Scipio Lazarus concordou em silêncio. Dodiko examinou-o com um olhar rápido. Notou as profundas cicatrizes que vincavam seu rosto, mas logo a sensação de familiaridade se desvaneceu. Nunca vira cicatrizes como aquelas... E, certamente, nunca esperaria encontrá-las na face de um religioso.

Scipio Lazarus sem dúvida notou a reação do fidalgo porque ergueu a mão diante do rosto e baixou o capuz para escondê-lo. Em seguida, disse:

— Ignazio de Toledo é mais perigoso do que parece. Mas você, por que exatamente está tão interessado nele?

— Não tanto nele quanto em sua segurança — revelou Dodiko. — Possui informações preciosas.

O dominicano encarou-o surpreso, sem tirar a mão do rosto.

— Informações? — repetiu. — Que informações?

— Inteirando-o de certos detalhes, reverendo padre, eu corro o risco de expô-lo ao perigo — apressou-se a responder o conde. Não confiava em Scipio Lazarus: aquele homem dissimulado devia saber muito mais do que revelava.

— Posso saber ao menos para quem trabalha e com qual objetivo?

— Sobre ambas as coisas, eu jurei guardar silêncio. Só posso lhe dizer que preciso encontrar Ignazio de Toledo antes que lhe ocorra alguma desgraça.

— Desgraça?

— Tenho motivos para crer que alguém esteja planejando atentar contra sua vida. Por isso, o senhor entenderá, necessito de quaisquer informações que possam evitar esse risco.

— Naturalmente, conde. — Um sorriso astuto se desenhou no rosto do dominicano. — Foi essa a razão pela qual lhe perguntei aonde ia e com que objetivo...

— Ao senhor não escapa mesmo nada, padre!

39

O grupo de Ignazio encontrou alojamento na outra margem do rio Garona, em terras da Gasconha, ou *Vasconia*, como então se dizia. Fora muito fácil achar abrigo ao longo da estrada pedregosa que conduzia à Espanha. Acomodados numa estalagem local, longe de olhares indiscretos, os três companheiros se sentaram a uma mesa de carvalho para decidir o que iriam fazer.

Uberto foi o primeiro a falar:

— A linguagem cifrada da adivinhação não ajuda muito, só fornece indicações explícitas em relação a Toulouse. — Soava em suas palavras uma nota de frustração. — A segunda linha menciona, ao contrário, uma roseira. Será que se refere a um jardim? E se for mesmo um jardim, onde será que ele fica?

— Como eu já disse, suspeito de que a decifração não esteja completa. — Ignazio pousou o dedo no pergaminho. — Deve haver aí outras indicações ocultas.

a e r c m s a v r n o r z v d t o a r s
l l a i t o v s e e r l b z a v i s n t
z t d e a r t o v i r a n m i a n r ± a
o i l e o t s s e e + l l e v m n e a t
t t s o v g z t l a v n m g b i r s e m
h e v t s n r e v l b g e e r n p v o d
r e ± n k i o g b e a r b s e i l t j n
\+ e c h e c l s v e m s s a a t n e c v

c m s i o d v n n v i c l a v f s i i t
i l r l a i t e v l r o l s a e v l r t
\+ c a s m a e + z s a v r i a t k n v e
l c e a p s i a v l s t s e e v r l v o
v c e a a m l g e i b n a e s a t t v a
a s m v p b i o s c t a e j l e l d e n

— Também acho. — E o rapaz percorreu com o olhar os caracteres não sublinhados durante a operação de decifração anterior. — Metade das letras está inutilizada, mas consegui ler as que restaram e não vi nelas sentido algum.

— Tente transcrevê-las no caderno — sugeriu Ignazio, com expressão meditativa.

Uberto obedeceu e começou a anotar as letras no pergaminho, ao lado da transcrição precedente.

ecsvnrvtas
latverbain
teroiamara
olose+lvna
togtangism
hvsrvberpo
enigersitn
+celvmsanc
midnvcafit
iratvrlavr
csa+svitne
lepivsserv
camgineata
ampistelle

Quando o jovem terminou, o mercador estudou a transcrição. Primeiro, tentou aplicar o método da leitura bustrofédica, que lhe permitira decifrar a primeira parte da mensagem, mas não teve sucesso. Lida da esquerda para a direita, a primeira linha do texto não dizia nada. Passou então para a segunda linha e logo reconheceu claramente a palavra *verba*. Conteve o entusiasmo, porém, já que não sabia ainda se estava no caminho certo. Guiado pela intuição, continuou examinando as linhas seguintes... e teve a confirmação que procurava. Encontrou a chave do enigma! Lançou um olhar vitorioso aos companheiros.

— Entendeu alguma coisa? — perguntou Willalme.

Ignazio respondeu afirmativamente.

— Fomos uns tolos, bastava inverter o sentido!

— Que sentido? — Uberto ardia de curiosidade. — Explique melhor.

— O sentido da leitura, naturalmente! — O espanhol pousou o indicador no pergaminho. — Devemos ler a segunda transcrição como fizemos com a primeira, em bustrofédico, mas desta vez em sentido contrário, da direita para a esquerda.

Uberto e Willalme observavam-no admirados, enquanto ele, no entusiasmo da descoberta, transcrevia o código conforme seu raciocínio.

satvrnvsce
latverbain
aramaioret
olose+lvna
msignatgot
hvsrvberpo
ntisregine
+celvmsanc

tifacvndim
iratvrlavr
entivs+asc
lepivsserv
ataenigmac
ampistelle

— Eliminando-se os elementos de separação, isto é, as cruzes, o texto fica assim — disse finalmente.

satvrnvscelatverbainaramaioretolose
lvnamsignatgothvsrvberpontisregine
celvmsanctifacvndimiratvrlavrentivs
asclepivsservataenigmacampistelle

Uberto debruçou-se sobre o pergaminho para ler.

— Agora, parece escrito em latim — declarou.

— Sim — confirmou Ignazio —, está escrito em latim, embora um pouco contaminado pelo vernáculo.

— Agora, talvez saibamos para onde ir! — exultou Willalme.

Em vez de responder, o mercador leu em voz alta, enfatizando cada palavra da mensagem:

Saturnus celat verba in ara maiore Tolose
Lunam signat Gothus Ruber Pontis Regine
Celum Sancti Facundi miratur Laurentius
Asclepius servat aenigma Campi Stelle

Após ouvir, Uberto traduziu para Willalme, pagando o favor prestado por esse na véspera.

Saturno esconde as palavras no altar-mor em Toulouse
Gothus Ruber desenha a Lua na Ponte da Rainha
Em São Facundo, Lourenço contempla o céu
Asclépio preserva o enigma no Campo da Estrela

O francês se empertigou.

— Então a escrita cifrada de Viviën contém na verdade dois enigmas, um em provençal e outro em latim.

— Este, porém, é muito diferente do anterior — ponderou Uberto. — O primeiro fala dos anjos caídos, o segundo, dos planetas, da lua e das estrelas.

— Mas o segundo é mais fácil de interpretar — disse Ignazio. — Cada linha aponta para um lugar diferente, de modo que deveremos visitar quatro localidades.

— Quatro — repetiu Uberto. — Como as partes do livro.

— Exatamente. — E o mercador contou nos dedos. — Quatro partes do livro, quatro localidades. Não pode ser coincidência. Parece-me claro que a cada lugar citado na mensagem corresponde o esconderijo de uma parte do *Uter Ventorum*.

O rapaz concordou.

— Resta estabelecer a correspondência entre as partes e os lugares.

— Se nosso raciocínio está correto, o procedimento mais lógico será obedecer à ordem sugerida na escrita — propôs Ignazio. — Isto é, confrontar o texto latino com o provençal partindo da primeira linha de ambos. — E indicou, no pergaminho, as frases a que se referia.

Armaroz dort suz les oilz d'Aturnin
Saturnus celat verba in ara maiore Tolose

— Estão vendo? — continuou, agora convencido do acerto de sua intuição. — As duas se referem ao mesmo lugar: *Aturnin* e *Saturnus.*

— Mas Saturno é o nome de um planeta — objetou Willalme.

— E também o nome latino de "Saint Sernin" — esclareceu o mercador. — Neste caso, *Aturnin* e *Saturnus* são modos diferentes de designar a basílica de Saint-Sernin, que, como reza o texto, encontra-se em Toulouse. A indicação, contudo, vai mais longe: não alude apenas à basílica, sugere também que procuremos junto à *ara maior*, ou seja, ao altar-mor.

— Se o significado das frases coincide, então, nossa intuição está correta! — Uberto levou as mãos à cabeça. — Vivïen escondeu o anjo Armaros, isto é, a parte do livro dedicada aos encantamentos, no altar-mor de Saint-Sernin.

— Precisamente.

— Mas não podemos verificar isso, ao menos por enquanto — suspirou Willalme.

— Sim, só conseguiremos entrar em Toulouse depois de terminado o cerco. — O mercador voltou a examinar o pergaminho. — Só nos resta então ir em frente. Agora que sabemos como agir, confrontemos a segunda linha de cada enigma e vejamos o que diz.

Temel esteit suz l'umbre d'un eglenter
Lunam signat Gothus Ruber Pontis Regine

Uberto franziu a testa.

— A roseira, a lua e a rainha Parece uma referência a Nossa Senhora.

— A frase em provençal é vaga — observou Ignazio. — Afora a citação do anjo Temel, ou seja, da parte do livro que trata das fases lunares, não fornece nenhuma indicação clara. Concentremo-nos na frase latina, que corrobora o vínculo com a lua... mas, sobretudo, fornece os nomes de uma localidade e uma pessoa.

— O *Pons Reginae* seria o nome de um lugar? — perguntou Willalme.

— Já ouvi esse nome — disse Uberto, forçando a memória. — Deve ser na estrada de peregrinação para Santiago de Compostela, se não me engano.

— Boa lembrança. — O mercador parecia saber muito mais do que dava a entender. — A Ponte da Rainha, ou melhor, *Puente la Reina*, fica na Espanha, aos pés dos Pireneus. Nosso homem vive lá.

— E quem é o "nosso homem"? — O rapaz se adiantou impaciente. — Você fala como se o conhecesse.

— Gothus Ruber? Claro que sim. Eu o conheço há muito tempo.

40

Dominus saiu de Toulouse à noite.

Horas antes, já com as informações de que precisava sobre Ignazio de Toledo, afastara-se do convento de Saint-Romain. A conversa não tinha sido fácil como calculara porque seu informante era astuto e evasivo, dono de mais segredos do que deixava entrever. Dominus se vira obrigado a interromper o colóquio quando seu interlocutor começara a se mostrar desconfiado. Mas valera a pena.

Saindo da igreja, aguardou que a noite descesse para atravessar a cidade. Deixou para trás o mosteiro de Notre-Dame de la Daurade e se dirigiu ao pátio dos fundos de um palácio carcomido pelos projéteis. Após se certificar de que ninguém o seguia, desceu a um poço por uma escada de ferro fixada nas paredes internas.

O poço não continha água. No fundo, abria-se o acesso a uma galeria que levava diretamente para fora das muralhas de Toulouse. Dominus percorreu o túnel no escuro, de espinha curva e joelhos dobrados.

Ao sair da passagem, encontrou-se num bosque de azinheiras.

Inspirou fundo o ar da noite e espiou por entre o emaranhado de árvores. Estava no lado oriental da cidade, bem perto das fortificações externas. Esperava-o, conforme o combinado, um cavalo preso a um tronco. Montou e contornou a muralha a trote.

Dos fossos vizinhos, vinha o cheiro da morte. Corpos de inúmeros soldados haviam caído lá durante o confronto e seus miasmas se misturavam à umidade da noite. Mais cadáveres jaziam nas imediações, sobre a relva, com feridas profundas, queimaduras e tocos de lanças cravados nos membros.

Ao fundo do tétrico cenário, um bando de saqueadores vasculhava por entre o sangue e as armaduras. Sem ligar para eles, Dominus atravessou o campo como uma sombra, mas um dos homens se aproximou a uma distância cautelosa.

— Pare, senhor. Quem é você? — Tratava-se de um cruzado, um infante gascão com as roupas em frangalhos. Envergava um gibão de couro amarrado com tiras, um elmo cônico enferrujado e um escudo oval com figuras vermelhas e amarelas.

— Precisa perguntar, soldado? — replicou Dominus, fingindo desdém. — Não vê a cruz em meu peito? Sirvo à Igreja, assim como você. Deixe-me passar.

O gascão se empertigou e fez uma reverência.

— Perdoe a minha inépcia. — E, dizendo isso, afastou-se para o lado. Dominus passou por ele sem dizer palavra alguma, dando a entender que se dirigia ao acampamento dos cruzados. Depois, já a uma boa distância, esporeou o cavalo e rumou para oeste.

41

O grupo de Ignazio levou mais de uma semana para chegar a Puente la Reina. Deixando Toulouse para trás, prosseguira a cavalo por uma estrada pedregosa que levava à Espanha. Fora fácil orientar-se porque o itinerário era indicado por marcos e placas que exibiam a imagem da Concha.

Aqueles sinais, explicou Ignazio a Uberto, guiavam os viandantes por todo o Caminho de Santiago até a cidade de Compostela. Multidões de peregrinos saíam das localidades francesas de Tours, Vezelay, Le Puy e Arles para visitá-la.

— Por que justamente uma concha? — perguntou o rapaz.

— Por causa de uma lenda — respondeu o mercador. — Um cavaleiro transportou para Compostela as relíquias do apóstolo Tiago atravessando o mar a cavalo, que na ocasião se recobriu milagrosamente de conchas. Daí por diante, as conchas se tornaram o símbolo de São Tiago. Quase sempre os peregrinos, chegando a Compostela, recolhem pelo menos uma concha na praia, como recordação de sua viagem. Eu mesmo fiz isso.

Ignazio esclareceu ainda que quase todas as estradas convergiam para o passo de Roscenvales, perto da zona basca dos *Wascones*, mas que havia a possibilidade, para quem vinha de Toulouse, de cruzar os Pireneus mais ao sul, no passo de Somport, descendo para o vale perto da cidade aragonesa de Jaca. Dali se podia avançar comodamente na direção de Puente la Reina.

Atravessar os Pireneus não foi difícil, embora Uberto notasse que a vertente francesa era mais acidentada que a espanhola. Logo uma vegetação luxuriante tomou o lugar das vastas extensões de coníferas. No vale, a paisagem mudou novamente, transformando-se numa vastidão de campos cortados por estradas poeirentas. O olhar se espraiava pelas superfícies verdejantes, disciplinadas pelo arado e pelo boi e banhadas pelo revérbero do sol.

Os três companheiros prosseguiram em etapas forçadas. Passaram por Pamplona sem entrar e, após uma longa marcha, chegaram ao rio Arga. Este era estreito, pouco mais que uma linha azul entre as rugosidades do solo. Na margem oposta, atrás de uma cortina de névoa gerada pelo calor, avistaram uma cidade acessível por uma ponte de pedra sustentada por seis arcos.

A estrada e a ponte que conduziam ao povoado estavam tomadas por uma multidão de peregrinos: homens a pé, em sua maioria; os mais ricos, montados em mulas ou cavalos; outros guiavam carroças carregadas de todos os tipos de mercadoria. A fila avançava lentamente, cambaleando sob a canícula.

Uberto notou que muitas daquelas pessoas se vestiam do mesmo modo. Traziam grandes chapéus de abas projetadas sobre a fronte e, nas vestes, os símbolos da peregrinação, a concha e a Verônica.

A cidade além da ponte era o seu destino, Puente la Reina. O caminho estava congestionado porque para ele confluíam as estradas que levavam a Compostela.

Juntaram-se à massa de viandantes, avançando com muita paciência.

Dentro da cidade, os edifícios se alinhavam ao longo do eixo da *calle Mayor*, a rua principal dominada pela igreja de São Tiago Maior. Uberto olhava espantado para a multidão que atulhava as vielas e, sobretudo, a praça do mercado quando, de repente, Ignazio pegou-o pelo braço, talvez receando perdê-lo no meio daquela confusão.

— Venha — ele disse —, vamos procurar Gothus Ruber.

42

O calor chegou ao ápice no início da tarde. Uberto, cansado pela longa viagem, teria preferido muito mais repousar num leito confortável do que favorecer a impaciência de Ignazio. Não entendia a razão de tanta pressa. Se aquele Gothus Ruber — ou como diabo se chamasse — esperara por tanto tempo, poderia muito bem esperar mais um dia... Mas o mercador parecia inquieto. A ansiedade lhe saltava literalmente dos olhos, embora ele procurasse dominá-la.

— Ignazio, alguma coisa o aflige? — perguntou-lhe Uberto, seguindo-o de perto e esbarrando a todo instante na multidão.

O mercador se voltou, mirando-o como se ele fosse um basbaque, e em seguida olhou de novo para a frente, esboçando um meio sorriso. O rapaz se virou então, curioso, para Willalme, mas este se limitou a dar de ombros.

Vagaram por entre as barracas do mercado, diante da igreja de São Tiago Maior, sem que Uberto percebesse para onde eles estavam indo. Pareciam caminhar a esmo.

A certa altura, Ignazio, depois de olhar disfarçadamente para trás, chamou o francês para perto de si e cochichou-lhe alguma coisa ao ouvido. Willalme assentiu, cobriu o rosto com o capuz e afastou-se a passos rápidos.

Uberto seguiu-o com os olhos.

— Para onde está indo?

— Continue andando e não olhe para ele — recomendou o mercador. — Mandei-o investigar uma coisa. Logo se reunirá a nós de novo.

Ignazio e Uberto caminharam ainda por alguns minutos por entre as barracas do mercado.

— O verdadeiro nome de Gothus Ruber é Bartolomeu — revelou o mercador. — O apelido "Gothus" deriva do fato de sua família descender dos visigodos, que povoaram a Península Ibérica antes mesmo dos árabes. Por isso é conhecido também como Ruber, o Ruivo... Bem, você entenderá por que tão logo ponha os olhos nele. — Sorriu. — Saiba que, por muito tempo, Bartolomeu foi um dos alquimistas mais competentes de Toledo.

Uberto, quase de bom humor, começava a habituar-se às estranhezas de Ignazio.

— Como o conheceu?

— Na minha juventude, nos tempos do Studium de Toledo, quando traduzia os livros vindos do Oriente — respondeu o mercador. — Já naquela época Bartolomeu praticava a alquimia. Eu ficava fascinado com suas teorias sobre os metais. Visitava-o assiduamente e nos tornamos amigos. Quando saí de Toledo, perdi-o de vista e só o reencontrei muitos anos depois, quase por acaso. Soube que estava em péssima situação por contrair dívidas com alguns agiotas de Saragoça. Mas isso era previsível: suas experiências exigiam ouro, prata e livros raros. Como não podia mais manter-se, decidi levá-lo comigo para que ganhasse algum dinheiro e ensinei-lhe a arte de traficar relíquias.

No meio do mercado, de um grupo de peregrinos postados em volta de uma banca, elevava-se a voz vibrante de Gothus Ruber. O homem estava de pé atrás de um carrinho de madeira que usava como balcão, protegido dos raios solares por um grande toldo quadrado cor de laranja. Aquilo mais parecia uma barraca tunisina, repleta dos objetos mais desencontrados.

Os passantes examinavam as bugigangas, curiosos quanto aos amuletos, às relíquias e aos pergaminhos curtidos pelo sol, enquanto Gothus Ruber fomentava o interesse deles proclamando em altos brados a qualidade de sua mercadoria.

— Admirem, senhores, este pedaço da túnica de São Tiago! E isto? É um dente de São Cristóvão, afiado como o de um lobo! Aqui, porém, tenho as cinzas de Gervásio e Protásio, que recolhi pessoalmente em Milão, orientado por uma visão de Santo Ambrósio! E que dizer deste frasco, onde guardei o maná de São Nicolau de Mira? Cheirem! Sintam o perfume do incenso! Que diz você aí, ao fundo, com essa cara tristonha? Seu campo não produz nada? Pois compre este livro, onde estão transcritos as preces e os encantamentos necessários para que a terra dê frutos! Tornarão fértil até sua mulher, seja ela estéril ou velha demais para ter filhos... Como? Não sabe ler? Ora, pouco importa! Basta que ponha o livro embaixo do travesseiro! E vocês aí, venham já para cá! Aquilo não é um enfeite, fiquem sabendo: é a lança de Longino. Bem, quem é o próximo? Quem se habilita? Quem quer comprar alguma coisa?

— Quero a *Clavicula Salomonis* — gritou alguém no meio da multidão.

"Que pedido estranho!", pensou Gothus Ruber, arrebitando o nariz vermelho. A *Clavicula Salomonis* era um manual de necromancia.

— E por que não o *Necronomicon* de Abdul Alharzerd, traduzido para o grego por Teodoro Filetas de Constantinopla? — exclamou em resposta. Mas antes mesmo de concluir seu olhar cruzou com o do homem que falara. Titubeou por um instante e logo seu rosto ficou transfigurado pela surpresa.

— Ignazio de Toledo! É você mesmo? Mas que diabo faz aqui, seu velho malandro?!

Do outro lado do balcão, Ignazio sorriu.

— Estou contente por vê-lo com saúde, amigo. Digamos que vim aqui a negócios...

Uberto, ao lado do mercador, examinou bem o aspecto de Gothus Ruber. Era mesmo um tipo estranho, corpulento, na quadra dos 50, vestido com um casaco verde sem forro. O rosto era avermelhado; os olhos, rasgados e estreitos. Tinha cabelos ruivos e encaracolados, motivo pelo qual o chamavam de Ruber. Visto de perto, seus traços lembravam os de um sátiro.

— Sempre atrás de dinheiro, como uma puta! — exclamou o Ruivo, transbordante de contentamento. — Estou feliz por revê-lo, seu patife! Mesmo depois de tanto tempo, sinto-me seu devedor.

Ignazio ocultou a melancolia por trás de uma máscara sardônica.

— Você só me deve amizade, nada mais, seu pelintra! Aliás, que poderia oferecer-me? Quatro ossos mofados num saco ensebado?

— Devagar com as ofensas. Tudo isto aqui é autêntico — declarou o outro, para não ser desacreditado diante de seus potenciais compradores. — Não sou como aqueles judeus piolhentos e usurários que infestam as praças da periferia — grunhiu. — Veja, rapaz, este é um dedo verdadeiro de São Cipriano. Leve-o, é um presente.

Assim falando, Gothus Ruber colocou um ossinho amarelado nas mãos de Uberto. Em seguida, virando-se de novo para o mercador, disse:

— Quem é este moço?

— Uberto, meu assistente — apresentou Ignazio.

— Uberto, hein? — E o Ruivo debruçou-se sobre o balcão para examinar o rapaz. — Tem sorte! Não podia encontrar professor melhor. Você devia vê-lo quinze anos atrás, durante a tomada de Constantinopla, à frente de um batalhão em meio às chamas da cidade imperial, irrompendo entre o mosteiro de São João Batista e o bairro sarraceno... Bons tempos! Eu estava com ele.

— Já começa... — O mercador ergueu os olhos para o céu. Não lhe agradava que Gothus Ruber revolvesse certos episódios pouco edificantes do passado.

— Diga-me uma coisa, Ignazio — prosseguiu o Ruivo, sempre olhando para Uberto —, você se lembra daquele negro magricela que encontramos em Constantinopla? Inacreditável! Tinha uma cruz marcada a fogo bem no meio da testa.

— Como? — deixou escapar o rapaz, enquanto examinava o dedo de São Cipriano.

— Sim, eu me lembro — respondeu o mercador. — Falava uma língua desconhecida e trazia sempre consigo um intérprete de latim. Dizia pertencer a um povo cristão de que nenhum de nós jamais tivera notícia. Contou que em seu país, por ocasião do batismo, imprimiam na testa da pessoa uma cruz com ferro em brasa.

Uberto parecia impressionado.

— A meu ver, Bartolomeu, o homem negro que conhecemos devia ser Lalibela, o rei da Etiópia. Se eu me lembro bem, ele disse que estava em peregrinação e decidido a visitar todas as cidades sagradas da Cristandade.

— Tomara que tenha conseguido... Mas agora vá se abrindo, raposa velha. — E o Ruivo franziu o cenho. — Que está fazendo aqui?

— Vou direto ao assunto. — O olhar de Ignazio se tornou penetrante como a ponta de uma agulha. — Estou na pista de Vivïen de Narbonne e do *Uter Ventorum*, que você seguramente já deve ter visto.

43

Gothus Ruber arregalou os olhos como se tivesse acabado de receber um golpe. Fixou atônito o mercador, sem prestar mais atenção aos curiosos que vasculhavam sua mercadoria. Parecia estonteado como se uma trompa houvesse soado dentro de seus ouvidos. Após alguns instantes de perplexidade, recompôs-se e observou as pessoas apinhadas diante de seu balcão. Visivelmente enfadado, levantou os braços e começou a gritar, como se estivesse enxotando uma manada de cabras.

— Fora, fora! Sumam! Está fechado! Voltem amanhã!

Dizendo isso, o Ruivo cobriu com uma tela suas preciosas quinquilharias, enquanto os curiosos se afastavam, resmungando, em busca de outras bancas.

Gothus Ruber esperou que a multidão se dispersasse e lançou um olhar curioso a Ignazio, que esperava em silêncio ao lado de Uberto.

— Eu sabia que, mais cedo ou mais tarde, você apareceria. Viviën de Narbonne me disse. Previu tudo, cada detalhe — confidenciou em voz baixa, quase como se revelasse uma profecia.

A essas palavras, Uberto apurou os ouvidos. Talvez conseguisse, finalmente, descobrir aquela parcela da verdade que Ignazio lhe escondia. Invadiu-o uma sensação de triunfo que não conseguiu conter:

— Então a interpretação do criptograma estava correta!

O mercador obrigou-o a calar-se, apertando-lhe um ombro. Antes de revelar certos detalhes, desejava saber que informações Gothus Ruber possuía. Conhecia Viviën de Narbonne, isso era certo. Fora o próprio Ruivo que o apresentara a Ignazio, antes daquele malfadado incidente na Alemanha. Ignorava, porém, que relações eles haveriam tido durante tantos anos de silêncio, por isso devia ter cautela.

— Quando conversou com Vivien pela última vez?

— Há cerca de dois anos — respondeu o Ruivo.

— Entregou-lhe uma parte do livro?

O interlocutor confirmou com um leve aceno de cabeça. Depois, olhando em volta, sussurrou:

— É melhor não conversarmos aqui. A questão é das mais delicadas.

Ignazio olhou-o de soslaio.

— Por que isso agora? Em geral, você é um grande falador — insistiu. — Diga pelo menos do que se trata.

— Fale baixo, pelo amor de Deus! — Gothus Ruber fechou a cara avermelhada. — Não são coisas para espalhar aos quatro ventos! — Hesitou por um momento e revelou: — O livro fala da Escada.

— Da Escada? — repetiu Uberto, incapaz de calar-se.

— Sim, rapaz, da Escada. — O Ruivo suspirou como se ficasse livre de um peso enorme e, fixando o jovem com um largo sorriso, disse: — A Escada para subir ao céu... mentalmente, quero dizer.

— A que se refere? A rituais iniciáticos ou a livros perdidos? — indagou Ignazio, monopolizando de novo a atenção do interlocutor. — Há inúmeras lendas sobre escadas que ligam a Terra ao Céu. Você sabe muito bem que conheço todas; portanto, não tente engambelar-me — advertiu.

— Falo da Escada de sete degraus — precisou Gothus Ruber. — Sete degraus, entende? Como os que aparecem no culto de Mitra e nos zigurates babilônicos.

— Entendo perfeitamente. Você está se referindo aos sete planetas — disse o mercador. — Cada um deles corresponde a um grau iniciático rumo ao saber.

O Ruivo aquiesceu com um gesto evasivo.

— E, como bem sabe, sete são também os Amerta Spenta, as divindades similares aos arcanjos adoradas pelos magos.

Ignazio franziu o cenho e, lançando um olhar a Uberto, que ouvia com atenção, acrescentou:

— Assim, segundo o *Uter Ventorum*, a cada planeta corresponde um anjo que preserva uma parte do saber.

— É sobre isso que o livro fala.

— Viviën entregou-o a você?

Gothus Ruber cruzou os braços:

— Só uma parte.

O mercador previra aquilo, mas absteve-se de revelá-lo. Disse apenas:

— Gostaria de examiná-la, se não faz objeção.

— Nenhuma — admitiu o Ruivo. — Estudando-a juntos, talvez possamos chegar a alguma conclusão. — Ergueu o indicador, num gesto peremptório. — Mas com uma condição.

— Qual? — perguntou Ignazio.

Eu daria qualquer coisa para saciar minha curiosidade, pensou Uberto.

Gothus Ruber não se fez de rogado:

— Sei que existem outras partes do livro, mas não sei quantas são nem onde se encontram. Viviën não quis me dizer isso. Mas acho que você, velha raposa, descobriu o esconderijo de cada uma delas... — E, apontando para Uberto, disse: — Há pouco, este seu ajudante mencionou um criptograma... De que se trata? Quero saber. Só mostrarei minha parte se puder juntar-me à sua pesquisa.

— Deseja fazer sociedade comigo? — O mercador cofiou a barba e, antes de concordar, relanceou os olhos para Uberto, que fez um gesto de assentimento. Então, voltando-se para o Ruivo, disse: — Aceito, amigo.

— Ótimo — exultou Gothus Ruber. — Passe em minha casa depois da ceia e, juntos, tentaremos resolver o enigma... Você se lembra de onde eu moro?

— É claro — garantiu Ignazio. — Uma casinha com teto de palha...

— Essa mesma. Apareça à meia-noite. Não antes, pois preciso concluir um negócio com um freguês vindo de longe. À meia-noite, porém, já terei despachado o importuno.

Dizendo isso, Gothus Ruber fechou a lona de sua barraca como se fosse um guarda-chuva e começou a recolher suas quinquilharias no carrinho.

Pensou que provavelmente aquela seria a última vez que faria semelhante trabalho.

44

As sombras já se estendiam pelas estradas, cobrindo os sulcos como línguas escuras. A multidão dos peregrinos fatigados pelo longo dia de canícula ia diminuindo aos poucos. Depois de se despedir de Gothus Ruber, Ignazio e Uberto se afastaram do mercado em busca de um local para cear.

Caminhando ao lado do mercador, o rapaz perscrutava entre os carros de madeira os grupos de pessoas aglomeradas nas esquinas. De Willalme, nem notícia. Ignazio percebeu sua preocupação e procurou tranquilizá-lo; mas Uberto, que agora conseguia decifrar a expressão em seu rosto, notou também nele sinais de inquietude. Temendo agravar com palavras aquela espera enervante, evitou fazer comentários e voltou a relembrar a conversa com o Ruivo, de que não deixara escapar uma sílaba. Durante a tarde, descobrira muita coisa a respeito de Ignazio, Vivïen e do *Uter Ventorum*, chegando a compreender que, quanto mais o mercador avançava na pesquisa, mais tinha de enfrentar seu passado. Uberto não saberia dizer a que ponto Ignazio estava pessoalmente envolvido no caso, mas esse lhe parecia, no mínimo, suspeito.

Ignazio e Uberto entraram em uma taverna e sentaram-se a uma mesa vazia, misturando-se aos outros fregueses. Pediram ao criado uma refeição frugal. Logo depois, trouxeram-lhes pão com molho e vinho diluído.

Comeram em silêncio. Uberto não ousou fazer perguntas, pois agora conhecia Ignazio o bastante para saber que ele responderia com evasivas. Era melhor esperar.

Finda a refeição, o mercador quis saber o que ele pensava de Gothus Ruber.

— Não me desagrada. Conhece muitas coisas, como você.

— De fato. E é um amigo querido, embora não se possa confiar muito nele. Só lhe revele o necessário, eis o meu conselho.

— Se não confia nele, por que atendeu ao seu pedido?

— Ora, para me inteirar do que trata a parte do livro em seu poder. Mas também por outro motivo.

— Qual?

— O Ruivo é um sujeito teimoso. Se não lhe prometêssemos levá-lo conosco, certamente nos seguiria e nos causaria problemas. Então, é melhor tê-lo ao nosso lado do que nos preocuparmos com ele.

Uberto concluiu que o modo de raciocinar de Ignazio era um tanto tortuoso e, embora confuso, replicou:

— Entendo...

— Agora, vamos descansar. Logo, iremos à casa dele.

A noite descera sobre Ponte la Reina como as asas de uma grande ave de rapina. Num subúrbio de vielas empoeiradas, dois homens encapuzados pararam à porta de uma velha casa com teto de palha.

Veio recebê-los um tipo de cabelos ruivos e cara de sátiro. Reconheceu os visitantes, saudou-os amigavelmente e fê-los entrar. O mais alto dos dois, encontrando-se dentro da casa, fechou a porta e aproximou-se do anfitrião.

— Gothus Ruber, finalmente nos encontramos — disse eufórico.

— Eu os esperava na maior impaciência — replicou o Ruivo, esfregando as mãos e pensando no próximo encontro. — Não é minha intenção roubar muito de seu tempo, por isso, se quiserem começar a falar logo de negócios...

— Não há pressa — atalhou o estranho, disfarçando o sotaque eslavo com um latim compassado. — Deve estar curioso para saber que mercadoria em seu poder despertou tanto o nosso interesse, certo?

— Sem dúvida, meu senhor — respondeu alegremente Gothus Ruber, embora a atitude do forasteiro não o deixasse muito à vontade. — Aliás, não compreendo por que me oferecem tanto dinheiro por um só livro, qualquer que ele seja.

— Sente-se, alquimista. — O homem se aproximou com expressão ameaçadora. — Falemos do tal livro...

45

Os sinos da igreja de São Tiago Maior soaram à meia-noite, agitando o ar com suas vibrações metálicas. Pontuais como dois usurários, Ignazio e Uberto chegaram à casa de Gothus Ruber. Bateram à porta, mas ninguém respondeu. Esperaram alguns instantes e bateram de novo, inutilmente. Tentaram espiar pelas janelas, que, entretanto, estavam todas fechadas.

O mercador franziu a testa. Alarmava-se com facilidade. Talvez o Ruivo estivesse apenas cochilando após uma bebedeira ou houvesse saído para um passeio ao luar. No entanto, aquilo era estranho. A combinação entre eles fora bem clara.

Atormentado por um mau presságio, Ignazio apoiou-se instintivamente na porta e empurrou-a, embora parecesse trancada. Mas, para seu espanto, ela girou nos gonzos e se abriu.

Os dois companheiros se precipitaram para dentro. O cômodo estava escuro, mais escuro até do que a noite.

Ignazio foi o primeiro a entrar e Uberto seguiu-o, procurando distinguir alguma coisa na obscuridade, para não tropeçar.

— Ruivo? — chamou o mercador.

Apuraram os ouvidos, mas não houve resposta.

— A casa parece deserta — murmurou Uberto, pronto a bater em retirada ao mínimo sobressalto.

Ignazio percebeu em sua voz um toque de medo, mas não disse nada. Ele próprio deveria estar receoso, mas o interesse pelo *Uter Ventorum* o tornara cego e surdo a quaisquer considerações. Passeou o olhar pelo recinto e notou uma luzinha proveniente de uma escada em caracol que descia para o porão.

Aproximou-se e olhou para baixo. Os degraus se sucediam como as espirais de uma concha.

— Prefere esperar lá fora, enquanto vejo o que há no porão? — perguntou a Uberto, tentando parecer seguro de si.

Antes de responder, o jovem reuniu toda a coragem que lhe restava e só então retrucou:

— Não. Vou com você.

Desceram os degraus de madeira, apoiando-se no corrimão para não cair, mas logo isso não foi mais necessário porque a luz aumentava de intensidade à medida que desciam. Sombras grotescas se projetavam nas paredes, cadenciadas pelo bruxulear de velas distantes.

Se alguém os agredisse pelas costas naquele momento, pensou Uberto, não teriam escapatória. Lembrou-se do incidente em Veneza. Sentiu a garganta seca. Engoliu em seco e continuou a seguir a silhueta de Ignazio, que avançava em silêncio à sua frente.

Subitamente, a luz se tornou mais intensa. Vinha de uma pequena abertura sob um arco em voluta. Depois de atravessá-la, o rapaz e o mercador se encontraram numa sala espaçosa, iluminada pelo revérbero das candeias. Um cheiro desagradável agrediu-lhes as narinas. Uberto, ignorando o fedor, arregalou os olhos, incrédulo: jamais tinha visto coisa igual.

Era pouco mais de meia-noite quando Dominus chegou a Puente la Reina. Guiou o cavalo pela entrada principal da cidade e prosseguiu rumo à praça. Percorreu a trote a *calle Mayor*, completamente deserta, e deteve-se diante da catedral.

Olhou em volta.

Dois homens o esperavam. Um deles se aproximou de cabeça baixa, tomou as rédeas de sua montaria e disse-lhe:

— Trago pão e conselhos para o meu senhor.

Dominus pousou-lhe a mão no ombro direito.

— Só aceito pão de meus filhos.

— É o que somos! Filhos do Poder e do Santo Terror — acrescentou a figura, levantando o rosto. — Slawnik o aguarda, meu senhor. Temos ordem de escoltá-lo até ele. — Esperou um sinal de assentimento e prosseguiu: — Conseguimos outra pista do *Uter Ventorum*.

— Muito bem — respondeu Dominus. — Tudo caminha conforme o esperado.

46

— É a primeira vez que entra no laboratório de um alquimista? — perguntou Ignazio.

— Sim — respondeu Uberto, sem poder acreditar no que via.

O recinto parecia bem maior em comparação com o andar superior, mas talvez isso fosse uma ilusão de óptica provocada pela luz. As paredes eram inteiramente recobertas por prateleiras atulhadas de livros e aparelhos, frascos cheios de pós e líquidos coloridos, ossos e pergaminhos.

O jovem pegou uma ampola de vidro espesso. Continha um fluido transparente e estava fechada por uma bucha de estopa embebida em cera. Espicaçado pela curiosidade, abriu-a e dela se exalou um odor acre e desagradável.

Ignazio notou a expressão de asco de Uberto e, aproximando-se, cheirou o líquido contido na ampola.

— Interessante. É *aqua regina*, um ácido capaz de dissolver qualquer metal, inclusive o ouro — explicou. Colocou a solução contra a luz e mostrou que ela adquiria uma coloração avermelhada. — Obtém-se pela mistura de vitríolo, alume e salitre, mais uma pitada de sal amoníaco. Até hoje, só vi um alquimista de Nápoles usá-la. — Fechou com cuidado a ampola e passou-a a Uberto. — Guarde-a no alforje. Talvez nos seja útil, mas cuidado para não abri-la.

O jovem esfregou o nariz, que ardia por causa da substância inalada.

— E que dirá o Ruivo se der por sua falta?

— Como poderá ele dar pela falta de alguma coisa — replicou o mercador — com tantos trastes aqui dentro?

Uberto hesitou um instante, mas obedeceu. Embrulhou a ampola num pedaço de pano e colocou-a no alforje.

Os dois voltaram a examinar o local. Frente à entrada, via-se um tapete bordado com a figura de um dragão mordendo a própria cauda e rodeado por dois círculos concêntricos. Dentro do primeiro anel, apareciam os sete planetas e, dentro do segundo, os signos do zodíaco.

Em um dos cantos da sala destacava-se um forno de aspecto singular. Lembrava um pequeno baluarte, pensou Uberto. Da trempe projetava-se uma torrezinha cilíndrica coroada por uma cúpula de pedra refratária, onde alambiques e pequenos recipientes podiam ser colocados para receber vapor. Aquilo, explicou Ignazio, era um *athanor*, um forno usado pelos alquimistas em suas experiências.

O mercador examinou os volumes amontoados nas estantes. Reconheceu de passagem o *Compositio Alchymiae*, traduzido por Roberto de Chester, os *Libri Mysteriorum*, do astrônomo Abu Masar, e o *De Mysteriis Aegyptorum*, de Jâmblico da Calcídica. Viu também o célebre *Necronomicon*, o livro das leis que governam os mortos. Seu título original, *Al Azif*, aludia aos gritos dos demônios noturnos. Uma cópia desse livro chegara a Constantinopla e fora traduzida para o grego, suscitando o interesse e o desdém de muitos eruditos. Mas, por volta do ano 1000, o *Necronomicon* fora inscrito no índice dos livros proibidos e poucos exemplares haviam escapado às chamas, entre eles o que estava em poder de Gothus Ruber.

Ignazio e Uberto postaram-se no centro do laboratório, onde estava uma mesa de trabalho. Era, de longe, o móvel mais precioso que havia ali. Parecia uma escrivaninha de madeira bem alta, com portinholas ricamente marchetadas, apesar das incrustações agora desgastadas nas bordas da estrutura. No tampo, reluziam à luz das velas numerosos recipientes de vidro e metal, um espelho oval, restos de substâncias, fragmentos de enxofre e... um punhal em forma de cruz fincado bem no meio.

Ignazio recuou instintivamente, com os olhos dilatados pelo susto e pelo terror. Em uma fração de segundo, a forma da arma evocou nele horríveis recordações. Aquele punhal cruciforme era o símbolo do que mudara sua vida, forçando-o ao exílio no Oriente. Só agora sua mente se desanuviava e, diante dele, surgia a imagem do homem de negro que encontrara em Veneza, na cripta de São Marcos. Sim, aquele homem possuía um punhal idêntico.

— A Saint-Vehme nos encontrou! — exclamou angustiado.

Uberto ia lhe pedir explicações, mas, ao dar a volta à mesa, deparou no chão com uma coisa que o fez gritar horrorizado. Recuou, esbarrou num banco e caiu por terra. Ignazio correu a socorrê-lo, mas o rapaz, balbuciando e com os lábios trêmulos, implorou-lhe insistentemente que se voltasse. Ele o fez e, com uma expressão de pavor, descobriu no chão um cadáver com os membros descompostos como os de um fantoche desengonçado. Haviam descoberto Gothus Ruber.

O corpo jazia atrás da mesa, oculto aos olhares de quem entrava. O rosto estava inchado e coberto de manchas lívidas, como se a vítima houvesse sido espancada antes do golpe de misericórdia. Um corte sob o queixo, de orelha a orelha, indicava a causa da morte. Tinham lhe cortado a garganta e a carótida; o sangue, jorrando copioso, empapara as roupas e o piso.

— Pobre amigo — murmurou o mercador. — Degolaram-no como a um porco. E provavelmente o culpado fui eu.

Aproximou-se do cadáver. Das profundezas da morte, as íris vítreas pareciam fixar ainda o rosto do assassino.

Ignazio cerrou-lhe as pálpebras, suspirando amargamente. Em seguida, agarrou Uberto por um braço e sacudiu-o para que voltasse a si.

— Depressa, rapaz! Não podemos ficar aqui eternamente. Vamos dar uma olhada por aí para descobrir se restou alguma pista do *Uter Ventorum*. Sem dúvida, o Ruivo foi assassinado por esse motivo.

O jovem teve um sobressalto, como se acordasse de um sono profundo. Levantou-se e exclamou:

— Está bem. Onde devo procurar?

— Por toda parte — respondeu o mercador, que já iniciara a busca.

Enquanto vasculhava armários e prateleiras, Uberto se perguntava se estava em condições de reconhecer o *Uter Ventorum*, caso o encontrasse. Toda vez que apanhava um escrito árabe ou grego, mostrava-o a Ignazio, que sacudia a cabeça negativamente.

A certa altura, sem parar de procurar, perguntou-lhe:

— Que vem a ser a Saint-Vehme?

— Esqueça isso — retrucou o mercador, mexendo num monte de papéis. O tom de sua voz não pressagiava nada de bom.

— Saint-Vehme... — insistiu o rapaz. — É assim mesmo que se diz, não? Você a mencionou há pouco.

— É melhor que não saiba de nada — advertiu o mercador, tentando calá-lo.

O rapaz interrompeu a tarefa e cruzou os braços ao peito.

— Estou metido nisso tanto quanto você e tenho o direito de saber. — Seu tom era quase de reprovação. — Não sou nenhum idiota. Sei que me esconde muitas coisas.

A essas palavras, Ignazio largou no chão um maço de pergaminhos que examinava e fixou o rapaz. Em seus olhos havia irritação, mas também preocupação.

— Responderei à sua pergunta — disse. — Mas lembre-se, conhecer certas coisas não facilita a vida. Às vezes, torna-a mais difícil.

— Não importa. Quero saber.

Com um suspiro, Ignazio começou:

— Afirma-se que a Saint-Vehme foi instituída por Carlos Magno a fim de manter a ordem em território germânico. Era um tribunal secreto composto de cavaleiros com direito de vida ou morte sobre qualquer pessoa. Ninguém escapava a seu castigo, nem mesmo os nobres. Com o tempo, passaram a ser chamados de "Videntes". Reivindicavam suas execuções deixando no local do delito um punhal em forma de cruz. Puniam uma infinidade de crimes, da descrença à usurpação do poder soberano, da necromancia às violências contra as mulheres. Os suspeitos eram arrancados de suas casas e conduzidos perante os juízes; se esses os considerassem culpados, mandavam justiçá-los imediatamente. No comando da Saint-Vehme está o grão-mestre; depois, os franco-condes e, por último, os franco-juízes. — Fez uma pausa e prosseguiu, agora com voz soturna: — Pois bem, acho que o assassino de Gothus Ruber agiu por ordem de um franco-conde. E que nos seguiu até aqui desde Veneza.

— Então o homem que me derrubou em São Marcos podia ser um franco-juiz — concluiu Uberto. — Mas por que essa gente nos segue? Você não disse que são cavaleiros devotados à justiça?

— No começo, eram. Mas logo começaram a usar sua autoridade para ganhar mais poder. Diz-se que, hoje, os Videntes estão espalhados por toda a Europa. Reconheci alguns até na Terra Santa. E, acredite-me, seus propósitos de justiça já quase não existem mais. Conta-se mesmo que aprenderam os ritos mágicos dos druidas saxões antes de exterminá-los com a acusação de necromancia.

— Mas quem poderá fazer parte desse bando de sanguinários?

— Os franco-condes provêm da nobreza e das altas esferas eclesiásticas. Conforme aprendi à minha própria custa, o atual grão-mestre da ordem é sua eminência o arcebispo de Colônia.

Uberto já tinha ouvido falar daquele homem. Adolfo de Colônia era célebre porque, anos antes, havia desobedecido em mais de uma ocasião ao papa, incorrendo na excomunhão. No mundo eclesiástico, usavam-no frequentemente como exemplo de revolta contra a autoridade pontifícia.

Mas, no momento, algo mais perturbava a mente do rapaz. Que significava o fato de Ignazio ter descoberto os segredos da Saint-Vehme à própria custa? Uberto se recordava bem das palavras do padre Tommaso, segundo o qual a vida errante de Ignazio se devia a um desentendimento com o arcebispo de Colônia. E se todas essas coisas estivessem ligadas e se quinze anos antes Ignazio e Vivïen houvessem entrado em choque pela primeira vez com a Saint-Vehme? Mas que relação poderia ter isso com o *Uter Ventorum*?

O jovem refletia ainda quando Ignazio, de repente, tomou-o pelo braço e aproximou o indicador de seus lábios.

— Não faça barulho — ordenou.

Assustado com aquele gesto, Uberto obedeceu e ficou atento. No princípio, não percebeu nada, mas depois ouviu um ruído que vinha dos degraus da escada. Alguém descia apressadamente para o laboratório!

Ignazio olhou em volta como uma raposa na armadilha, em busca de uma saída secundária. Mas aquele lugar parecia não ter rotas de fuga.

47

Apesar da hora tardia e do cansaço, Willalme estava decidido a concluir sua tarefa. Disparava quase sem fôlego pelas ruelas de Puente la Reina, segurando firmemente na mão uma preciosa mensagem.

As suspeitas do mercador eram fundadas. Estava mesmo sendo vigiado.

À tarde, enquanto caminhavam pelo mercado, Ignazio o chamara de lado e mostrara-lhe um homem de negro, no meio da multidão, que o seguia a uma distância de dez passos. Willalme se oferecera para segui-lo por sua vez a fim de descobrir quem era e, em caso de necessidade, surpreendê-lo pelas costas. Baixara o capuz sobre o rosto e perdera-se na massa sem que o perseguidor percebesse. Depois, escondeu-se atrás da tenda de um vendedor de tecidos e esperou que o desconhecido passasse por ele para que pudesse examiná-lo de perto. Era um homem de pele clara, calvo, de barba ruiva; tratava-se sem dúvida de um estrangeiro, saxão ou suevo. Deixando-o avançar alguns passos, Willalme saíra do esconderijo e pusera-se em seu encalço guardando uma distância prudente.

O estranho vigiara Ignazio e Uberto a tarde inteira, especialmente quando os dois pararam em uma banca para conversar com o vendedor de cabelos ruivos. Até se aproximara o suficiente para ouvir suas palavras, que sem dúvida o interessavam muito.

Willalme, de seu canto, tinha visto tudo.

Quando, após se despedir do vendedor, Ignazio e Uberto se dirigiram a uma taverna para cear, o misterioso sabujo girara nos calcanhares e se afastara. O francês o seguiu, decidido a descobrir quem era.

O desconhecido seguira por uma viela e parara diante de uma casa de teto de palha. Diante da porta, um homem vestido como ele já estava à sua espera. Parecia montar guarda no local.

Os dois confabularam e o recém-chegado entrou.

Esgueirando-se para os fundos do edifício, Willalme encontrou as janelas trancadas e nenhum acesso secundário. Por alguns instantes, não soube o que fazer, até ouvir lamentos provenientes de dentro da casa, por uma grade que dava para o porão. E pusera-se a espiar.

Viu, pela grade, uma sala bem ampla, iluminada por velas. Parecia o laboratório de um charlatão, mas tomado por prateleiras repletas de livros. Lá dentro estavam dois homens: um forte e de maneiras brutais, com um manto escuro e encapuzado; o outro, caído por terra com o rosto a escorrer sangue. Neste, Willalme reconheceu o vendedor de cabelos ruivos que vira pouco antes, em companhia de Ignazio. Havia sido rudemente espancado. O homem do capuz continuava a dar-lhe pontapés e, nos intervalos, fazia-lhe perguntas... O Ruivo sacudia a cabeça e negava-se a responder, apesar dos golpes cada vez mais violentos.

De repente, alguém bateu à porta do laboratório. Três pancadas bem ritmadas.

— Entre — grunhiu o encapuzado.

A porta se abriu e entrou o homem que andara vigiando Ignazio à tarde. Lançou um olhar indiferente à vítima e aproximou-se do companheiro para sussurrar-lhe algo ao ouvido. Para ouvir melhor, o algoz musculoso baixara o capuz e só então Willalme o reconheceu! Como esquecer-se daqueles olhos terríveis? Não havia engano possível, era o mesmo homem que lutara com ele na cripta de São Marcos, em Veneza.

Esqueceu-se das perguntas e procurou entender o que se passava naquele porão, sempre cuidando para não ser surpreendido. E mais uma vez assistiu impotente à violência, como quando haviam trucidado sua família. Atormentado pelas recordações, ele continuou a observar a cena por trás da grade.

Antes de morrer, a mente do Ruivo ficara ofuscada pela dor. Jamais o infeliz havia imaginado que teria de suportar tanto sofrimento.

Slawnik postou-se à sua frente, de punhos cerrados e com o rosto deformado pela cólera.

— É verdade o que me disseram, alquimista? Hoje você conversou com Ignazio de Toledo?

O outro não respondeu. Limitou-se a olhar para o homem que acabara de entrar e mergulhou num mutismo obstinado.

O boêmio, que não cedia facilmente à piedade, ergueu-o do chão e atirou-o sobre o pavimento como se batesse um tapete.

— O que você lhe disse? O que entregou ao patife? Uma pista? Uma parte do livro? Responda!

O Ruivo contraiu o rosto numa expressão irônica, gesto que lhe custou muita fadiga e dor.

— Era apenas o dedo de São Cipriano... — murmurou. — Cura o mal gálico*...

Mas antes de concluir a frase recebeu um pontapé no queixo.

Willalme, da grade, ouviu o ruído de ossos triturados. O maxilar do infeliz devia estar em pedaços.

— Fale, alquimista! — Slawnik levantara-o do chão para atirá-lo contra a parede. — Diga-me onde está o livro! Vamos, canalha!

Gothus Ruber esboçou então um gesto de rendição. Arrastando-se até a mesa, apoiou-se em sua borda. O maxilar quebrado impedia-o de falar, por isso acenou que queria escrever alguma coisa.

* Sífilis. (N. do E.)

Sem perda de tempo, o boêmio passou-lhe um pergaminho e uma pena.

Gothus Ruber limitou-se a rabiscar umas poucas linhas com mão trêmula, como se estivesse assinando um pacto com o diabo.

— Isto é... tudo o que... sei... — murmurou, expelindo sangue e baba pela boca.

Slawnik arrancou-lhe o pergaminho da mão e, depois de ler, voltou-se para a vítima com ar interrogativo. A um gesto do Ruivo, aproximara-se, achando que ele lhe quisesse fazer uma confissão, mas Gothus Ruber apenas lhe cuspiu no rosto.

Tomado de raiva, o boêmio sacou do punhal em forma de cruz e com um movimento fulminante degolou-o. O desgraçado caiu por terra, aos pés da mesa, com os olhos esbugalhados.

— Você o matou! — exclamou o outro, que até o momento permanecera em silêncio.

— O alquimista não vai mais nos servir para nada. — A voz de Slawnik ressoou como um golpe de chicote. — Acharemos o *Uter Ventorum* graças à mensagem que ele escreveu. E agora, partamos! Dominus não tardará a chegar. — Cravou o punhal na mesa e fez sinal para que saíssem.

Era necessário recuperar aquele escrito, pensou Willalme antes de se afastar da grade.

Ao sair da casa de Gothus Ruber, Slawnik e seus dois acompanhantes entraram em uma modesta hospedaria da *calle Mayor*.

— Dominus já deve estar chegando. Vão ao encontro dele e tragam-no aqui — ordenou.

Depois de retirar-se para um quarto do andar superior, o boêmio se sentou à luz de um candelabro e começou a refletir sobre o breve texto rabiscado pelo alquimista antes de morrer, resolvido a decifrá-lo sozinho para facilitar a tarefa de Dominus.

Entretanto, após lê-lo e relê-lo várias vezes, deu-se conta de que aquelas banalíssimas palavras latinas continham uma mensagem tão simples quanto incompreensível. Não conseguia entendê-las...

A certa altura, foi tirado de seus pensamentos por uma batida à porta: três golpes de ritmo familiar.

Ficou em pé e caminhou até a porta, achando que era o seu senhor. Mas, ao abri-la, viu-se diante de um desconhecido coberto por uma capa verde e com longas madeixas que escapavam do capuz.

Não teve tempo para nada. O desconhecido levou a mão direita à altura da boca, os dedos projetados para a frente, e soprou: da palma ergueu-se uma nuvem de pó branco.

Surpreso, o boêmio sentiu aquela substância penetrar em seus pulmões, irritando-lhe as narinas e a garganta; em seguida, girou sobre si mesmo e caiu ao chão. Seus olhos ardiam, a vertigem o dominava. Levantar-se era impossível.

Com as pupilas dilatadas e o rosto contraído pelos espasmos do vômito, arrastou-se na direção do intruso, que não hesitou em aplicar-lhe um pontapé em pleno rosto.

Baixando o capuz, Willalme lançou um olhar satisfeito a Slawnik. Pusera-o fora de ação sem o mínimo esforço. Os pós de Ignazio eram muito úteis em tais ocasiões.

Por um instante, a tentação de acabar com ele fora forte, mas não conseguiu fazê-lo. O francês só sabia matar quando dominado pela fúria ou por instinto de sobrevivência. E o homem que estava à sua frente, embora merecesse a morte, naquele momento lhe parecia indefeso como uma criança.

Encontrou sem dificuldade a mensagem escrita por Gothus Ruber, pois era o único pergaminho perto do candelabro. Agarrou-o e saiu da casa. Devia encontrar o mercador o mais rápido possível.

48

Dominus foi escoltado, com a máxima cautela, à hospedaria da *calle Mayor*. Os dois homens enviados por Slawnik conduziram-no ao quarto onde o boêmio os aguardava e bateram à porta conforme o combinado, mas ninguém atendeu. Tentaram entrar; o ferrolho, porém, parecia estar corrido ou travado, de modo que, sem pensar duas vezes, meteram os ombros à porta e arrombaram-na.

Quando entraram no quarto, viram Slawnik estendido por terra, inconsciente, com a boca manchada de sangue. Dominus aproximou-se dele, desdenhoso, e empurrou-o com o pé para fazê-lo voltar a si.

O boêmio abriu os olhos com dificuldade.

— Meu senhor... — sussurrou e, percebendo a posição humilhante em que se encontrava, tentou levantar-se. As pernas tremiam por efeito do estranho pó inalado e ele mal conseguia se equilibrar.

— A mensagem! Onde está a mensagem escrita pelo alquimista? — perguntou Dominus, pouco se importando com o estado de seu vassalo.

— Roubaram-na — respondeu Slawnik, antes mesmo de olhar para a mesa a fim de assegurar-se do que dizia. — Foi o francês, o sequaz do mercador de Toledo. Tenho certeza.

Dominus não conseguiu dominar a ira e esbofeteou-o.

— Incompetente! — rugiu. — Lembra-se ao menos do que estava escrito?

— Sim, meu senhor... — gaguejou o boêmio, cambaleando. Embora ainda estivesse tonto pela droga, enrubesceu. Esbofeteado como uma mulher! Jamais sofrera tamanha humilhação. — Lembro-me perfeitamente.

— Então diga logo o que sabe. E também onde é a casa de Gothus Ruber — ordenou Dominus. — Vou lá sozinho em busca de alguma pista. Vocês, seus incompetentes, esperem-me aqui.

Willalme procurou Ignazio e Uberto na taverna onde os vira cear horas antes, mas, não os encontrando, concluiu que tinham ido à casa de Gothus Ruber.

Já passava da meia-noite. Devia apressar-se.

Encontrou a porta aberta e entrou correndo, ansioso. Tateou no escuro, encontrou a escada em caracol e desceu com o ímpeto de uma fúria. Quando entrou no laboratório, a luz das velas tinha se apagado.

Parou um instante para recuperar o fôlego, acalorado, com as íris azuis refulgindo nas sombras. Estendeu as mãos como um cego e avançou lentamente.

Ouviu um barulho às costas, mas quando se virou um golpe de bastão o atingiu na nuca.

Vacilou e caiu; e, ao perder os sentidos, pareceu-lhe ouvir a voz de Uberto.

49

Quando Willalme reabriu os olhos, o recinto estava como que tomado por uma névoa. Pouco a pouco, as imagens foram se tornando mais nítidas até se delinearem com clareza. Estava no laboratório de Gothus Ruber. Ignazio e Uberto inclinavam-se sobre ele.

O francês se ergueu com dificuldade, apalpando a nuca. Sua cabeça ressoava como um tambor.

— Desculpe-nos, pensamos que era alguém mal-intencionado — explicou o mercador. — Resolvemos surpreendê-lo no escuro... Bati em você com isto — e lhe mostrou o bastão.

— Bravos. Belo trabalho — ironizou Willalme, com uma careta. Em seguida, lembrou-se de alguma coisa e correu para o centro da sala. Procurou atrás da mesa e encontrou o cadáver do Ruivo. Continuava na posição em que o vira cair uma hora antes.

— É Gothus Ruber, não? O homem que procurávamos — perguntou, virando-se para os companheiros.

Ignazio assentiu, com um ar de estranheza.

— Como sabe? O que descobriu?

— Depois lhe explicarei tudo. Agora não há tempo, pegue isto — e Willalme lhe entregou a mensagem que surrupiara de Slawnik. — Gothus Ruber a escreveu antes de morrer. Fala da parte do livro que ele guardava.

O mercador pegou a folha de pergaminho e leu avidamente:

Secretum meum teneo
cum summa virtute

signatum cum igni
sub rosis in cute

Uberto pigarreou e traduziu em voz alta:

Meu segredo, mantenho-o,
com suma virtude,
traçado a fogo
sob as rosas e sobre a pele.

— Mas o que significa? — perguntou Willalme, bastante desapontado. — Arrisquei a vida por uma cantilena?

— Não creio — tranquilizou-o o mercador. — Trata-se de uma adivinhação que nos revelará sem dúvida nenhuma o esconderijo do *Uter Ventorum*, ou melhor, a parte dele que o Ruivo guardava.

— Traçado a fogo... Escondido sob as rosas... — murmurou Uberto. E, de repente, exclamou: — As rosas! Como no criptograma de Viviën! Lembram-se da segunda frase escrita em provençal? *Temel esteit suz l'umbre d'un eglenter*, "Temel está à sombra de uma roseira". Gothus Ruber diz o mesmo. Temos de procurar uma roseira!

— Tem razão — admitiu Ignazio. — Mas aqui não há rosas, nem jardins ou representações florais.

Foi então que Willalme, observando o cadáver do alquimista, teve uma intuição.

— Parece muito simples — disse, mostrando o corpo. — Olhem.

Seus companheiros pararam de conversar e prestaram-lhe atenção: o francês falava pouco, mas, quando dizia alguma coisa, valia sempre a pena ouvi-lo.

— Não notaram seus cabelos? — prosseguiu Willalme. — São vermelhos e encaracolados... como botões de rosa!

Uberto concordou em silêncio, embora sem compreender bem o sentido daquelas palavras. Ignazio, ao contrário, pareceu iluminar-se e não perdeu tempo. Jogou uma caneca de água na cabeça do Ruivo, sacou do punhal e raspou-a com a destreza de um barbeiro. Quando terminou a operação, voltou-se para os companheiros com uma expressão indecifrável.

Os dois fixaram incrédulos a cabeça de Gothus Ruber. Sobre a pele do crânio, via-se tatuada a imagem de um anjo cercado por figuras geométricas.

— Traçado a fogo sobre a pele... Mas, sim, uma tatuagem! — exclamou Uberto. — O fogo indica o ardor que o Ruivo deve ter sentido enquanto a faziam!

O mercador concordou.

— Escondeu seu segredo como, outrora, era costume entre os persas.

— O que significa? — perguntou Willalme.

— Nunca vi um desenho igual — confessou Ignazio. — Parece um talismã, mas incompleto.

Uberto olhou para ele hesitante.

— Que tem a ver um talismã com o livro?

O mercador parecia entusiasmado, como se houvesse encontrado um tesouro inestimável.

— Este talismã se refere à parte do *Uter Ventorum* entregue por Vivien ao Ruivo. Sua disposição geométrica representa o alinhamento das potências celestes, sintetizando-lhe os preceitos. Preciso estudá-lo com muita atenção. Sob a imagem foi tatuada também uma frase, breve, mas significativa.

O jovem não a percebera. Olhou mais de perto a cabeça raspada de Gothus Ruber em busca de outras revelações e viu duas palavras tatuadas sob o desenho:

PLENITVDO LVNAE

— *Plenitudo lunae*... "Com a lua cheia" — traduziu Ignazio. — Temos aí uma prescrição ritual. Uma das funções do anjo Temel é indicar as fases lunares.

— Vamos nos apressar — interrompeu-o Willalme. — Não estamos seguros aqui, é melhor sairmos.

— Tem razão — concordou o mercador.

— Copio a tatuagem? — perguntou Uberto, preparando-se para tirar do alforje suas tabuinhas de cera.

— Demoraria muito. — Ignazio leu o alarme nos olhos do francês. — E não podemos deixar o talismã à mercê da Saint-Vehme. Devemos levá-lo embora tal como está.

— Tal como está? — perguntou o rapaz, lançando-lhe um olhar inquisitivo.

Mas Willalme entendeu logo. Tirou do cinto uma comprida adaga árabe, uma *jambiya*, fez na cabeça do Ruivo um corte circular acima das orelhas e arrancou-lhe o escalpo.

O mercador olhou com tristeza o defunto, aborrecido por dar-lhe aquele tratamento. Mas logo mudou de expressão e, voltando-se para um estarrecido Uberto, ordenou-lhe em tom autoritário:

— Venha, vamos embora daqui.

50

Quando Scipio Lazarus entrou na casa de Gothus Ruber, encontrou-a silenciosa e deserta. Desceu a escada em caracol até o laboratório, no porão, e encontrou o ambiente minuciosamente vasculhado.

Contornou a mesa central e viu o cadáver do alquimista. Os cabelos ruivos tinham sido raspados e recolhidos num montículo sobre o pavimento; e, da cabeça, fora tirado o escalpo.

Ignazio de Toledo havia procurado no lugar certo, pensou.

Ergueu-se, arrancou o punhal em forma de cruz da mesa e guardou-o sob o manto. Então, ouviu um rumor de passos no piso superior, mas não se alarmou. Previra essa possibilidade e sabia exatamente o que fazer. Deslizou até o tapete com a imagem do dragão dependurado diante da porta e escondeu-se atrás dele. Tateou ao longo da parede até encontrar a maçaneta de uma porta secreta, abriu-a e entrou; deixando o batente semicerrado, espiou através da urdidura do tapete para descobrir quem seria o misterioso visitante.

Pouco depois, o conde Dodiko entrou no laboratório. Caminhou por entre alambiques e armários até dar com o cadáver de Gothus Ruber. Mais enojado que espantado, tocou-o com a ponta da bota a fim de verificar se estava realmente morto e, após vencer o asco, examinou-o sem pressa. Só então se levantou e olhou em volta.

Seu olhar foi pousar no tapete.

Por um segundo, Scipio Lazarus julgou que tinha sido descoberto. Esperou em silêncio, imóvel em seu esconderijo como uma serpente, a mão direita sobre o cabo do punhal.

Dodiko se aproximou, examinou a imagem do dragão rodeada de astros, mas por fim lhe deu as costas e voltou a concentrar sua atenção no cadáver.

Scipio Lazarus poderia tê-lo apunhalado pelas costas, mas achou que isso não seria prudente. Dodiko estava em seus planos e por enquanto devia continuar vivo.

Paciência, disse a si mesmo; e, sem fazer o mínimo ruído, deslizou para trás e perdeu-se na sombra.

51

Entre os edifícios da *calle Mayor*, no andar superior de uma hospedaria, Slawnik estava sentado no peitoril de uma janela, procurando no ar fresco da noite um remédio para se livrar dos últimos efeitos da droga que aspirara.

À espera da volta de Dominus, mirava o brilho frio das estrelas, girando nervosamente no dedo seu precioso anel de família. Aquele pequeno objeto representava a última recordação de sua nobreza perdida, da qual não mais se sentia à altura. Uma parte dele teria desejado livrar-se do anel, jogá-lo fora juntamente com um passado ora muito distante e que já nada significava; mas seu lado mais nobre e orgulhoso não aceitaria nunca renegar as próprias origens e tornar-se um simples soldado sem altivez nem ambição.

Naquela noite, sofrera uma humilhação intolerável. A bofetada recebida de Dominus ainda lhe queimava o rosto. Levou a mão à face como quando, ainda menino, era repreendido pelo pai.

Seu pai... Nunca fora digno dele nem de seus ancestrais. Inclinou a cabeça para trás e respirou fundo, de olhos fechados. Malditas lembranças!

Sentia-se um instrumento inútil, incapaz até de servir a seu senhor. Não apenas fracassara em encontrar a parte do livro guardada pelo alquimista, também perdera o único indício que revelava sua localização exata. Era um servo indigno. Por um instante, teve a esperança de que Dominus o perdoasse e voltasse a confiar nele, mas no íntimo sentia que não merecia isso.

Seus pensamentos foram interrompidos por um rumor de passos na rua. Debruçando-se na janela, avistou um homem que se aproximava.

Dominus tinha voltado.

Entrando na hospedaria, Dominus meditava sobre o que faria em seguida. O mercador de Toledo lhe subtraíra uma parte importante do *Uter Ventorum*, mas não seria difícil pôr-se em seu encalço. Provavelmente, Ignazio já havia iniciado a terceira etapa do itinerário.

Puente la Reina e... Bastava seguir as indicações do criptograma deixado por Viviën de Narbonne. O mercador não podia decerto imaginar que Slawnik o descobrira em San Michele della Chiusa e que ele, Dominus, estava perfeitamente à altura de decifrá-lo.

Graças àquele criptograma, encontraria o mercador em qualquer parte.

O miserável espanhol — pensou o franco-conde — *está sem dúvida queimando os miolos para entender como a Saint-Vehme o rastreou até a Espanha.* Devia se sentir um rato na ratoeira, tal qual já lhe sucedera anos antes...

Abriu a porta do quarto onde Slawnik e os outros dois esbirros aguardavam suas ordens.

— Descansem. — A voz de Dominus ressoou peremptória. — Dentro de algumas horas, partiremos. Ignazio de Toledo não pode nos escapar.

52

A manhã se estendia sobre as terras do Ocidente. Coroava os Pireneus com sua luz dourada, semelhante a metal em brasa prestes a liquefazer-se e a escorrer pelas encostas como regatos de fogo.

Ignazio conduzia o grupo. Seguiam-no Uberto e Willalme, ansiosos por tranquilidade e repouso. Fazia quase dois dias que nenhum deles dormia.

De repente, o mercador freou o cavalo e apontou para as muralhas de uma cidade.

— É Estella. Lá ficaremos seguros, ao menos por algum tempo.

Estella, a oeste de Puente la Reina, erguia-se ao lado da estrada de peregrinação para Santiago de Compostela. Nas vizinhanças encontrava-se o mosteiro de Santa Maria la Real de Irache, uma das mais antigas fundações beneditinas da Navarra. O conjunto incluía um grande mercado e diversos alojamentos para os peregrinos, sendo por isso o lugar ideal para se achar um refúgio seguro.

O grupo cruzou os portões da muralha, acenando para as sentinelas sonolentas, passou pelo convento de San Pedro de la Rua e se dirigiu para um albergue provido de estrebaria.

Deixando os cavalos aos cuidados de um criado, foram bater à porta do albergue. Atendeu-os um homem baixo, quase calvo, que não parecia incomodado com o fato de ser tão tarde. Ele acolheu os três forasteiros com um sonoro bocejo e indicou-lhes um quarto onde poderiam repousar.

Os três companheiros se estenderam em seus catres e logo caíram no sono. Mas, antes de adormecer, Ignazio procurou visualizar bem, mentalmente, o talismã tatuado no crânio de Gothus Ruber. A imagem tinha um quê de oriental, mas não era muito clara, ao menos à primeira vista; e, ele estava certo, faltava-lhe alguma coisa. Talvez conseguisse completá-la utilizando as outras partes do *Uter Ventorum*. Decidiu examiná-la mais a fundo depois do repouso. Por ora, o melhor era recuperar as forças e acalmar os nervos.

Enquanto o sono começava a dominá-lo, rememorou tudo que lhe havia ocorrido ultimamente. A situação era preocupante, não poderia esconder isso de si mesmo nem de Uberto. Pobre rapaz! Estava agora metido em uma missão das mais arriscadas. Talvez tivesse sido mais prudente deixá-lo nas lagunas de Santa Maria del Mare, ignorante de tudo.

A morte de Gothus Ruber fora apenas uma amostra da enorme provação que ainda tinha pela frente. Todavia, não o atormentava apenas a ansiedade, mas também o senso de culpa pelo sacrifício do amigo, que lhe permitira sobreviver. Ele era seu devedor, e aquele tipo de dívida não se pode pagar.

Antes de adormecer, lembrou-se da época em que chegara a Colônia com Vivïen de Narbonne e fora parar diante do Tribunal Secreto. Vira-se então acuado por um feroz franco-conde, temido e respeitado em todo o Império com o codinome de Dominus, o Máscara Vermelha. Quem sabe se não seria ele o responsável pela morte de Gothus Ruber?

Esse pensamento fixou-se em sua mente e atormentou-o por mais de uma hora, até que o sono benigno o dominou, proporcionando--lhe uma tranquilidade inesperada.

Uberto despertou com o cérebro confundido por íncubos.

— Teve um sono agitado. — A voz de Ignazio provinha do fundo do quarto.

Uberto observou-o. Estava sentado à mesa, de pena em punho.

— Sonhei com Gothus Ruber degolado. Não foi nada agradável.

— Imagino — respondeu o mercador. — Sente-se melhor agora?

— Sim. — Uberto olhou pela janela. A tarde caía. — E Willalme?

— Saiu. Mandei-o comprar alguma coisa para comer. Está com fome?

— Nem sei. Sinto-me um pouco confuso.

— É normal. Levante-se e venha me ajudar.

Uberto achou esse pedido um tanto inusitado. Quando Ignazio se perdia em suas reflexões, não queria ninguém por perto.

— Que está fazendo?

— Copiei em meu caderno de pergaminho a tatuagem do Ruivo, para estudá-la.

O rapaz se aproximou e debruçou-se sobre a mesa, mas, vendo num canto o escalpo de Gothus Ruber, empertigou-se. O mercador percebeu seu mal-estar, pegou aquele pedaço de carne humana e escondeu-o num vaso, que colocou no alforje.

— Agora pode olhar — disse ele.

Uberto envergonhou-se de sua reação, mas a lembrança da bárbara frieza com que Willalme arrancara o escalpo do alquimista ainda fazia com que os pelos de seus braços se eriçassem. Nunca assistira a uma cena igual enquanto estivera em Santa Maria del Mare.

Postando-se ao lado de Ignazio, examinou o caderno aberto sobre a mesa. O mercador copiara a tatuagem de Gothus Ruber na página contígua ao criptograma de Viviën.

A imagem era uma sobreposição de figuras geométricas. Um quadrado inscrito num círculo com um anjo no centro.

— Estranho — murmurou o jovem, arregalando os olhos ainda anuviados de sono.

Ignazio correu o dedo em volta do desenho.

— Vê os doze glifos nas margens da figura? São os signos zodiacais, um modo artificioso de representar a esfera das Estrelas Fixas.

— E o resto da figura, o que significa?

— O círculo é o símbolo do céu, mas também oferece proteção contra os espíritos malignos. Já o quadrado indica a Terra. Sua união, como no nosso caso, produz um talismã citado até na Cabala. Refere-se à centelha divina oculta na matéria.

— E como se utiliza?

— Isso, vamos saber quando encontrarmos as três partes que faltam do *Uter Ventorum*. Por ora, suponho que se trata de uma espécie de recinto.

— Recinto? E para que serviria?

— Para encerrar *alguma coisa.*

— Um anjo? — arriscou Uberto.

Ignazio sorriu, levantou-se e afagou-lhe carinhosamente os cabelos.

— Esperemos que sim — disse, aproximando-se da janela.

— Estas maçãs são as mais doces da Navarra — proclamou a vendedora de frutas, admirando o belo forasteiro de cabelos loiros que parara diante de sua barraca.

Willalme respondeu-lhe com um sorriso. Não entendia a língua local, mas o significado da frase era claro. Contemplou a jovem alta, morena, de esplêndidos olhos negros; em seguida, vasculhou o alforje. Comprara pão e carne de porco. Um pouco de fruta não iria mal. Apontou as maçãs dispostas sobre a banca e fez sinal de que queria três.

O francês pagou, mas, quando ia afastar-se, a jovem o chamou e ofereceu-lhe uma quarta maçã. Willalme perscrutou-lhe o rosto com ar interrogativo.

— Um presente para seus olhos tristes, belo peregrino — explicou ela, cheia de malícia.

Ele sorriu de novo, levemente embaraçado, tomou a mão que lhe estendia o fruto e beijou-lhe a palma, depois o dorso. A moça enrubesceu, tentou dizer alguma coisa, mas o estrangeiro já havia se distanciado.

Willalme encaminhou-se depressa para seu alojamento, pensando na bela horteloa. Viajar durante tantos anos despertara nele o desejo de ter uma casa e uma família. Mas não podia abandonar seus companheiros. Ignazio fizera muita coisa por ele, salvara-lhe a vida, e desde então se comportara quase como um pai adotivo.

Assim pensava o francês quando sua atenção foi atraída por quatro homens vestidos de negro que conversavam com um estalajadeiro da rua principal. Bastou-lhe um olhar para reconhecer logo o mais alto do grupo: era o assassino de Gothus Ruber. Em seguida, identificou os outros dois, que vira em Puente la Reina: o primeiro seguira Ignazio e Uberto ao mercado, o segundo ficara de guarda diante da casa do alquimista. O quarto homem lhe era desconhecido. Examinou-o rapidamente, sem se fazer notar. Mantinha-se à parte dos outros três e, embora fizesse muito calor, trazia o rosto oculto no capuz. Parecia incomodado pela luz do sol.

A presença daqueles homens em Estella só podia significar uma coisa.

Parte IV

O TABULEIRO DE XADREZ DE KOBABEL

Até as configurações astrais seguem um princípio racional e todo corpo celeste se move de acordo com leis numéricas.

Plotino, *Enéadas, IV, 35*

53

Embora a luz da tarde iluminasse cada ângulo do quarto do albergue, Uberto via as sombras do mistério se adensando à sua volta. Aquela obscuridade provinha de uma fonte bem precisa: as íris esmeraldinas do mercador de relíquias.

O que, exatamente, lhe escondia Ignazio de Toledo? Por que estava à procura do *Uter Ventorum*? Não, decerto, por causa de dinheiro nem pelo desejo de reencontrar Vivïen de Narbonne. O motivo era outro. Sequer a morte do Ruivo o fizera desistir da busca. Agora não se tratava mais de cumprir uma missão para o conde Scalò. Caso conseguisse pôr as mãos no livro, Ignazio o guardaria para si, disso Uberto tinha absoluta certeza. Não para adquirir poder, glória ou dinheiro, mas para fins que ele só em parte lograva imaginar.

As reflexões do jovem foram interrompidas.

— Temos de descobrir onde está a próxima parte do *Uter Ventorum*, o anjo Kobabel — disse Ignazio, mostrando o criptograma transcrito no pergaminho.

— De que modo pretende agir? — perguntou Uberto.

— Como sempre, lendo a terceira linha das duas adivinhações, em provençal e em latim — explicou o mercador. — Até agora, funcionou — e leu no caderno as frases que o interessavam:

Kobabel jüet as eschecs ou n'i lusit le soleil

Celum Sancti Facundi miratur Laurentius

— "Kobabel joga xadrez onde não brilha o sol", diz a primeira mensagem. "Lourenço olha o céu de São Facundo", diz a segunda — traduziu o jovem.

— Não, não — objetou o mercador, franzindo o cenho. — Não "*de* São Facundo", mas "*em* São Facundo". É o nome de um lugar, não de uma pessoa.

— Um lugar chamado "São Facundo"? Nunca ouvi falar.

— Com o tempo, *Sanctus Facundus* se transformou em *San Fagun* e depois em *Sahagún*. Estamos, pois, sendo encaminhados à cidade de Sahagún, localizada a oeste de Burgos.

— É verdade. Sahagún não é longe de Santiago de Compostela... E o tal Lourenço, quem seria? Uma pessoa? Você conhece esse homem também?

— Não é uma pessoa, mas, sim, uma igreja, a igreja de São Lourenço.

Ignazio ia prosseguir na explicação quando, de repente, a porta se abriu. Os dois homens se voltaram alarmados.

— Ah, é você, Willalme? — O mercador suspirou aliviado. — Pregou-nos um belo susto. Para que tanta pressa?

— Devemos partir! — exclamou o francês ofegante, fechando a porta com um gesto seco. — Estão na cidade, à nossa procura!

— Calma — pediu Ignazio, pondo-se em pé e olhando-o bem nos olhos. — *Quem* está à nossa procura? Explique-se.

— Os homens que mataram Gothus Ruber! A Saint-Vehme! Acabei de vê-los, são quatro. Estão percorrendo as hospedarias de Estella e logo nos encontrarão!

— Como conseguiram nos descobrir tão depressa? — exclamou o mercador, dando um soco na mesa. Mas não havia tempo para aguardar a resposta. Pensou rápido e prontamente decidiu o que fazer: — Willalme, vá correndo selar os cavalos. Uberto, junte a nossa roupa. Estamos saindo.

— Aonde quer ir assim com tanta pressa? — perguntou o jovem, já tomado de pânico.

— Conheço um abrigo onde nem com um dedo poderão nos tocar. Não é longe... Mas prepare-se, rapaz, pare de tremer e encha logo aquele maldito alforje! — bradou Ignazio, já começando a fazer sua trouxa.

Uberto não replicou e obedeceu apressadamente às ordens.

Willalme entrou no estábulo e pôs-se a selar os cavalos com a maior naturalidade de que era capaz. Sorriu para o criado que escovava um animal e olhou em torno atentamente. Ninguém à vista. Um instante depois, juntavam-se a ele seus dois companheiros; e os três, saltando para as selas, afastaram-se do albergue a trote.

Alcançaram sem problemas a saída da cidade e, mal atravessaram as muralhas, lançaram-se a galope rumo a oeste.

— Para onde estamos indo? — perguntou Willalme, ladeando o mercador.

— Para uma igreja dos templários, o Santo Sepulcro de Torres del Río — respondeu Ignazio. — A Ordem do Templo tem o dever de proteger os peregrinos.

— Quanto tempo demoraremos para chegar lá? — indagou Uberto, esporeando o cavalo.

— Neste passo, duas ou três horas no máximo. — E, assim dizendo, o mercador guiou-os pelos altiplanos em direção à fronteira que separava a Navarra da Galícia.

Ignazio dissera a verdade. O sol tinha se posto havia meia hora quando chegaram a uma extensão de terra nua. A pouca distância, entre relevos ondulados e arbustos ressequidos, erguia-se um edifício coroado por uma torre iluminada.

— Parece um farol — exclamou Uberto, examinando a estrutura que se destacava nas trevas.

— É a igreja do Santo Sepulcro, dos templários! Estamos quase chegando — disse Ignazio. — Mais um pequeno esforço e ficaremos seguros entre suas paredes!

A essas palavras, o jovem pareceu finalmente se tranquilizar. Continuou galopando, olhos fixos na fonte de luz cada vez mais próxima. De súbito, Willalme se virou na sela e viu, a pouca distância, quatro cavaleiros que avançavam diretamente para eles. Vinham em disparada, empunhando tochas. Se continuassem naquele ritmo, logo os alcançariam.

— Ignazio! — gritou o francês. — Olhe!

O mercador olhou alarmado. Semicerrou as pálpebras e viu as quatro tochas riscarem a escuridão como raios.

— São eles, os Videntes! — gritou, esporeando o cavalo rumo à salvação. — Não devem nos alcançar! Sigam-me, rápido!

Uberto e Willalme não se fizeram de rogados e lançaram as montarias numa carreira frenética. Os perseguidores pareceram perceber sua reação, pois se atiraram como lobos sobre as presas, ganhando cada vez mais terreno.

Uberto cavalgava com um nó no estômago, agarrando-se desesperadamente às rédeas. Ouvia o resfolegar entrecortado da montaria, já exausta. Evitou voltar-se, temendo que os perseguidores estivessem muito próximos, e continuou a olhar em frente, para o mercador curvado sobre o pescoço de seu cavalo.

Chegaram incólumes diante das muralhas externas da igreja, mas o esforço foi em vão: os quatro cavaleiros já os tinham alcançado.

Willalme virou o cavalo, decidido a atacar os perseguidores. Cerrou os dentes e brandiu a cimitarra, com os longos cabelos loiros agitando-se ao vento. Levantou a arma e esporeou a montaria. O cavalo, espumando pela boca, empinou-se relinchando.

O mercador ordenou-lhe que parasse, mas ele retrucou com os olhos injetados de cólera:

— Não há outra coisa a fazer! Fujam! Vou segurá-los o mais que puder!

Nenhum dos três infelizes ouvira uma trompa ressoar na torre da igreja, mas todos perceberam o que aconteceu logo depois: os portões da hospedaria do Santo Sepulcro se escancararam e de dentro irrompeu um esquadrão de templários armados.

Uberto voltou-se para aqueles monges guerreiros. Eram uns dez ao todo, trajando uniformes brancos com uma cruz vermelha no peito. Saíam a pé, correndo, conclamados pelo alarme da sentinela e aparentemente dispostos a defendê-los.

Animado pelo socorro que chegava, Willalme desistiu da ofensiva e emparelhou-se com Ignazio, enquanto da torre dois arqueiros miravam os quatro perseguidores. Estes, à vista do esquadrão, colheram as rédeas e mantiveram-se a uma vintena de passos das presas, indecisos quanto ao que fazer. Ignazio pôde então observá-los. Pertenciam à Saint-Vehme: os mantos negros e os rostos ocultos por máscaras não deixavam nenhuma dúvida. Um deles chamou mais sua atenção. Ostentava uma máscara vermelha de traços infernais. Hesitou por um instante, mas não tardou a concluir: era Dominus, o Máscara Vermelha.

Entrementes, os templários saídos da igreja tomaram a defesa dos três viandantes, postando-se diante deles à maneira de escudo. Dominus olhou por cima da fileira de soldados e viu o mercador. Tremia de cólera. Se pudesse, saltaria sobre ele como uma fera.

— Ignazio de Toledo, lembra-se de mim? — bradou com a voz alterada pela máscara de cerâmica. — Hoje você teve a vida salva, goze-a enquanto pode. Mas cuidado! Possui algo que cobiço e, de um modo ou de outro, eu o terei, ainda que precise descer ao inferno!

Assim dizendo, o Máscara Vermelha virou o cavalo e deu sinal de partida aos companheiros. Eles o seguiram como uma matilha de cães e se perderam na noite.

No meio do esquadrão de templários, Filippo de Lusignano só tirou os olhos dos cavaleiros negros depois de assegurar-se de sua retirada. Nunca tinha visto máscaras daquelas, que, porém, não eram suficientes para intimidar um guerreiro com seu temperamento. Passado o perigo, ordenou aos companheiros que baixassem as armas; embainhou a espada e dirigiu-se para os três peregrinos, visivelmente fatigados da perseguição.

Reconhecendo Ignazio como o chefe do grupo, perguntou-lhe:

— Tudo bem, senhor?

O mercador examinou o templário. A um primeiro olhar, parecia um homem rude, como todos os guerreiros que ele conhecera. Entretanto, seus olhos revelavam uma inteligência pouco comum, que o impressionou.

— Graças a vocês, cavaleiros. Graças unicamente a vocês — respondeu Ignazio, sinceramente agradecido. — Desceu do cavalo e observou-o mais de perto. — Devemos-lhes a vida. Sou Ignazio de Toledo, mercador de relíquias. Muito me agradaria saber o nome de nosso salvador inesperado.

— Chamo-me Filippo de Lusignano, senhor. E estou muito feliz por servi-los.

O mercador ficou atônito. A estirpe dos Lusignano tirava seu nome do castelo de Leusignem do Poitou, na França ocidental, e descendia, segundo a lenda, da fada Melusina, metade mulher e metade serpente. Fazia cerca de trinta anos que, após assumir o controle da ilha de Chipre, os Lusignano tinham mesclado seu sangue com o da família real de Jerusalém.

Que poderia levar um membro de semelhante família a abandonar conforto e riqueza para se fazer monge templário?

Como era costume diante dos nobres, Ignazio esboçou uma reverência. Mas Filippo o deteve, pousando-lhe uma mão no ombro.

— Levante-se — disse. — Não se prosterne. Há muito tempo que renunciei à minha classe. Agora sou monge e, pela vontade de Deus, protejo com a espada o caminho dos peregrinos. — Fez uma pausa, estudando atentamente primeiro Uberto, depois Willalme. Em seguida, voltando-se de novo para o mercador, disse: — Mas diga-me, senhor, o que aqueles estranhos cavaleiros queriam de vocês?

Ignazio titubeou por um momento. Estava diante de um dilema: dizer a verdade ou mentir.

54

— Eram bandidos, meu senhor. Apenas bandidos. — O olhar finório do mercador cruzou-se com o do templário. Era preferível mentir, pensou Ignazio, para não ter de contar toda a longa história do *Uter Ventorum* e da Saint-Vehme. — Bandidos — repetiu, ignorando o ar de desaprovação de Uberto. — Nunca os tínhamos visto antes.

— Mas um deles parecia conhecê-lo, senhor — objetou Filippo de Lusignano, em tom sereno. — Até o chamou pelo nome.

— Provavelmente me confundiu com outra pessoa... Bem, ainda que não fosse isso, eu não poderia sabê-lo, certo? Aquele homem usava uma máscara, como vossa senhoria pôde notar — disse Ignazio, para desviar a pergunta.

— Tem razão.

— Mas diga-me — continuou o espanhol, a fim de mudar o rumo da conversa —, é o superior desta igreja?

— Não, não sou eu quem administra o Santo Sepulcro — esclareceu o templário. — Para dizer a verdade, nem sequer moro aqui. Estou só de passagem, como vocês. Os homens que acorreram em sua defesa, sim, se acham sob o meu comando.

— Entendo. — Ignazio observou os rudes traços dos veteranos postados atrás de Lusignano. A seguir, lançou um olhar à igreja do Santo Sepulcro, perguntando-se de onde viriam aqueles homens e para onde iriam.

— Não quero detê-los por mais tempo. Já é noite e vocês devem estar cansados. — Ao falar, Filippo não tirava os olhos do mercador. — Pedirei que os conduzam à hospedaria da igreja. Amanhã cedo, informaremos o superior de sua chegada.

Com um gesto de mão, o templário chamou para perto de si um jovem sargento, que se pôs de joelhos à espera das ordens. Estava vestido como Filippo, exceto pelo manto branco.

— Jarenton — disse Filippo —, providencie alojamento para os forasteiros.

O sargento assentiu, ficou em pé e voltou-se para Ignazio:

— Sigam-me. Não se preocupem com os cavalos, cuidarei deles.

Os peregrinos agradeceram a Lusignano e acompanharam Jarenton.

Uberto olhou-o com admiração. Devia ter pouco mais que sua idade, embora o aspecto alquebrado o fizesse parecer mais velho.

O sargento conduziu os três companheiros a um edifício contíguo à igreja do Santo Sepulcro, destinado a abrigar os viajantes.

— A partir daqui, nós mesmos nos arranjaremos — disse Ignácio. — Você foi muito gentil em nos acompanhar, sargento.

— Meu dever — replicou Jarenton com uma voz que revelava os arroubos da idade. Esboçou uma reverência e afastou-se.

55

Na manhã seguinte, Uberto despertou esfomeado. Sentou-se no catre e passeou os olhos pelo alojamento desnudo. Ignazio e Willalme tinham saído sem acordá-lo, mas deixaram à beira do catre uma caneca de leite e uma grande maçã verde.

Depois de se fartar, saiu da hospedaria à procura dos companheiros e, já do lado de fora, avistou Jarenton sentado num banco, distraído a lustrar um par de caneleiras com uma escova. Aproximou-se, pedindo-lhe notícias de seus amigos.

— Entraram há pouco na igreja — informou o sargento, sem desviar os olhos do trabalho e fazendo saltar da superfície metálica uma grande incrustação de lama.

— Provavelmente, estão à procura do superior — deduziu Uberto.

— Não creio — objetou Jarenton. — O velho superior está muito doente e não se levanta há dias. Acho que seus companheiros queriam falar com o senhor Filippo. Devem ter subido à torre — e apontou para a construção que coroava o Santo Sepulcro.

Uberto olhou para cima e notou que o fogo da torre tinha sido apagado. Agradeceu ao sargento e dirigiu-se para a porta da igreja, encimada por um arco pleno. Empurrou os batentes e entrou.

O perímetro do edifício octogonal e as estreitas janelas dispostas de todos os lados deixavam entrar o revérbero da manhã. O octógono, explicara Ignazio, era uma das figuras preferidas dos templários porque nela se fundiam o quadrado e o círculo, ou seja, a Terra e o céu.

O recinto estava deserto, mas Uberto ergueu os olhos em busca de um acesso à torre. Reparou então no esplêndido teto em cúpula, sustentado por nervuras entrecruzadas que formavam uma estrela. No centro, via-se uma cruz de braços de igual comprimento.

Baixando finalmente os olhos do teto, o jovem descobriu, por trás da abside, o acesso à torre. Penetrou na passagem e subiu a escada que levava até o alto. Ao chegar aos andares superiores, cruzou com um capelão de aparência veneranda.

O velho o contemplou com doçura.

— Bom dia, filhinho, procura por acaso os dois forasteiros?

— Sim — respondeu o jovem.

— Estão lá no fundo. — E o velho indicou um pequeno corredor que levava a uma torrezinha edificada bem em cima da igreja. — Vá, suba a escada, mas cuidado para não despencar das janelas.

Uberto inclinou-se. O monge pousou a mão em sua cabeça e o abençoou.

No alto da torrezinha, de planta octogonal como a igreja, Willalme admirava o panorama montanhoso da Sierra de Codés enquanto ouvia a conversa de Ignazio e Filippo de Lusignano.

— Estou transportando uma carga muito preciosa, senhor — explicava o templário —, e por isso me faço acompanhar de homens armados.

— Tesouros do Oriente? — perguntou o mercador.

— Não posso dizer-lhe. Espero que compreenda.

— Certamente.

— Tenho ordens de ir para oeste, para Tomar.

Ignazio conhecia o castelo de Tomar. Era uma construção de pedra à margem do rio Tejo, na fronteira entre a Espanha cristã e a Andaluzia muçulmana. Cerca de trinta anos antes, quando morava perto de Toledo, soubera que bem diante das muralhas de Tomar haviam sido deitados por terra o orgulho e as milícias do rei marroquino Almansur. Naquele lugar, os templários guardavam segredos e grandes riquezas.

— Amanhã de manhã reiniciaremos a viagem — continuou Filippo, contemplando os altiplanos que se estendiam em direção ao poente. — Seguiremos o Caminho de Santiago até Burgos e depois viraremos para sudoeste.

— Eu também vou para Burgos — disse o mercador.

— Se quiser, faremos juntos parte da viagem, e assim vocês terão a escolta para se proteger de novos encontros indesejáveis — propôs inesperadamente o templário.

A oferta encantou Ignazio. Sem dúvida, a escolta dos templários manteria longe Dominus e seus sequazes.

— Tem certeza de que nossa presença não o atrapalhará?

— Ao contrário, sua companhia nos será útil também.

— Se pensa assim, aceito de boa vontade. Viajar em segurança não é coisa que se desdenhe nos dias que correm.

Entrementes, Uberto chegara ao alto da torre, de onde podia avistar um arqueiro postado de sentinela numa janela. A poucos passos, seus amigos conversavam com Filippo.

— Aí está você, rapaz, já bem desperto — saudou-o Ignazio, vendo-o chegar. — Achamos melhor deixá-lo dormir. Ontem à noite, parecia muito cansado.

— Acredito — interveio Lusignano. — Aqueles quatro diabos não pareciam estar brincando. Ainda vejo suas máscaras. Bem estranhas, eu diria.

— E como... — murmurou Willalme, em tom evasivo.

— Chegou a tempo — disse o mercador ao jovem. — O senhor Filippo ofereceu-se para nos escoltar durante a viagem. Partiremos amanhã de manhã para Burgos com seus homens.

— Maravilhoso! — exclamou Uberto, lendo a confirmação da oferta no rosto do templário. — Eu nunca tinha visto os cavaleiros do Templo, mas ouvi falar muito de seus feitos.

— Veremos então se o que lhe contaram é verdade ou fantasia — sorriu Filippo. — Mas agora me deem licença, pois preciso descer. Tenho de fazer os preparativos para a partida.

Ainda na torre, Ignazio sussurrou ao ouvido de Uberto, para que o arqueiro não o ouvisse:

— De modo algum devemos falar aos templários sobre a Saint-Vehme ou o *Uter Ventorum*. Nem mesmo a Filippo de Lusignano, por mais afável que ele pareça. Se descobrirem nosso segredo e tomarem conhecimento do livro, poderão se revelar mais perigosos do que os homens que já nos perseguem. O melhor é deixá-los no escuro. Não se esqueça disso, rapaz, e você também, Willalme.

Uberto compreendeu enfim por que, na noite anterior, Ignazio preferira mentir a seus salvadores.

— Confie em mim — respondeu.

Willalme se endireitou.

— De acordo. E agora, se não tem mais nada a acrescentar, preparemo-nos para o almoço.

Ignazio desceu com os companheiros ao piso inferior. Seu olhar sereno disfarçava pensamentos angustiantes. Se Dominus havia antecipado com tamanha precisão seus movimentos, sem dúvida, decifrara o enigma deixado por Viviën em San Michele della Chiusa.

56

Durante os cinco dias seguintes, o grupo de Ignazio seguiu viagem escoltado pelos templários. A coluna atravessou sem pressa as sinuosidades dos altiplanos, por entre bater de cascos, relinchos e paradas contínuas, graças a duas grandes carroças conduzidas pelo meio da comitiva.

Filippo ia num imponente cavalo branco, seguido por quatro cavaleiros, as duas carroças e um destacamento de homens armados. Na retaguarda da caravana vinham o mercador e seus companheiros.

Willalme e Uberto cavalgavam tranquilamente, mas perguntando-se qual seria o conteúdo dos carros. Entreviam-se neles malas e sacos empilhados, nada mais. Ignazio aventou que devia tratar-se de uma carga muito preciosa, dada a escolta numerosa que a protegia. Seu próprio destino, o castelo de Tomar, indicava que valia muito.

Uma tarde, durante a marcha, Uberto emparelhou seu cavalo com o do mercador e perguntou-lhe:

— Por que Vivïen escolheu a Espanha para esconder o livro?

— Porque esta terra é depositária de um saber antiquíssimo — respondeu Ignazio, quase feliz pela pergunta. Alguns dias antes, ele parecia mais disposto a conversar. — Na Espanha, especialmente em Toledo, estudam-se e traduzem-se manuscritos de matemática, medicina e alquimia provenientes do mundo árabe. Talvez o próprio *Uter Ventorum* tenha estado entre esses manuscritos, motivo pelo qual Vivïen achou justo escondê-lo aqui.

— Entendo. Mas por que acha que o *Uter Ventorum* é um manuscrito árabe? Como conseguiram os árabes inteirar-se dos segredos dos magos persas?

— Aprenderam esses segredos dos próprios persas, depois de subjugá-los e transformá-los em *dhimmī*. Os magos tiveram então acesso à corte dos califas como médicos e conselheiros, divulgando sua cultura.

— *Dhimmī*? — interrompeu Uberto. — Significa "escravos"?

— A *dhimma* é uma situação de proteção mediante tributo. Pagando uma taxa aos dominadores árabes, os povos subjugados podiam conservar a liberdade de culto e de profissão.

— Não é justo alguém pagar para continuar sendo o que é — comentou o jovem.

— Tem razão, mas os feudatários cristãos não tratam melhor seus camponeses — replicou Ignazio. — Seja como for, a *dhimma* foi estendida também aos cristãos da Espanha quando os árabes conquistaram o país.

O jovem pareceu perplexo.

— Não pensava que os muçulmanos aceitassem conviver com os cristãos.

— Pelo contrário. Os cristãos espanhóis absorveram sem demora a sabedoria oriental e encheram seus livros sacros com esplêndidas imagens que testemunham esse cruzamento de culturas.

— Por que as imagens? As palavras, por si sós, não bastavam?

— "A verdade não veio ao mundo nua, mas vestida de símbolos e imagens", ensina o Evangelho de Filipe. E esse Evangelho, junto ao de Tomé, esteve na base da liturgia da Espanha.

Uberto olhou-o confuso.

— Aquela gente... os "cristãos arabizados"... Refere-se aos moçárabes, certo?

— Sim, aos moçárabes — concordou Ignazio, meio hesitante.

— Por que não se fala mais deles?

— Porque a Igreja decretou sua extinção, condenando ao mesmo tempo os Evangelhos de Tomé e Filipe, declarados apócrifos. Queimou seus livros e sua cultura, por achá-los inconvenientes. Os herdeiros dessa civilização agora vagam pela Espanha, banidos da história, nas fronteiras entre os mundos cristão e árabe.

— Você... — começou Uberto, pondo de lado a insegurança — é um moçárabe!

— Sim. — E o mercador perscrutou o rosto do rapaz, onde não viu desdém nem repulsa, mas admiração e respeito. Esboçou um sorriso resignado. — Pertenço à estirpe dos Alvarez. Meus avós eram moçárabes. Meu pai, porém, não. E eu não sou mais nada, apenas pó de uma lembrança...

— É o meu mestre — declarou o jovem. — Sem você, eu estaria ainda dentro daquele mosteiro, ignorante da beleza que existe no mundo. Agora, entendo por que o velho abade o estimava tanto.

O mercador sorriu e, pela primeira vez desde quando Uberto o conhecera, pareceu livre de dissimulações. Ia lhe dizer alguma coisa quando um templário da retaguarda se aproximou.

— Tudo bem, senhor? De que estão falando?

O encanto se desfez e o mercador retomou a impassibilidade de sempre, sufocando as emoções. Virou-se para o templário e respondeu distraído:

— De nada, cavaleiro. De nada que possa interessá-lo... Falávamos de minha família. — E voltou-se novamente para Uberto, com o olhar agora distante. — Bem, já estamos quase chegando a Burgos — disse então, aparentemente esquecido do que conversara pouco antes.

57

O grupo avançou diretamente para Burgos, a capital da velha Castela, rica em edifícios e estradas movimentadas, e deteve-se à beira do rio Arlanzón.

Filippo de Lusignano, que até então cavalgara à testa da coluna, trotou até a retaguarda e juntou-se a Ignazio e seus companheiros, que haviam estacado junto a um bosque de choupos.

— Como vê, mestre Ignazio, cumpri minha palavra. Escoltei-os até Burgos sem incidentes.

— Sua ajuda foi inestimável — respondeu o mercador, olhando com gratidão o templário.

— Agora, como sabe, nossos caminhos se apartam — continuou Filippo. — Eu e meus homens não entraremos na cidade. Devemos nos despedir aqui mesmo.

— Espero revê-lo algum dia e pagar-lhe o favor que nos prestou. Façam boa viagem, senhores.

— Que Deus o proteja, mestre Ignazio — saudou Lusignano, voltando para a vanguarda da caravana.

Os templários tomaram rumo sul, enquanto o grupo de Ignazio se dirigia para oeste, ao longo do Caminho de Santiago.

O esquadrão de mantos brancos se afastou ladeando o rio e sumiu-se entre a poeira amarelada do caminho como uma miragem reabsorvida pela luz. Quando já não eram mais visíveis, os três companheiros se voltaram para a cidade de Burgos, erguida numa eminência pontilhada de frondes verdejantes. Puseram-se a caminho e logo a alcançaram.

Encontraram abrigo por uma noite numa hospedaria distante do centro, o Hospital del Rey, situado numa rua que avançava para oeste.

58

Depois de dez dias, alcançaram Sahagún, a velha aldeia que rodeava o mosteiro de San Fagun, da Ordem de Cluny.

A travessia de altiplanos e extensões desérticas tinha esgotado homens e cavalos. Uberto estava no limite de suas forças e só com dificuldade seguia os companheiros, de cabeça baixa e olhos semicerrados. Nem água nem comida o reanimavam.

Chegaram a Sahagún numa noite tórrida de fins de julho. O sol desaparecera rapidamente diante de seus olhos, deixando-os na escuridão entre vastas plantações de trigo. Tinham seguido uma estrada pedregosa até a margem do rio Cea, que entrava na cidade.

Já dentro dos muros, percorreram uma selva de construções baixas, rodeadas por campanários, examinando os brasões e as insígnias que decoravam as paredes. Encontraram alojamento numa hospedaria afastada. O dono, pessoa rude, mas de aparência honesta, recebeu-os sem fazer muitas perguntas.

O mercador estendeu Uberto sobre um catre. Sua fronte escaldava.

— Beba — disse, oferecendo-lhe uma caneca de barro.

— Que é? — perguntou o jovem, com voz sumida.

— Uma decocção de ervas — respondeu Ignazio, soerguendo-lhe a cabeça para ajudá-lo a beber. — Aliviará a febre.

A beberagem era amarga, mas deixava um sabor agradável na boca. Após experimentá-la, o jovem bebeu tudo de um trago, depois pousou a cabeça no travesseiro e fechou os olhos. Em breve, caía num sono profundo.

— Talvez você esteja exigindo muito dele — disse Willalme a Ignazio, após se assegurar de que Uberto dormia. — A viagem o esgotou.

O mercador balançou a cabeça.

— Não há escolha. Se eu estivesse certo de que o rapaz ficaria seguro, já o teria confiado à outra pessoa. Mas, a esta altura, deve seguir-nos até o fim.

Os dois se calaram. Ignazio tirou dois bulbos secos do alforje, triturou-os cuidadosamente num pequeno almofariz e levou-os ao fogo. Um aroma agradável se espalhou pelo quarto.

— Que é isto? — perguntou o francês curioso.

— Mandrágora — respondeu o mercador. — É usada para destilar venenos e filtros amorosos, mas queimada perde todo o efeito tóxico. O cheiro de suas brasas é um tônico poderoso. — Contemplou Uberto com doçura. — Vai ajudá-lo a recuperar-se.

Willalme fez um sinal de aprovação.

— Acha que o rapaz percebeu alguma coisa? Que sabe?

Ignazio esboçou um sorriso amargo.

— Não há tempo para discussões. Devemos agir.

Saíram em silêncio da hospedaria e percorreram a pé as ruas de Sahagún rumo à igreja de São Lourenço. Queriam aproveitar a escuridão para entrar sem ser percebidos no edifício e recuperar a parte do livro escondida em seu interior... desde que Dominus não houvesse chegado antes.

Enquanto isso, Uberto descansaria longe do perigo, pensou Ignazio.

As brasas de mandrágora já estavam apagadas quando o rapaz foi acordado por uma sacudidela. Abriu os olhos e viu diante de si um homem que o segurava pelo braço e, com a outra mão, erguia um candeeiro. Tinha longos cabelos negros e trajava um manto branco com uma cota de malha coberta por uma sobreveste verde. No peito, o emblema dos cruzados.

Uberto se desvencilhou e recuou para o canto da cama. Tateou na sombra à procura de algo para se defender, mas só encontrou a caneca na qual bebera a decocção. Atirou-a contra o intruso, que rapidamente deu um passo atrás, protegendo o rosto com o antebraço. A caneca bateu contra a luva de ferro e caiu ao chão em pedaços.

O homem observou os cacos e levantou as mãos em sinal de paz.

— Não quero lhe fazer mal — disse com voz firme.

— Quem é você? — O jovem esfregou os olhos que ainda ardiam de febre. Olhando ao redor, percebeu que estava sozinho. — Para onde foram meus amigos?

— Não sei. Quando entrei, só havia você aqui.

— Mas quem é? Ainda não disse!

— Sou o conde Dodiko — respondeu mansamente o homem. — Um amigo.

"Um *amigo*", pensou Uberto, enfatizando a palavra como se não a houvesse entendido bem.

— Não o conheço. Que deseja?

O estranho se aproximou, com o rosto iluminado pela chama do candeeiro. Tinha o ar preocupado, parecendo que iria dar uma má notícia.

— Ignazio de Toledo é um perigo — disse por fim. — Se dá valor à vida, deve ajudar-me.

59

Ignazio e Willalme chegaram à igreja de São Lourenço.

O mercador observou o campanário que coroava o edifício, acima da capela-mor. Na escuridão da noite, o alinhamento de janelas em arco que cobriam a estrutura lembrava uma colmeia monstruosa. Por um instante, acreditou vê-lo tremer, como que abalado por um terremoto, mas logo a sensação se desvaneceu. Devia ser uma peça que o cansaço lhe pregava.

— Espere-me aqui fora — recomendou Ignazio. — Eu entro.

— Sabe onde procurar? — perguntou Willalme.

— Tenho uma vaga ideia... Fique de olhos bem abertos, amigo, não se esqueça.

— Como sempre.

Ignazio esgueirou-se para dentro da igreja enquanto o francês permanecia à porta, na rua deserta.

Nenhum dos dois notara um homem oculto a pouca distância, quase confundido com as sombras. Era encurvado, magro, e sua capa o fazia semelhante a um monge. Esperou que o mercador entrasse e desapareceu na noite.

Como previsto, a igreja de São Lourenço estava vazia. Todos os religiosos, àquela hora, deviam estar já no dormitório. Ignazio percorreu cautelosamente a nave central, com seus passos ecoando nas abóbadas.

Parou diante do altar principal e permaneceu absorto por alguns instantes, acariciado pela luz dos círios. Na parede, um afresco representava o martírio de São Lourenço, preso a uma grelha incandescente, dilacerado pelas brasas e pelos ferros dos carrascos.

Observando-o, Ignazio não pôde deixar de imaginar a quais tormentos teria ele próprio sido sujeito se Dominus o houvesse descoberto naquele local. Em seguida, estudou a pintura. O rosto do mártir parecia indiferente à dor, tinha mesmo uma expressão serena, banhada pelo êxtase divino da fé. Olhava para o alto. E foi então que a intuição o iluminou de repente. Aquilo não era uma simples pintura, mas uma pista! O mercador rememorou o enigma de Viviën:

Kobabel jüet as eschecs ou n'i lusit le soleill
Celum Sancti Facundi miratur Laurentius

"Kobabel joga xadrez onde não brilha o sol. Lourenço olha o céu em São Facundo", traduziu para si mesmo. A mensagem era clara: devia procurar lá em cima, onde o São Lourenço do afresco pousava os olhos. Devia, em suma, descobrir um lugar protegido da luz. Mas, sim, a torre!

Apanhou uma vela do altar e, por sob as arcadas da nave, saiu em busca de um acesso aos pisos superiores, que encontrou logo. Subiu sem demora.

Ao final da escada, viu-se finalmente no ponto mais alto do campanário. Ali, não encontrou nada que lhe chamasse a atenção, nem baús, nem armários e muito menos livros ou pergaminhos. Somente o sino dependurado do teto, balançando levemente no silêncio metálico, circundado de janelas e paredes.

Ignazio iluminou as paredes com a vela, em busca de um indício qualquer. Quando já desanimava, notou uma pequena imagem de madeira presa aos tijolos. Aproximando-se, examinou-a. Representava um homem com cabeça de cão e mãos postas em atitude de prece. Era são Cristóvão.

A pintura lembrava a que encontrara em San Michele della Chiusa. Devia ser mais uma das inúmeras pistas deixadas por Viviën.

Excitado pela descoberta, arrancou a imagem da parede. Na parte de trás não havia inscrições, mas, no ponto onde estivera presa, alguns tijolos pareciam deslocados. Nove ao todo, formando um quadrado.

Premido pela curiosidade, foi tirando os tijolos um a um para melhor examiná-los. E viu que todos traziam, na parte oculta, incisões misteriosas. Recolocou-os na parede seguindo a ordem exata em que estavam antes, mas agora com as incisões para fora, de modo que ficassem visíveis.

Terminada a operação, obteve uma bizarra combinação disposta em nove casas:

ד	ט	ב
ג	ה	ז
ח	א	ו

Era o tabuleiro do anjo Kobabel, pensou triunfante, a parte do *Uter Ventorum* escondida em Sahagún!

Retirou do alforje as tabuinhas de cera, preparando-se para copiar o desenho.

60

Uberto caminhava febril, ao lado do conde Dodiko, perguntando-se quem seria e o que quereria dele aquele homem. Em outra ocasião teria admirado a imponência de seu porte e a elegância de seu vestuário, indicativas de uma alta linhagem. Mas agora se atormentava em silêncio, sem saber se agira acertadamente. Além disso, magoara-o o comportamento dos companheiros, que haviam decidido recuperar uma das quatro partes do *Uter Ventorum* sem ele.

O conde se deteve atrás de uma igreja.

— Esta é a igreja de São Lourenço. Tem certeza de que Ignazio de Toledo veio para cá?

— Sim — respondeu Uberto, lembrando-se de que solucionara, junto com o mercador, o enigma do anjo Kobabel. Não obstante a gravidade da situação, limitara-se a revelar o local para onde fora Ignazio, sem explicar o motivo. Não estava nada disposto a confiar no desconhecido e a falar-lhe do livro.

— Tem mesmo certeza? Sua vida está em jogo.

O rapaz confirmou o que dissera, com o coração balançando entre a angústia e a desconfiança.

— Então entremos, mas não pela porta principal. É mais prudente adentrar por um acesso secundário. Siga-me.

Uberto, mantendo-se a certa distância, entrou com o conde Dodiko na igreja adormecida.

Se Uberto houvesse entrado na igreja de São Lourenço pela porta principal, teria encontrado Willalme sentado em silêncio nos degraus fronteiros. Apesar do cansaço, o francês não conseguia se descontrair. Temia que alguma coisa estivesse errada. De vez em quando, se levantava e passeava de cá para lá, pisando impaciente nos seixos da calçada. Ignazio estava demorando.

De súbito, ouviu às costas um rumor de cascos apressados. Mal se voltara e uma voz ameaçadora ressoou do fundo da rua:

— Willalme de Béziers!

Um cavaleiro avançava a galope. Trajava uma capa negra e tinha o rosto coberto por uma máscara semelhante ao bico de um corvo. Era sem dúvida um dos quatro homens que os tinham seguido até o Santo Sepulcro de Torres del Río. Um emissário da Saint-Vehme!

O cavaleiro não fez menção de deter-se; antes, esporeou a montaria e brandiu uma maça eriçada de puas, que tirara da parte posterior da sela.

Não havia tempo para pensar. Willalme saltou para o meio da rua e sacou da cimitarra, colocando-se em posição de defesa.

Enquanto Willalme se preparava para lutar, dois homens mascarados se aproximaram da igreja de São Lourenço. Contornaram silenciosamente o edifício e chegaram ao flanco esquerdo da fachada bem a tempo de assistir ao combate.

Era grande a vantagem de seu companheiro, que estava a cavalo. O francês, a pé, não conseguiria se sustentar por muito tempo, mesmo sendo um hábil guerreiro.

— Seu destino está selado — disse Slawnik à figura que o ladeava. Já tinha visto muitos sucumbirem daquele modo! Preferiria ele próprio abater Willalme, com quem tinha muitas contas a acertar. Mas as ordens de Dominus eram claras.

— E agora, que fazemos? — perguntou o outro. — Procuramos o mercador de Toledo?

— Não — respondeu o boêmio. — As ordens são para controlar as vias de acesso e garantir que ninguém saia da igreja.

61

Envolto pela luz da vela, a figura de Ignazio, nas sombras, parecia uma estátua de barro. O mercador, atento ao desenho, transcrevera-o com precisão nas tabuinhas de cera. Não havia tempo para interpretá-lo no momento. Faria isso logo que pudesse, em lugar seguro.

Finda a operação, concluiu que devia baralhar as pistas: retirou da parede os tijolos gravados e mudou-os de posição, para que os elementos da mensagem original, não importava qual fosse ela, ficassem fora de ordem. Se Dominus encontrasse o desenho, não conseguiria decerto captar-lhe o verdadeiro sentido.

Pôs-se em pé, pronto para deixar a torre, quando lhe chamaram a atenção rumores estranhos vindos de fora. Chegou-se a uma das janelas em arco que circundavam o recinto e olhou para baixo, para a rua. Sentiu o sangue gelar-se nas veias. Dois homens lutavam, trocando golpes violentos. O primeiro era Willalme, o segundo, um cavaleiro negro. O choque das armas ressoava diante da fachada de São Lourenço e até dentro da igreja, vibrando por entre as colunas e as arcadas do teto.

A Saint-Vehme!

Procurando calar o terror que lhe oprimia o peito, guardou as tabuinhas de cera no alforje e se precipitou escada abaixo, pensando num modo de socorrer o amigo.

Mas não teve tempo de chegar sequer ao piso inferior porque duas silhuetas escuras surgiram à sua frente, barrando-lhe o caminho.

A maça se chocava sem parar com a cimitarra, que Willalme erguia sobre a cabeça apenas para se defender, pois os golpes eram tão rápidos e violentos que não davam espaço a nenhuma outra ação.

De repente, quando o homem da máscara de pássaro ia desferir mais um golpe, o francês conseguiu desviar-se para um lado e a arma cortou, sibilando, o vazio. Apanhado de surpresa, o cavaleiro desequilibrou-se e pendeu para a direita. Willalme aproveitou-se e agarrou-o por um braço, na tentativa de desmontá-lo.

Mas o adversário conseguiu equilibrar-se de novo na sela, apoiando-se firmemente nos estribos e procurando desvencilhar o braço direito. O francês, porém, não lhe deu trégua, agarrado a ele e suspenso a alguns palmos do chão, até que o cavalo se empinou e derrubou os dois por terra.

Willalme se viu estirado no meio da rua e com o inimigo por cima, como um peso morto. Era um homem alto e forte. Se vestisse armadura, teria esmagado seu tórax. Afastou-o com uma cotovelada e pôs-se de joelhos para recuperar o fôlego; em seguida, recuperou num movimento rápido a cimitarra, que lhe escapara da mão durante a queda.

O agressor também se levantou imediatamente, com a máscara coberta de pó. Avançou ameaçador, mas parecia indeciso quanto ao que fazer. Montar lhe custaria muito tempo e o colocaria de novo em risco. Então girou a maça no ar e precipitou-se com um grito de guerra.

Willalme respondeu ao ataque, veloz como um lince. Segurou a espada com ambas as mãos e deu um passo largo para a frente, descrevendo uma meia-lua em torno do corpo. O aço de Damasco vibrou e a lâmina feriu o inimigo em pleno rosto.

A máscara caiu em pedaços, descobrindo um rosto desfigurado pelo sangue, e em seguida o corpo desabou, erguendo uma pequena nuvem de poeira.

O francês postou-se diante do cadáver, as têmporas latejando pela excitação do combate. Fazia muito tempo que não cedia assim à fúria, e esse pensamento despertou nele um prazer selvagem; mas então se lembrou do companheiro dentro da igreja.

— Ignazio! — gritou, esperando que nada de mau lhe houvesse acontecido.

Ia correr para a entrada de São Lourenço quando dois braços musculosos seguraram-no por trás e atiraram-no contra a parede da fachada.

62

Ignazio deu um passo atrás, atemorizado pelas duas figuras envoltas nas sombras. Uma era alta e corpulenta, a outra, mais esguia.

Quem, àquela hora da noite, se aventuraria em lugar semelhante? Só podiam ser emissários da Saint-Vehme vindos para matá-lo. Primeiro Willalme, depois ele.

Ergueu a vela.

A luz caiu sobre ambos. O primeiro vestia um traje de cruzado, o rosto imberbe, e talvez fosse mais velho do que parecia. Jamais vira aquele homem.

Já pronto para a fuga, Ignazio fixou o olhar no segundo. Parecia muito jovem, quase um rapazinho. Foi tomado por uma vertigem ao reconhecê-lo.

— Uberto! Que faz aqui? — perguntou, agitando a vela. — E quem é este homem?

A chama da vela tremeu, fazendo as sombras dançarem nas paredes.

O rapaz tentou balbuciar alguma coisa, mas não encontrava as palavras certas. Então o homem ao seu lado interveio:

— Talvez seja melhor que eu próprio me explique, mestre Ignazio — começou ele. — Sabia que estava em perigo e pedi ajuda a este jovem para encontrá-lo. Estou aqui para protegê-lo.

— Para me proteger? — O mercador inclinou a cabeça e examinou o desconhecido, de quem um simples uniforme não era suficiente para garantir a boa-fé. — Posso saber quem é e quem o manda?

— Sou o conde Dodiko — respondeu o homem — e tento alcançá-los desde que saíram de Toulouse. Mas não foi fácil, vocês se deslocavam com muita rapidez. Quem me manda é Viviën de Narbonne, para defendê-lo.

— O que diz é impossível — retrucou Ignazio, enfiando a mão por baixo da túnica para sacar o punhal. — Solte o rapaz.

— Escute-me! — insistiu Dodiko, segurando Uberto pelo ombro. — Estou com vocês na busca do *Uter Ventorum*.

— Isso o torna mais parecido a um inimigo que a um amigo — ponderou Ignazio.

— Você não está entendendo. Ajudei o padre Viviën a esconder-se da Saint-Vehme durante anos. Fui eu quem encaminhou as cartas dele ao conde Enrico Scalò, em Veneza.

— E por qual motivo? — O mercador mal conseguia controlar o espanto. Se aquele homem sabia de Scalò, então talvez estivesse dizendo a verdade. Se fosse um emissário da Saint-Vehme, sem dúvida, já teria usado Uberto como refém para conseguir a parte do livro em seu poder.

— Não há tempo para explicações. Aqui, estamos em perigo.

Ignazio não podia contradizê-lo. Aproximou-se de Uberto e disse-lhe:

— Siga-me.

Scipio Lazarus entrara escondido na igreja de São Lourenço. Esperou Ignazio subir à torre e seguiu-o para descobrir o que estava fazendo. Preferiu não chegar até em cima, temendo ser descoberto: bastava-lhe saber que o mercador se dirigira para lá com a finalidade de procurar o segredo do anjo Kobabel.

Agora sua missão estava quase cumprida. Não podia permitir que algo desse errado, precisava assegurar-se de que tudo caminharia da melhor maneira. No momento, o mercador de Toledo era a peça mais importante do jogo.

Enquanto tramava na sombra, Scipio Lazarus dera-se conta de um imprevisto: dois visitantes haviam entrado na igreja. Mal tivera tempo para esconder-se num confessionário. Se o vissem, estaria em maus lençóis. Dodiko já suspeitava de sua identidade, não restava dúvida. Descobrindo-o ali, naquelas circunstâncias, lembrar-se-ia dele e o desmascararia. Isso não podia acontecer, pelo menos não por enquanto.

Os dois procuravam Ignazio. Haviam-no chamado pelo nome, em voz alta, sem obter resposta. E então subiram à torre.

De novo sozinho, Scipio Lazarus saiu do confessionário e afastou-se apressadamente, sem perder de vista a passagem por onde tinham entrado Uberto e o conde Dodiko.

Os acontecimentos estavam tomando um rumo inesperado.

Os três desceram em largas passadas a escada da torre. Ignazio já havia chegado à porta principal quando Dodiko deteve-o por um braço.

— Solte-me! — gritou o mercador, desvencilhando-se. — Lá fora um amigo meu está em perigo, e devo ajudá-lo.

— Tarde demais para ele, não nos resta nada senão fugir. — O nobre dirigiu o olhar para Uberto. — Não pensa na segurança deste rapaz?

O rosto de Uberto se contraiu apreensivo.

— Se Willalme corre perigo, não podemos abandoná-lo.

— Não vou me meter com a Saint-Vehme — declarou o conde, estacando a poucos passos da saída. — É loucura atrapalhar os Videntes! Seu amigo está perdido, não duvidem. Talvez esteja mesmo morto, como Enrico Scalò!

— O conde Scalò morreu? — deixou escapar Ignazio, incrédulo.

— Seu protetor foi justiçado pela Saint-Vehme logo depois que vocês partiram de Veneza. — Dodiko mirou o mercador bem nos olhos. — Pode acreditar, mestre Ignazio. Fujamos enquanto é possível. Conheço uma saída secundária...

Ainda excitado pelo duelo precedente, Willalme levantou-se de um salto. Recebera um duro golpe na espinha, mas não lhe pareceu que algum osso houvesse sido quebrado. Viu diante de si dois esbirros de máscara, prontos a atacá-lo.

A cimitarra caíra longe, ele não tinha a mínima possibilidade de alcançá-la. A única alternativa era recorrer à sua *jambiya*, que sacou rápido e mergulhou na coxa do agressor mais próximo, um homem robusto com uma máscara parecida a uma cara de coruja. Enfiou-a com raiva e girou-a nas carnes, enquanto o inimigo vociferava uma torrente de injúrias num tom agonizante. Retirou o punhal e tentou golpeá-lo na garganta, mas foi impedido pelo segundo esbirro e atirado ao chão. Ergueu-se, porém, com a maior desenvoltura, pronto a defender-se.

O homem apunhalado na coxa estava fora de combate, caído por terra, com as mãos pressionando a ferida; o segundo, no entanto, alto e musculoso, era um verdadeiro gigante. Trazia uma máscara branca sem traços. Levantou a espada e começou a desferir tremendos golpes no vazio, cada vez mais perto de Willalme. Seus braços, grossos como troncos de árvore, pareciam capazes de abater qualquer coisa que encontrassem pela frente.

Willalme recuou. Não conseguiria enfrentar, só com a *jambiya*, aquela espada. Além disso, reconhecera o gigante: era o assassino de Gothus Ruber.

O francês parecia perdido quando de repente, do silêncio da noite, emergiu um vozerio cada vez mais alto e cada vez mais próximo. Os duelistas estacaram e olharam em volta, procurando descobrir a origem do tumulto. Vinha do dormitório da igreja e dos edifícios vizinhos.

O barulho da luta devia ter acordado aquela gente, que saíra correndo para a rua. Logo, com efeito, uma multidão de clérigos e plebeus se formava na calçada.

O vibrante sotaque espanhol ressoou pelos ares, numa sequência de frases alarmadas:

— Que está acontecendo? Bandidos! Arruaceiros! Que o Senhor nos ajude! Chamem os guardas!

Slawnik permaneceu imóvel, remoendo a ira que lhe fremia do ventre à garganta. Matar o francês ou fugir? Onde estava Dominus para lhe dar instruções? Tomado pela indecisão, brandiu a espada numa última tentativa de acabar com Willalme o mais rapidamente possível, mas uma dor lancinante colheu-o na nuca. Alguém o acertara com uma bastonada.

O boêmio vacilou desorientado, mas se recuperou logo e tratou de desferir o golpe que ensaiara. O francês continuava à sua frente, desprotegido. Impossível errar.

Num átimo, perguntou-se por que Willalme baixara a guarda; mas não receberia resposta. Um segundo golpe atingiu-o na parte posterior da cabeça, outro nas costas, e ainda outro, até que caiu por terra como um touro abatido. Por trás dele estava Ignazio, que brandia o bastão como uma maça. Um pouco mais longe, o conde Dodiko mantinha imóvel o segundo esbirro ferido na coxa, apontando-lhe a espada ao peito.

O mercador se aproximou de Willalme e pegou-o por um braço.

— Venha, meu amigo — disse em tom tranquilizador. — Vamos embora.

Os quatro homens, num grupo compacto, atravessaram a turba e se afastaram rapidamente do local do combate.

63

O ar da noite era inusitadamente fresco.

Agora distantes da igreja de São Lourenço, os quatro fugitivos chegaram à periferia de Sahagún, que confinava com o campo aberto. Uberto começava a se sentir melhor e, embora ainda estivesse cansado, já não tinha febre.

Entraram num povoado adormecido, de casas decrépitas, rodeadas pelo mato. A certa altura, o mercador se aproximou do conde Dodiko, que caminhava à sua frente. Pegou-o pelos ombros e, sem muita cerimônia, encostou-o num muro, apontando-lhe o punhal à garganta.

— Está louco? — irritou-se o fidalgo. — É assim que me agradece?

Ignazio parecia quase indiferente à gravidade da situação.

— Caro senhor, não afastarei esta lâmina de sua garganta até que me explique em detalhe quem é e que relações tem com Viviën de Narbonne!

Uberto ficou surpreso com aquela atitude. Vendo maltratar o homem que havia defendido a ele e a seus companheiros, sentiu o impulso de tomar-lhe a defesa, mas Willalme, percebendo sua intenção, deteve-o.

O conde tentou libertar-se, mas o mercador era mais forte do que ele supunha. Encarava-o com um olhar duro como pedra, à espera de uma resposta.

Dodiko baixou os olhos e decidiu falar.

— Não lhe menti — disse. — Estou aqui a pedido do padre Viviën.

O mercador examinou-o incrédulo.

— Como o conheceu?

— Fui membro da Saint-Vehme — confessou o conde. Quis interromper-se, mas a pressão do punhal em sua garganta convenceu-o a prosseguir: — Sim, cheguei a ser um deles... Há tempos. Faz uns quinze anos, encarregaram-me de perseguir Viviën de Narbonne para recuperar o *Uter Ventorum*.

Ao ouvir isso, o mercador estremeceu. Dodiko percebeu e deixou escapar um sorriso irônico.

— Por que me olha assim, mestre Ignazio? Não sabia de nada? Ignorava que, quando você se meteu com o arcebispo de Colônia, Viviën já estava de posse do livro?

O mercador arregalou os olhos de espanto e compreendeu num relance que sua vida fora marcada por acontecimentos que ele próprio ignorava. Durante todos aqueles anos, a Saint-Vehme julgara-o depositário do segredo do *Uter Ventorum* e por isso o havia perseguido. Mas, desse segredo, ele na época não sabia nada. Por que Viviën o mantivera na ignorância, expondo-o a um risco tão grande?

Esses pensamentos o fizeram recuar no tempo, quinze anos antes, quando comparecera com Viviën à cúria de Colônia. Era uma tarde lúgubre de fim de outubro. Tinham obtido audiência com o arcebispo Adolfo, ao qual mostraram um cofrezinho cheio de ossos e cinzas: as relíquias dos magos, recolhidas às margens do Danúbio, a pouca distância do mar Negro. Segundo uma lenda oriental, essas relíquias provinham da Caverna dos Tesouros, situada no cume do monte Nud, onde se localizara o Paraíso Terrestre. Lá, diziam-se, os doze sábios viveram retirados, em contemplação, até a morte.

O arcebispo examinara o precioso material e mostrara-se interessado em adquiri-lo. A catedral de Colônia já possuía outras relíquias dos magos, mas convinha assegurar o monopólio daquela lucrativa forma de culto. Depois de fazer o pagamento no dia seguinte, dispensara os dois homens.

O mercador se lembrou, então, de um pormenor que descurara durante todos aqueles anos. Quando já tinham saído da cúria, o arcebispo mandara chamar Vivïen de volta e entretivera-se com ele por alguns minutos, enquanto Ignazio esperava do lado de fora. Ao regressar, Vivïen explicara que Adolfo lhe pedira mais detalhes sobre a história das relíquias. Agora, porém, diante do rosto suado do conde Dodiko, Ignazio suspeitava de que dentro daquele gabinete coisa muito diferente houvesse acontecido. Vivïen devia ter falado com Adolfo sobre o *Uter Ventorum*, revelando-lhe a ligação do livro com os poderes dos magos! Sim, era o que certamente devia ter acontecido, pois naquela mesma noite eles tiveram o primeiro encontro com os emissários da Saint-Vehme.

— Pode afastar a lâmina de minha garganta, por favor? — encolerizou-se o conde, interrompendo as reflexões de Ignazio. — Continuarei falando da mesma maneira.

O mercador atendeu ao pedido, transtornado pelo que acabava de compreender.

— Assim é melhor — disse o fidalgo, massageando o pescoço. — Ouça bem, mestre Ignazio. A Saint-Vehme começou a persegui-lo porque já naquela época Vivïen possuía o *Uter Ventorum* e pensava-se o mesmo de você. Sobre isso, não há dúvida. A princípio, Vivïen pretendia vendê-lo ao arcebispo Adolfo. Mas, quando a Saint-Vehme descobriu seu plano, quis o livro para si. O resto da história você conhece.

— Conheço bem até demais. — Readquirindo a costumeira frieza, Ignazio guardou o punhal sob a túnica. — Até hoje, vivi no exílio por causa de um livro que nem sabia que existia. Ouvi falar pela primeira vez do *Uter Ventorum* há apenas dois meses, garanto-lhe. Mas uma coisa não está clara. Pelo que pude descobrir, o Grão-Mestre da Saint-Vehme é o próprio arcebispo de Colônia. Por que então ele mandou perseguir a mim e a Viviën, se este já lhe oferecera o livro?

O conde Dodiko pareceu perplexo.

— Não são muitos os que conhecem a identidade do Grão-Mestre...

— Durante todos estes anos, não me preocupei apenas em fugir, fiz também minhas investigações — revelou Ignazio. — Mas você não respondeu à minha pergunta... Por que a Saint-Vehme nos perseguiu se o livro já fora oferecido a seu Grão-Mestre?

— Nem tudo é tão simples quanto parece — replicou Dodiko. — Nas últimas décadas, uma série de disputas internas abalou a Saint-Vehme, desmembrando-a em diversas facções. E, embora o arcebispo de Colônia continue sendo reverenciado como Grão-Mestre, não possui mais autoridade suficiente para se fazer obedecer. Os chefes das facções em conflito têm plena consciência de sua fraqueza, por isso continuam brigando pelo título e pela supremacia.

— Não tenho dúvida de que Dominus esteja entre eles — declarou o mercador.

— Dominus — disse o conde — é um dos primeiros da lista... Lamento, mestre Ignazio, mas você e Viviën se meteram numa bela enrascada.

— Começo a entender. Se um dos franco-condes conseguisse se apossar do *Uter Ventorum*, adquiriria a autoridade necessária para reconciliar todas as facções e autoproclamar-se o novo Grão-Mestre da Saint-Vehme. Seu poder seria tamanho que manteria em xeque o equilíbrio político do Sacro Império Romano e do resto do mundo. Talvez influenciasse até a Cúria Romana...

— Acertou. Graças ao livro, pode-se obter a sabedoria absoluta e, portanto, o controle de todas as coisas e pessoas.

— E você, conde, como se envolveu nessa trama? — interveio bruscamente Willalme. — Não foi encarregado pelo Tribunal Secreto de perseguir Viviën de Narbonne?

Irritado pela intromissão do francês, Dodiko fingiu não ter ouvido.

— Responda à pergunta do meu amigo — intimou-o o mercador. — Você não disse que era um traidor?

— De fato é assim — confessou o conde. — Traí os Videntes no exato instante em que conheci Viviën... Ele me esclareceu sobre a natureza do *Uter Ventorum* e sobre o motivo pelo qual esse livro devia permanecer escondido. Como você deduziu, a obra conferiria ao Tribunal Secreto um poder imenso, capaz de perturbar o equilíbrio natural dos acontecimentos históricos. O mundo teria de suportar o domínio de um tirano impiedoso... Viviën, explicando isso, me fez compreender a necessidade de impedir semelhante evento. Assim, resolvi trair meus mandantes e ajudá-lo.

— Se Viviën nutria sentimentos tão nobres, por que tentou vender o livro ao arcebispo de Colônia e, mais recentemente, ao conde Enrico Scalò? — quis saber Ignazio, estudando cada gesto de seu interlocutor para detectar quaisquer indícios de ambiguidade. — Isso não contradiz seus propósitos?

— No primeiro caso, tudo não passou de um engano. Viviën havia adquirido o livro fazia pouco tempo e só pensava em desfazer-se dele. Percebera no arcebispo Adolfo um comprador em potencial, mas, como bem sabe, a tentativa falhou. Quanto a Scalò, foi apenas uma isca. Por intermédio dele, Viviën queria encontrar você, presumo.

— Presume? Não tem certeza?

— Viviën é um sujeito astuto. Nunca revela inteiramente seus desígnios. Mas de uma coisa estou certo: não poderia vender o *Uter Ventorum* a Scalò nem se quisesse, pois já o desmembrara e escondera na Espanha.

— Mas por que fez isso?

— Porque, mesmo se o capturasse, a Saint-Vehme continuaria de mãos vazias — explicou Dodiko, como que prestes a fazer uma importante revelação. — Mas agora chegou o momento de recuperá-lo.

Você não é o único que está na pista do livro, também os emissários de Dominus andam à sua procura... e sabem exatamente onde foi escondido.

— Se o que diz é verdade, você deu prova de muita coragem — reconheceu o mercador. — Não é façanha das menores virar as costas à Saint-Vehme.

— Perdoem-me se me intrometo — atalhou Uberto, que até então ouvira em silêncio. — Onde Vivïen de Narbonne está agora?

O mercador ficou atônito. Envolvera-se a tal ponto na conversa que se esquecera de fazer a pergunta óbvia.

— Espera-os na quarta etapa do percurso — respondeu prontamente Dodiko. — Devemos ir ao encontro dele o mais depressa possível.

Estava claro que o conde pretendia unir-se à expedição. A ideia não entusiasmava muito Ignazio; por outro lado, no entanto, assim seria mais fácil defender-se dos inimigos, caso isso fosse necessário.

— Por enquanto, os Videntes estão fora de combate. Esta noite, não atacarão mais — disse o mercador. — Vamos para nossos alojamentos. Partiremos amanhã à primeira hora. Naturalmente, conde, sabe onde nos encontrar no momento da partida...

— Sei onde estão hospedados. Mas fiquem alerta durante a noite — recomendou o fidalgo.

— Não tenha dúvida.

Com uma saudação, Dodiko se afastou.

64

Quando Slawnik reabriu os olhos, viu-se mergulhado na escuridão, estirado no pavimento de pedra de um lugar frio e úmido. Massageou a nuca dolorida e pôs-se em pé. Onde teria ido parar? Tateando as paredes à sua volta, percebeu que estava encerrado numa cela.

Esforçou-se para recuperar as últimas lembranças. Quando se preparava para matar Willalme, alguém o surpreendera pelas costas, golpeando-o na cabeça. Devia ter desmaiado. Lembrava-se também de estar sendo erguido do chão e carregado para uma espécie de claustro. Ouvira vozes, alguém falara de um mosteiro. Haviam-no transportado por escadas, muitas escadas, até a presença, talvez, de monges. Não conseguia se lembrar de muito mais, porém aquilo lhe bastou para concluir que estava no interior do mosteiro de San Fagun, sob a custódia dos monges. Devia ser noite ainda, do contrário, os guardas do bailio já o teriam acordado e levado perante a autoridade citadina para submetê-lo a julgamento.

Agachou-se sobre o pavimento coberto de palha e esfregou os olhos. Aquele lugar era tão escuro que o boêmio não conseguia ver sequer seus dedos.

Envolto no silêncio, buscou alívio em lembranças antigas. Reviu-se jovem e audaz, transbordante de orgulho, ajoelhado no centro de uma sala iluminada. Com o indicador e o dedo médio da mão direita, tocava a lâmina de uma espada. A espada de Dominus, seu senhor. Naquele dia, passara a fazer parte da Saint-Vehme, sendo nomeado franco-juiz. "Juro ser fiel ao Tribunal Secreto", dissera, "defendê-lo de mim mesmo, da água, do Sol, da Lua, das estrelas, da folhagem das árvores, de todos os seres vivos e de tudo aquilo que Deus criou entre o Céu e a Terra, de pai, mãe, irmãos, irmãs, mulheres, crianças e homens, excetuando-se apenas o senhor do Império...".

Assim jurara, convencido de estar se tornando um verdadeiro paladino de Carlos Magno, nobre e justo. Mas, ao contrário, o que lhe reservara aquela investidura? Homicídios, envenenamentos, torturas e subterfúgios! Que acontecera à honra prometida? Era então aquele o preço a pagar para a glória de seu senhor? Como lavar o opróbrio que recaíra sobre ele e sua família?

Amargurado, encolheu-se num canto da cela como um eremita em prece, murmurando as derradeiras palavras do juramento: "Que Deus e seus santos me ajudem".

Depois, o ruído de uma chave na fechadura rompeu o silêncio. Olhou naquela direção, sem conseguir distinguir nada até que o brilho de uma tocha o ofuscou. Suas íris pareciam querer saltar das pupilas, mas logo se acostumaram à luz. E o boêmio reconheceu seu salvador.

Dominus atravessou a soleira e ajoelhou-se à sua frente, fixando-o com uma expressão de piedade.

— Esta noite, falhamos os dois, meu vassalo, mas para tudo há remédio. Venha, saiamos daqui. Convenci os monges a libertá-lo. Seu companheiro já o espera lá fora.

Amanhecia quando Uberto entrou na cocheira. Ignazio aconselhara-o a descansar um pouco mais, mas ele se sentia disposto e com vontade de se movimentar. O sono, mesmo breve, devolvera-lhe as forças. Por outro lado, desejava calar as lembranças da noite anterior, que o atormentavam desde cedo e o obrigavam a remoer o acontecido.

O silêncio da cocheira só era quebrado pelo zurro de uma mula velha e pelo mugido de uma vaca magra. Uberto, porém, não se importou com isso.

De repente, percebeu que não estava só. Diante dele, apoiado a uma manjedoura cheia de forragem, estava um homem coberto por uma capa negra. Era alto, ou assim parecia, não obstante as costas curvadas. Uberto ficou atônito ao vislumbrar seu rosto, semioculto pelo capuz: desfigurado, totalmente coberto por cicatrizes. E em franco contraste com aqueles traços repulsivos, brilhavam dois olhos celestiais.

— Você é Uberto, não? — perguntou o desconhecido, depois de examiná-lo com frieza.

O jovem se surpreendeu.

— Como sabe?

— Não importa, queria apenas ter certeza de que o reconheci. Rainerio de Fidenza, o abade do mosteiro de onde vem, falou-me de você em suas cartas.

— Não entendo. Quem é você?

— Na hora certa, saberá. Todos saberão... Agora, volte para junto de seu amigo Ignazio. Você nem imagina o que aquele homem esconde por trás do rosto impassível.

Uberto empertigou-se e cerrou os punhos.

— Posso saber o que está insinuando? Ignazio é uma ótima pessoa!

O desconhecido esboçou um riso perverso.

— Não insinuo nada, meu jovem. Pergunte ao seu mentor. Pergunte-lhe *quem* ele é realmente!

O rapaz baixou os olhos sentindo-se coibido. Aquele homem era astuto, escorregadio como uma serpente. O simples som de sua voz o incomodava.

O desfigurado afastou-se da manjedoura, lançando um último olhar a Uberto.

Por alguns instantes, o jovem permaneceu imóvel, de cabeça baixa. Como aquele homem sabia dele, de Ignazio e até de Rainerio de Fidenza? A que segredos ele se referia? Mas não houve maneira de descobri-lo porque, quando ergueu os olhos, o homem já havia desaparecido, envenenando o ar matutino com um risinho de mofa.

65

Deixando Sahagún para trás, o grupo de Ignazio avançou para oeste em companhia do conde Dodiko. O mercador ocultara o segredo do anjo Kobabel e até omitiu o lugar para onde iam. Refletia em silêncio sobre o que faria em seguida, fixando a estrada que serpenteava pelas colinas até se perder de vista. O risco que haviam corrido na noite anterior não fora dos menores: Willalme se salvara por milagre e Uberto se vira envolvido em uma situação imprevista. Se tudo havia corrido bem, deviam isso exclusivamente a um golpe de sorte. Mas a sorte podia mudar de rumo como o sopro do vento. Precisavam se proteger enquanto era tempo.

Uberto cavalgava atrás de Ignazio. Desde que saíra de Sahagún, ruminava sem parar as palavras do homem desfigurado. Aquele rosto flutuava em sua mente como uma imagem refletida na água, atormentando-o.

O jovem resolvera não falar sobre o acontecido a ninguém, mas sentia a consciência pesada por isso. Não era seu costume mentir ou mesmo esconder a verdade. O tom daquelas palavras parecia tê-lo enfeitiçado, fixando-se em sua mente e não deixando-a mais.

Após dois dias de marcha, chegaram às imediações de Mansilla de las Mulas, a pouca distância de León. A certa altura, Ignazio se deteve à margem de uma encruzilhada e fez sinal aos companheiros para que parassem.

Era o meio da tarde... O sol abrasava o caminho pedregoso flanqueado de arbustos. Não se viam por ali construções, poços ou fontes de água. Os homens frearam os cavalos e olharam em volta inquietos. O que estava acontecendo? Ainda não era hora de acampar para a noite.

Dodiko se aproximou do espanhol com ar inquisitivo, evidentemente aborrecido pela parada súbita. Ignazio observou seu rosto afogueado pelo calor.

— Está suando, meu caro — disse irônico. — Sua constituição nórdica não suporta o calor destas terras?

— Por que parou? — retorquiu o conde, sem fazer caso da zombaria.

— Faremos um desvio. Vou para o norte.

— Não me consta que no norte esteja o quarto fragmento do livro — replicou o fidalgo, enxugando a fronte com o dorso da mão.

— Sinto muito, mas por enquanto devo tomar esse rumo. Tenho negócios urgentes a concluir por lá.

— E num momento como este está pensando em negócios? Mas que tipo de homem é você? — protestou Dodiko. — Recuperar o *Uter Ventorum* vem antes de qualquer outra coisa!

— Se digo que preciso ir para o norte, farei isso com ou sem o seu consentimento — rebateu Ignazio com voz grave. — Peço-lhe um dia de paciência, nada mais. Você prossegue para oeste e me espera em León. Hospede-se perto da igreja de Santo Isidoro, em uma estalagem chamada La Medialuna y la Cruz. Estarei lá o mais depressa possível.

— Com isso, perderemos um tempo precioso — insistiu Dodiko — e nos exporemos a novos riscos.

— Lamento, mas não tenho opção.

Visivelmente contrariado, o conde trotou em volta de Ignazio, estudando-o em silêncio.

— Está bem, farei como pede — declarou por fim. — Vou esperá-lo na Medialuna y la Cruz. Tomara que minha confiança não seja mal recompensada.

— Vai me rever logo — garantiu Ignazio. E, virando o cavalo, dirigiu-se aos companheiros dizendo: — Uberto e Willalme, sigam-me!

Dodiko viu-os afastar-se para o norte. Quando ficaram fora do alcance de sua vista, esporeou a montaria na direção de León, esperando no íntimo que o mercador de Toledo não o estivesse enganando.

66

A trilha serpenteava para o norte, estreitando-se cada vez mais à medida que se distanciava da estrada de León. Dodiko já devia estar longe. Uberto e Willalme, igualmente desapontados, cavalgavam atrás do mercador. Nenhum dos dois se atrevera a pedir explicações sobre o destino que tomavam, conhecendo muito bem aquele olhar pensativo, semelhante a um escudo contra as emoções.

Ultrapassando uma aldeia anônima, o grupo se aventurou por uma senda de terra batida que descia até um vale, deixando para trás a igreja moçárabe de San Miguel de Escalada. O sol, declinando, alongava as sombras de suas arcadas.

O caminho foi desaparecendo aos poucos, tragado por extensões de relva ressequida pelo vento tórrido.

Antes do cair da noite, os três companheiros chegaram a uma casa rústica erguida no vale, simples paredes de ardósia no meio de tranquilas plantações de aveia, olivais e vinhas. A habitação se destacava nos arredores, aconchegante como um abraço materno.

Ignazio reteve o passo do cavalo e se aproximou da construção. Uberto observou-o descer da sela e apoiar-se à cerca. Nunca o tinha visto daquela maneira, hesitante, quase melancólico. Estava de cabeça baixa, como que abatido pela atmosfera pesada daquele fim de mundo.

O mercador agachou-se, acariciou um tufo de erva e colheu uma flor de corola branca. Cheirou-a de olhos fechados e depois soltou-a ao vento, numa liturgia nostálgica que, a seu modo, lhe trazia recordações antigas.

De repente, uma voz masculina vinda da casa rompeu o silêncio:

— Vocês, forasteiros, que fazem aqui? Estão num *solar*, numa propriedade privada.

A essas palavras, o mercador sorriu.

— E quem é dono da *heredad*? — perguntou em voz alta. — Quem é o senhor destas terras?

— Dona Sibilla! Ela possui tudo o que estão vendo. — O servo, sempre de cara fechada, atravessou a passo rápido o pátio. Era um homem de cerca de 30 anos, magro, de sobrancelhas grossas e fronte baixa. Olhou para Uberto, Willalme e finalmente para Ignazio, do qual se aproximou com olhos incrédulos. — Mãe de Deus, eu não acredito no que estou vendo! — exclamou. — *Patrón*, é mesmo o senhor?

— Sim, Pablo, eu mesmo — respondeu o mercador, pousando-lhe a mão no ombro. — Como cresceu! Da última vez em que o vi, era um rapazinho, mais baixo que uma espiga de aveia.

— O tempo passou, patrão. Ah, quando a patroa souber... Quando souber! Pensávamos que estivesse... — O servo se interrompeu. — Não, não é preciso dizer! Nem pensar em tais coisas. Traz má sorte — completou, caindo de joelhos, comovido.

— Levante-se, Pablo. Estou tão cansado que poderia cair em cima de você — brincou Ignazio. — Mas diga-me: a patroa está...

— Bem. Sim, está bem — respondeu o servo, antes que o mercador concluísse a frase. — Está tudo bem, inclusive a propriedade.

Ignazio se deu por satisfeito.

— E agora, leve-nos para casa. Eu e meus amigos estamos precisando de descanso.

Pablo sorriu e dirigiu-se para a entrada da residência, continuando a murmurar alegremente:

— Quando a patroa souber... Quando souber!

Uberto assistira estupefato à cena. Caminhava ao lado de Ignazio, incapaz de fazer qualquer comentário. Seria aquela a casa do mercador? E quem era dona Sibilla?

Pablo acompanhou os três amigos até a porta da residência.

Ao entrar, depararam com uma velha cigana que trazia um xale negro aos ombros. Mal os viu, ela cerrou os punhos ao peito e se aproximou de olhos úmidos, incrédula. Dirigiu-se para Ignazio, tomou-lhe as mãos e beijou-o.

— Há quanto tempo, patrão... — murmurou comovida.

O mercador não a deteve. Acariciou-lhe a cabeça e disse:

— Querida Nina, não chore. Só me diga onde está Sibilla.

Ainda soluçando, a velha informou que a patroa se recolhera e já estava dormindo. Perguntou se devia acordá-la, mas Ignazio respondeu que não, sem deixar transparecer suas emoções.

— Está com fome, patrão? — A criada olhou para os dois jovens que haviam entrado com Ignazio. — Devo preparar alguma coisa para você e seus companheiros?

— Não, comeremos amanhã. Acompanhe meus amigos até o quarto de hóspedes. Eu conheço a casa e me arranjarei sozinho.

A mulher concordou com um aceno de cabeça e pediu que os dois rapazes a acompanhassem.

Antes de ir, Uberto tomou o espanhol pelo braço, ansioso por esclarecimentos. Ignazio lançou-lhe um olhar tranquilizador.

— Conversaremos amanhã — limitou-se a dizer.

Uberto, resignado, acompanhou Willalme e a criada.

Ignazio atravessava em silêncio os cômodos da casa, a passo hesitante. O odor doméstico lhe lembrava o cheiro das pedras andaluzas calcinadas pelo sol. Conhecia bem aquela sensação olfativa, tanto quanto cada dobra das cortinas e cada rangido do assoalho. Tudo estava como no dia em que partira.

O eco de dias longínquos ressoou entre as paredes e, por um instante, o alegrou; mas, quando se desvaneceu, restou apenas o silêncio da noite, frio e hostil.

E *ela*? Esperava-o ainda ou cedera à solidão e ao desalento? Isso, afinal, teria sido compreensivelmente humano. O fluxo do tempo leva tudo, como um rio transbordante.

Esse pensamento o fez sentir-se um intruso. Teve a sensação de que sua vida passada não lhe pertencia mais. Por que Sibilla o esperaria? Por qual razão se lembraria de ter um marido? Quinze anos eram muita coisa!

Parou diante de um retrato de mulher preso à parede e sorriu amargamente.

Ao chegar à porta de um quarto, hesitou por um momento e entrou.

Sibilla abriu os olhos, virou-se na cama e respirou fundo, ainda confusa e com os rumores dos sonhos nos ouvidos. Um barulho a despertara. Perscrutou as sombras, lentamente, e de súbito o viu.

Estava sentado a um canto, bem diante dela e observando-a.

A visão não a assustou, ao contrário, provocou-lhe uma espécie de euforia. Examinou atentamente o recém-chegado até se fixar em seus olhos verdes, repassados de saudade e lembranças.

Desceu da cama e ficou em pé, imóvel, os longos cabelos negros sobre as espáduas seminuas. Avançou um passo sem proferir palavra alguma, quase receando que a imagem desaparecesse ao mínimo som. Fremindo como um animal selvagem, estendeu o braço para tocar o visitante noturno, mas deu-se conta de que não teria coragem de fazê-lo. Baixou a mão; ele, porém, mais rápido, segurou-a.

— Ignazio — sussurrou a mulher. — É você mesmo...

Ele não respondeu. O nó que tinha na garganta o impediu. Ajoelhou-se diante dela e pousou a cabeça em seu regaço.

Permaneceria assim, estreitando-lhe os flancos, por toda a eternidade.

— É você mesmo... — continuou Sibilla. Depois, não conseguindo mais falar, desfez-se em pranto. Inclinou-se sobre ele, abraçando-o, como se só houvesse vivido para aquele momento.

67

Às primeiras luzes da manhã, Uberto se levantou e saiu à procura de Ignazio. Queria respostas a muitas perguntas.

A ideia de que o mercador tinha casa e família o desconcertava. Além disso, a que se devia a súbita decisão de interromper a busca do *Uter Ventorum*? Renunciara a sua missão ou aquilo não passava de estratégia?

"Pergunte-lhe quem ele é realmente", insinuara o homem desfigurado em Sahagún.

Com uma ponta de mágoa, o jovem se lembrou de que Ignazio ainda não havia lhe revelado o segredo do anjo Kobabel. Não bastasse isso, fazia alguns dias que ele vinha se mostrando inconstante e mais misterioso que nunca.

Enquanto refletia, admirava as imagens e os tapetes suspensos das paredes. Não levou muito tempo para se orientar na casa.

Foi andando até ouvir a voz do mercador por trás de uma porta. Parecia estar rindo. Uberto abriu-a sem bater e olhou para dentro, mas recuou embaraçado. Ignazio estava na cama com uma mulher. Aparentemente, apenas conversavam, mas ainda assim a cena o perturbou... Até então, havia considerado o mercador um mestre de vida. Vê-lo deitado com uma mulher revelava outros aspectos de seu caráter. Seria possível que aquele homem sem raízes fosse ligado a uma esposa, a uma família? Inesperadamente, sua imagem deixava entrever uma humanidade, uma natureza exuberante da qual nunca o julgaria dotado.

Confuso e ligeiramente perplexo, Uberto não soube o que fazer. A vida no mosteiro não o preparara para surpresas como aquela e muito menos para superar certos embaraços. Devia fingir que não vira nada e afastar-se? Sentiu-se um idiota.

De súbito, a porta se abriu novamente e a mulher apareceu.

Sibilla aproximou-se a passos curtos. Vestia uma camisola de seda vermelha. Embora não fosse jovem, era sem dúvida bonita. Acariciou-lhe o rosto e disse, sorrindo:

— Sou Sibilla. Você é Uberto, não?

— Sim.

— Ignazio me falou a seu respeito. Contou-me que é um rapaz muito inteligente e corajoso.

Uberto baixou os olhos.

— Em toda a minha vida, nunca me julguei corajoso, senhora.

Ele estava, sem dúvida, constrangido, mas mal se dava conta disso. Então Sibilla era a esposa do mercador? Muito diferente dele! Decidida e cativante. Seu sorriso parecia iluminar todas as coisas.

A mulher ia responder quando Uberto se antecipou:

— Desculpe, minha senhora. Eu a perturbei. Não era minha intenção...

Ela sacudiu a cabeça como para dizer que não havia acontecido nada de grave e tentou detê-lo, mas o rapaz deu um passo atrás. A sensação de embaraço se tornara quase insuportável. Cumprimentou-a e afastou-se apressadamente.

Sibilla permaneceu à porta e seu sorriso se velou de tristeza.

Uma hora depois, Uberto se sentou na sala com Ignazio e Willalme. A atmosfera estava pesada, prenhe de perguntas não respondidas. O mercador colocou as tabuinhas de cera sobre a mesa.

— O que escreveu aí? — perguntou o jovem.

— O enigma do anjo Kobabel — explicou Ignazio. — Achei-o em Sahagún, no alto da torre de São Lourenço. Quando você e o conde

Dodiko chegaram, eu havia acabado de copiá-lo. Estava inscrito na parede.

— Tipo estranho, o tal Dodiko — interveio Willalme.

— Realmente, um homem singular — concordou Uberto. — E você, Ignazio, que pensa dele?

O mercador deu de ombros e olhou pela janela. O sol estava alto e os servos recolhiam a aveia em feixes dourados.

— Sem dúvida, esconde-nos alguma coisa. Não devemos confiar muito nele nem nos permitir perdê-lo de vista. — Seu rosto ficou sombrio. — Começo a me perguntar se Viviën de Narbonne está mesmo por trás dessa história.

Willalme fitou-o com atenção.

— Acha que Dodiko mente?

— Não sei. Mas tenho a estranha sensação de que alguém mais nos observa dos bastidores e dirige o jogo.

— Refere-se a Dominus?

— Não só a ele. Com sua última manobra, Dominus se expôs e se tornou previsível. Talvez esteja de posse do enigma dos quatro anjos, como nós, e seguindo-o ao pé da letra. Creio, no entanto, que teve alguma dificuldade em interpretá-lo. Do contrário, por que nos pregaria aquela peça em Sahagún? Com toda a certeza, precisa de mim... ou melhor, de nós para encontrar o livro. — Ignazio fez menção de se levantar da mesa, mas reconsiderou o gesto. — O que me preocupa, porém, é outra coisa. Como a Saint-Vehme conseguiu nos seguir desde que chegamos a Veneza? Desde quando espionava Scalò? E, sobretudo, como tomou conhecimento de que o conde me contrataria para recuperar o livro? O Tribunal Secreto não goza de influência especial em Veneza, por isso é provável que alguém tenha dado informações a seus emissários.

— Terão então um informante? — perguntou Uberto.

— Não existe outra explicação.

— Mas quem?

— Alguém que movimenta os cordões há muito tempo. — O mercador franziu o cenho. — Talvez desde o início.

O jovem teve um pequeno sobressalto. Pensou no misterioso homem desfigurado e lembrou-se de suas palavras. Deveria acreditar nelas ou o melhor seria contar o caso aos companheiros? Mas, antes que pudesse decidir-se, Sibilla entrou na sala.

Atravessou-a em passos comedidos, trazendo nas mãos um cesto de frutas. Tinha os cabelos apanhados num coque e vestia um *bliaut* azul de mangas largas. Saudou a todos com um aceno de cabeça e colocou o cesto na mesa.

— Um pequeno agrado para os hóspedes — disse. Ignazio pegou-a pelo braço e confidenciou-lhe alguma coisa ao ouvido. Ela anuiu, pediu licença e deixou a sala com seu andar gracioso.

O mercador voltou-se novamente para os companheiros e, mostrando-lhes o estranho desenho, disse:

— Observem bem.

Uberto e Willalme obedeceram. Nenhum dos dois jamais tinha visto coisa igual.

ד	ט	ב
ג	ה	ז
ח	א	ו

— Um quadrado dividido em nove casas — murmurou Uberto. — Mas o que significam os caracteres dentro delas?

— São letras hebraicas — explicou Ignazio.

— Letras hebraicas? — espantou-se Willalme. — Mas não estávamos procurando um códice persa?

— Talvez o *Uter Ventorum* haja sido transcrito em parte por um judeu — aventou o mercador. — Ou, pura e simplesmente, o hebraico fosse tido como mais adequado ao objetivo. Afinal, segundo se diz, esse é o idioma da criação, falado por Deus, pelos anjos e pelos primeiros homens.

Uberto fez sinal de que havia compreendido.

— E que significado teriam para nós esses nove caracteres?

— Conheço pouco a língua hebraica, mas o bastante para suspeitar que eles não formam palavras.

— Como deduziu isso?

— Por enquanto, trata-se apenas de um palpite. Mas o fato de eles estarem dentro de uma figura geométrica, um quadrado, aparecendo cada qual apenas uma vez, me dá a impressão de que compõem uma fórmula matemática.

— A matemática se faz com números — objetou Uberto — e não com letras.

Ao ouvir isso, Ignazio teve uma ideia. Franziu o cenho e pôs-se a seguir um pensamento que começara a tomar corpo em sua mente, permanecendo por longo tempo imóvel como um felino à espreita de sua vítima. Subitamente, deu um soco na mesa.

— Mas é isto! — exclamou, chegando a assustar os companheiros. — A *ghimatriah*!

Uberto e Willalme olharam-no, empalidecendo.

— A *ghimatriah* deve ser a solução — prosseguiu o espanhol exultante. — É um sistema de substituição alfabética pelo qual cada letra hebraica corresponde a um número!

— Tem certeza? — quis saber Uberto.

Ignazio anuiu sem hesitar.

— Aprendi isso há muitos anos, de um estudioso da Cabala. — E prontamente desenhou ao lado do quadrado outro igual, com algarismos arábicos em lugar das letras hebraicas.

4	9	2
3	5	7
8	1	6

Contemplou a seguir, juntamente com os companheiros, a figura obtida, que à primeira vista não fazia sentido. Tinha, porém, alguma coisa de familiar, despertando nele uma lembrança dos tempos da escola de Toledo, quando era um menino de apenas 10 anos que havia acabado de ser admitido no Studium. A lembrança se ligava a um debate do qual participaram alguns professores; entre os quais, um muito especial, chamado Galib, que demonstrava sentir por ele um afeto quase paterno. O debate versava sobre a interpretação de uma sequência de números contida num pergaminho de origem magrebina. Galib declarara que, para entender seu significado, era necessário inserir os números num quadrado... Àquela altura, na mente de Ignazio, tudo ficou claro.

— Deve ser um quadrado mágico — declarou convicto.

— Já ouvi falar de quadrados mágicos — disse Uberto. — Conta-se que são usados pelos astrólogos muçulmanos para desviar malefícios.

— Os astrólogos árabes herdaram a ciência dos quadrados mágicos de Ptolomeu e do alquimista Geber, isso é certo — confirmou o mercador. — Mas, a meu ver, as figuras são empregadas para fins bem diferentes dos que alegam os supersticiosos. — Estudou a posição dos números contidos no quadrado. — Nove algarismos em nove casas... — Fechou os olhos e concatenou os pensamentos. — Nove... como as esferas celestes ao redor da Terra...

O rapaz compreendeu seu raciocínio.

— Acha que cada número corresponde a um planeta?

— Sim — respondeu Ignazio —, mas não é só isso. Suspeito de que esses números, de uma maneira ou de outra, representam a ordem divina do universo.

Uberto sacudiu a cabeça.

— Impossível, estão desordenados.

— Apenas na aparência — ressalvou o mercador. — Notou que, se somarmos três números quaisquer, alinhados na horizontal, na vertical ou na diagonal, obteremos sempre o mesmo resultado, isto é, quinze? Como vê, a desordem gera a ordem.

O jovem trocou um olhar incrédulo com Willalme e, concentrando-se de novo na figura, fez várias vezes a operação de soma.

— Incrível... Você tem razão! — viu-se forçado a admitir. — Mas para que serve?

— Talvez para vincular os astros a uma combinação secreta — conjeturou Ignazio. — Creio que esta não é uma simples figura geométrica, mas um talismã capaz de recolher as energias celestes dentro da forma do quadrado.

— Mas por que o quadrado?

— Porque, obviamente, simboliza a Terra. E, pelo pouco que sabemos, o objetivo do *Uter Ventorum* consiste justamente em atrair a sabedoria angélica das esferas celestes para o nosso mundo.

Ao dizer isso, o mercador apanhou o caderno de pergaminho e copiou o quadrado mágico juntamente com outros dados relativos ao *Uter Ventorum*. Ao terminar, examinou o escrito e, com um suspiro, concluiu que eram necessárias as outras partes do livro. Partes que não seriam fáceis de ser recuperadas.

Uberto aproximou-se dele com os olhos brilhantes de curiosidade.

— Continue, mestre. Revele-me mais coisas sobre o quadrado mágico e os anjos...

Ao ouvir isso, Ignazio estremeceu quase assustado.

— Rapaz, quem você pensa que eu sou? — perguntou, levantando-se. — Pouco importa o que você tenha pensado, eu nunca disse que era seu mestre.

O jovem fitou-o, empalidecendo como se houvesse recebido uma bofetada. Que havia dito de tão ofensivo? Por que estava sendo tratado daquele modo?

O mercador pôs-se a andar nervosamente pela sala e por fim se aproximou de uma janela. Willalme pousou-lhe uma mão no ombro.

— Não é justo tratá-lo com tanta dureza. Ele não tem culpa de nada — disse.

Ignazio fez um aceno vago e baixou os olhos.

Willalme sentou-se novamente, escolheu uma maçã do cesto de frutas e lançou um olhar de solidariedade ao pobre Uberto.

O mercador permaneceu por longo tempo em silêncio, quase como se realizasse um exame de consciência, com os cotovelos fincados no peitoril, o queixo apoiado às mãos, o olhar distante. Quando finalmente se voltou, parecia mais calmo, porém ainda aborrecido. Aproximou-se de Uberto e acariciou-lhe a cabeça.

— Perdoe-me — sussurrou. — Não pretendia reagir daquele modo... Estou planejando nosso próximo passo e isso me deixa nervoso. Não podemos correr mais riscos. Até agora, tivemos sorte.

O jovem ensaiou um protesto, mas nada disse. Quase não percebera que o mercador continuava falando. De repente, uma frase inesperada chegou-lhe aos ouvidos, deixando-o interdito:

— Partirei amanhã com Willalme. Você, Uberto, esperará aqui a nossa volta.

68

Ignazio acreditava ter tomado a decisão mais sensata. Deixar Uberto na casa significava mantê-lo em segurança; enquanto isso, ele e Willalme teriam maior liberdade de ação. Ele não era ingênuo, compreendera muito bem o objetivo do ataque em Sahagún: a Saint-Vehme não queria eliminá-lo — ao menos por enquanto —, mas, sim, torná-lo vulnerável matando Willalme para obrigá-lo a colaborar na recuperação do *Uter Ventorum*.

E, na tentativa de resgatar as partes do livro que faltavam, os encontros com Dominus seriam, sem dúvida, ainda mais perigosos.

— A viagem se tornou mais arriscada do que o previsto — explicou Ignazio a Uberto. — Você deve aguardar aqui. Com Sibilla, estará seguro.

Willalme, de braços cruzados, ouvia em silêncio.

Uberto, sentado à mesa da sala, baixou a cabeça.

— Você não voltará — ele disse; e, erguendo os olhos brilhantes, arrematou: — Está me abandonando.

Ignazio arqueou as sobrancelhas, magoado por aquelas palavras. Mas preferiu não retrucar. Recolheu seu precioso caderno de pergaminho e dirigiu-se para a saída, o rosto contraído como uma estátua de bronze. Ao chegar à porta, murmurou sem se virar:

— Eu não abandono ninguém...

Era como se estivesse falando consigo mesmo.

— Disse a mesma coisa à sua mulher? — recriminou Uberto. — É assim que trata quem lhe quer bem?

A essas palavras, Ignazio se virou furioso, com um dedo apontado para o rapaz:

— Cale-se! — ordenou. — Não sabe nada a meu respeito. Se continuar falando... — Não terminou a frase. Uberto chorava.

Perturbado com a cena, muito mais que com as palavras, empurrou a porta e saiu da sala.

69

No dia seguinte, bem cedo, Uberto ouviu baterem à porta de seu quarto. Desceu da cama com dificuldade. Demorou um pouco para se lembrar de onde estava e do que acontecera na véspera. Isso vinha lhe acontecendo com frequência cada vez maior ultimamente. Viajar o tempo todo o distanciara do cotidiano organizado a que se habituara.

Veio-lhe à mente o rosto encolerizado de Ignazio. Nunca o vira reagir daquele modo, nem mesmo nas situações mais críticas.

— Entre — disse, esfregando os olhos.

A porta se abriu. Era Sibilla.

Parou na soleira, como para não violar o espaço do rapaz. Vestia roupas escuras, tinha os cabelos presos à nuca, como no dia anterior, e apertava ao peito um maço de flores.

— Ignazio está de partida. Quer vir comigo para se despedir dele?

— Prefiro não fazer isso.

— Tem certeza? Não será boa coisa.

O jovem não respondeu. Continuou em silêncio, com o rosto oculto nas mãos. O que aquela mulher queria dele? Não era sua mãe! Contudo, não seria justo tratá-la com aspereza. Levantou-se, pois, da cama e aproximou-se dela. Teve então uma sensação estranha, como se estivesse diante da imagem de uma deusa ou de uma Madona imersa na tristeza. Era como se a mulher pousasse os pés num pequeno trato de terra e tudo o mais em torno fosse oceano. Uberto não se conteve:

— Mas como, minha senhora — perguntou consternado —, aceita semelhante destino?

— Minha vida é uma eterna espera — respondeu ela com um sorriso resignado. — Uma espera entrecortada por instantes de felicidade. Lembra aquelas plantas que florescem por um breve momento e ficam ressequidas pelo resto do ano.

— Mas ele... Ignazio... — objetou Uberto.

— Ignazio está em pior situação que eu. Foi-lhe entregue um fardo mais pesado: fugir sempre, pois sua presença põe em perigo as pessoas que ama. Os perseguidores não lhe dão trégua, e ele vaga há anos em busca de segurança.

Uberto não soube o que responder. Fitou a bela senhora parada na soleira.

Quanta força era necessária para se viver naquela ilha de solidão?

Diante da cocheira, Ignazio e Willalme se preparavam para partir. Pablo ajudava-os com uma carroça puxada por dois cavalos e, enquanto segurava as rédeas, lamentava:

— Mas, patrão, mal chegou e já está de partida...

O mercador sorria com amargura, sem lhe dar muita atenção. Explicava a Willalme que viajar daquela maneira seria a melhor escolha porque os Videntes procuravam três cavaleiros, não uma carroça coberta por uma lona.

— Além disso — prosseguiu —, lembre-se de que eles não conhecem bem esta terra. São homens do Norte e com toda a certeza se sentem deslocados aqui. Não creio que possam contar com reforços.

Nesse momento, apareceram Sibilla e Uberto. Ignazio foi ao seu encontro e abraçou-os.

Acariciou o rosto da mulher, acomodou uma mecha de cabelos que se desprendera do coque e contemplou seus olhos úmidos. Interrompeu-a antes que pudesse falar. Não queria vê-la chorando.

— Voltarei depois de ajeitar tudo — disse, desviando o olhar. — Prometo.

Ela assentiu.

— Tome conta do rapaz — continuou ele, sorrindo.

Willalme, já sentado na carroça, fez um gesto rápido de adeus. Não gostava de despedidas. Esperou que o mercador ocupasse o lugar a seu lado e incitou os cavalos.

Uberto se retirou apressadamente, o rosto congestionado.

Sibilla, porém, continuou imóvel à porta até que a carroça desapareceu no horizonte.

Parte V

A CAUDA DE AMEZARAK E O CAJADO DO SANTO

Todas as obras milagrosas dos magos são realizadas com base nas doutrinas e na intervenção dos demônios.

Agostinho de Hipona, *De Civitate Dei [A Cidade de Deus]*, *VIII, 19*

70

Após meia jornada de marcha, a carroça seguiu pela estrada que ia diretamente a León. Willalme, na boleia, segurava firmemente as rédeas. Ignazio, a seu lado, parecia calmo. Olhava adiante sem falar, imerso em não se sabe quais pensamentos, ocultando o sofrimento com a indiferença.

— Aonde vamos? — perguntou o francês.

— A León, para encontrar o conde Dodiko. Em seguida, rumaremos para a última etapa indicada no enigma. Estamos no caminho certo.

— A próxima parte do *Uter Ventorum* está muito distante?

— A adivinhação latina do anjo Amezarak diz "*Asclepius servat aenigma Campi Stelle*", ou seja, "Asclépio conserva o enigma no Campo da Estrela".

— O Campo da Estrela... Mais um jogo de palavras?

— Não. Refere-se certamente à cidade de Compostela. Esse nome lhe foi dado há trezentos anos, quando, segundo se diz, uma estrela revelou a alguns pastores que lá se encontrava a tumba do apóstolo Tiago. Desde então, passou a se chamar *Campus Stellae*, o "Campo da Estrela", tornando-se local de peregrinação. E, dois séculos mais tarde, o papa Urbano II chamou-o de "San Giacomo", que em espanhol se pronuncia "Santiago".

— Então, em Compostela estão mesmo conservadas as relíquias autênticas do apóstolo Tiago?

— Sim, autênticas... — O mercador sorriu. — Tanto quanto as de São Pedro em Roma.

Willalme percebeu a ironia e passou a outro ponto:

— E Asclépio? Quem ele é realmente?

— Tudo a seu tempo, amigo — replicou Ignazio. — Quando chegarmos a Compostela, você saberá o resto.

— Esperamos que por lá as coisas não sejam tão feias quanto em Sahagún — resmungou o francês, contemplando um rebanho de cabras que pastava mansamente ao lado da estrada.

Dois cavaleiros negros chegaram a uma morada rústica que se erguia na campina. Haviam-na encontrado com dificuldade, após percorrerem um labirinto de trilhas apenas sinalizadas na grama pelas rodas das carroças.

Antes de se aproximar da habitação, o mais alto dos dois desceu do cavalo e ordenou ao outro que fizesse o mesmo. Aquele a quem se dirigia torceu o nariz. Tinha a perna ferida e quase não podia caminhar, mas ainda assim obedeceu.

Amarraram os cavalos ao tronco de uma oliveira e prosseguiram na direção da casa, agachando-se onde a vegetação era mais baixa. De repente, o primeiro homem parou. Tinha visto alguma coisa. O outro se emparelhou com ele.

— Que está acontecendo, Slawnik?

— Um golpe de sorte — respondeu o boêmio, indicando um rapaz que passeava a pouca distância. — Lá está ele.

— Ótimo — riu o manco. — As ordens de Dominus são claras.

— Sim — replicou Slawnik, aproximando-se do jovem como um lobo pronto para armar o bote.

Uberto compreendera as razões de Ignazio, mas a ferida por ter sido posto de lado na metade do caminho ainda lhe doía. Passeando ao longo de uma cerca que delimitava o terreno da casa, refletia sobre o acontecido. No fundo, as coisas não estavam tão ruins assim: um pouco de sossego depois de tantas viagens lhe faria bem. Algumas horas de descanso e os cuidados de Sibilla haviam sido suficientes para aliviar a preocupação e a fadiga, embora o mistério do livro continuasse a obcecá-lo. A curiosidade do mercador o contagiara.

A fim de se distrair, resolvera fazer uma caminhada ao ar livre e gozar um pouco de tranquilidade; mas, por força do hábito, pusera seu alforje a tiracolo antes de sair. Depois de dois meses carregando-o, parecia-lhe quase impossível ficar sem ele.

Caminhava lentamente, com os braços descaídos e medindo os passos pelo meio da relva. Pensava nas palavras de Ignazio sobre a civilização dos moçárabes quando, de repente, quase sem se dar conta, esbarrou num homem. Não era um camponês. Era alto, vestido de negro, e trazia nas mãos um saco vazio. Uberto observou-o, percebeu seu olhar ameaçador e entendeu tudo. Virou-se para fugir, mas deu com outro homem às suas costas.

Acuado! E por perto não havia ninguém a quem pudesse pedir ajuda.

Tentou gritar, mas não teve tempo: o saco lhe foi enfiado cabeça abaixo. Que estava acontecendo? Sentiu uma corda sendo amarrada em volta de seu peito e em suas pernas. Resistiu e debateu-se aterrorizado. Devia ter atingido um dos homens com um pontapé, pois de repente o soltaram, deixando-o cair no chão. Por um instante, achou que poderia se livrar. Tentou se levantar e desfazer os nós, mas um punho golpeou-o em pleno abdome.

Tossiu enquanto a dor, explodindo no estômago, se ramificava para o tórax. Depois, veio a náusea. E logo as forças o abandonaram. Desmaiou.

Slawnik pôs o saco às costas, como se ele contivesse apenas um cabrito que fugira. Mas fê-lo com mais cuidado do que gostaria de admitir, experimentando um estranho mal-estar. Parecia-lhe que cometia um grande erro. Girando nos calcanhares, começou a se afastar da casa.

— Um momento! — opôs-se o companheiro. — Ainda não acabamos por aqui.

O boêmio lançou-lhe um olhar perplexo.

— Dominus foi bastante claro — insistiu o manco. — Raptar o jovem e matar os demais.

— Ninguém viu nada. Não há necessidade de verter sangue — respondeu Slawnik, encaminhando-se para os cavalos e deixando claro que para ele o caso estava encerrado. Continuar falando daquela missão vergonhosa o irritava, fazendo-o desejar estar bem longe dali.

O manco fitou-o, sem compreender:

— Mas as ordens...

— Por hoje já cometi baixezas suficientes. — O boêmio tocou o saco, fremindo de raiva. — Que glória eu obterei massacrando uma família de camponeses?

— Isso é insubordinação! Aquela gente...

— Aquela gente viverá. — Slawnik pousou a mão livre no cabo da espada. — Viverá porque não tem nenhuma culpa. E agora vamos, ou, por Deus, parto-o ao meio!

O manco, amedrontado, baixou a cabeça e seguiu o franco-juiz sem dizer mais uma palavra.

71

Em León, diante da igreja de Santo Isidoro, o conde Dodiko estava sentado na varanda da Medialuna y la Cruz. Protegido do calor da tarde, examinava os inumeráveis rostos que desfilavam pela rua poeirenta, todo um cortejo de vultos com capuzes, chapéus e turbantes de cores vistosas. Tinha a sensação de que, de um momento para outro, apareceria no meio daquela gente a cara desfigurada de Scipio Lazarus. O dominicano não devia estar muito longe. Nos últimos dias, com efeito, Dodiko vinha tendo o pressentimento de estar sendo seguido. O que mais o incomodava, porém, era sentir-se peça de um jogo inescrutável, como se alguém quisesse pô-lo em contato com Ignazio e Vivïen por motivos obscuros. Nada o afastava dessa suspeita e da convicção de que o artífice da intriga era o próprio Scipio Lazarus.

Lançou um olhar impaciente à estrada. O mercador de Toledo não aparecia e ele já estava farto de esperar. Não bastasse isso, o calor daquela terra o sufocava. Se Ignazio não desse o ar da graça até a manhã seguinte, iria sozinho para Compostela. Lá, pelo menos, a brisa marinha mitigava a maldita canícula, pensou, pondo-se de pé.

Naquele exato momento, viu dois homens descendo de uma carroça. Um deles ficou ao lado dos cavalos, enquanto o outro tirava o grande chapéu de palha que o protegia do sol e caminhava rapidamente em sua direção. Era Ignazio.

Dodiko deu um suspiro de alívio. Esperou que o mercador chegasse à varanda e exclamou:

— Mestre Ignazio, cumpriu mesmo o prometido!

— Você duvidava? — O mercador sacudiu o chapéu para limpá-lo da poeira da estrada. — Dei-lhe minha palavra, se bem me recordo.

— E o rapaz? Onde está Uberto? — perguntou o conde, notando que Willalme se aproximava sozinho.

— Achamos melhor deixá-lo para trás, num convento de freiras — respondeu Ignazio. — Bastante razoável, não acha? A viagem o esgotou.

Noite alta, Pablo voltou à casa. Apoiou-se aos batentes da porta para recuperar o fôlego, enxugando a fronte banhada de suor. Correra muito. Antes de entrar, procurou escolher as palavras com que daria a má notícia à patroa.

Dentro da residência, fechada na sala, Sibilla espiava por uma janela, os dedos crispados nas dobras do vestido. Mal dera pela falta de Uberto, mandara os empregados percorrer toda a propriedade e as terras vizinhas. Agora, em meio às sombras da noite, esperava ansiosa, pensando em como fora tola ao deixar o rapaz sozinho.

Pablo entrou e caiu de joelhos. Não costumava fazer isso, pois crescera naquela casa como um filho. Mas dessa vez trazia os olhos baixos e não conseguia abrir a boca.

— Fale — ordenou Sibilla. — Você o encontrou?

— Não, minha senhora. Ele sumiu — respondeu o servo, fazendo uma careta. — Ninguém sabe que fim levou...

A mulher levou as mãos ao rosto.

— Saia — pediu. — Deixe-me sozinha.

Pablo levantou-se devagar, tentando achar um modo de consolá-la. Mas era um rústico, não sabia lidar bem com as palavras. Saiu em silêncio.

A dona da casa permaneceu diante da janela durante toda a noite. Chorando.

72

A dor nas costelas despertou Uberto. Confuso por um instante, logo se deu conta da situação: estava sendo carregado no dorso de um cavalo como um fardo, de barriga para baixo, cabeça e pernas pendentes, mãos amarradas às costas. Tinha o rosto coberto por um tecido grosseiro e áspero, não podendo, por isso, ver tudo o que estava acontecendo. Só percebia que o cavalo ia a trote, os solavancos machucando-lhe o tórax e o baixo-ventre.

A julgar pelo pouco que ouvia, dois homens cavalgavam a seu lado.

Tentou espiar pela trama do tecido, mas fora estava escuro como breu e não conseguiu ver nada. Aos poucos foi recuperando a lucidez e então um terrível presságio apertou-lhe o coração: talvez houvesse sido capturado pelos Videntes.

Mas que utilidade poderia ter para a Saint-Vehme? O próprio mercador o deixara para trás sem sequer lhe revelar o esconderijo de Amezarak, o último anjo citado no enigma. Evidentemente, considerava-o um peso morto, um empecilho... Ou será que ele previra seu rapto? E se o tivesse abandonado no meio do caminho de propósito? Seria possível?

Afinal, o desfigurado o pusera de sobreaviso. Aconselhara-o a não confiar, a não acreditar no mercador... Mas não! Ignazio não o enganaria! Havia sinceridade em seus olhos quando o confiara a Sibilla. No fundo, porém, que sabia ele daqueles olhos? Como conhecer um homem capaz de mil subterfúgios, habituado a esconder-se e a mentir em interesse próprio?

Contudo, ainda não estava certo de que seus raptores fossem emissários da Saint-Vehme. A casa do mercador ficava fora do itinerário traçado pelo enigma. Teria sido impossível encontrá-lo por acaso, a menos que alguém houvesse falado... espiado... traído... Dodiko, talvez? Pouco provável. Aquele fidalgo sentia muito medo da Saint-Vehme e não arriscaria a vida procurando-a. E se tivesse sido o desfigurado? Ele, sim, parecia saber muita coisa sobre Ignazio e talvez o estivesse vigiando durante muito tempo.

Tinha inúmeros motivos de preocupação. Para onde o levavam? Seria interrogado, torturado e morto como sucedera ao pobre Gothus Ruber e ao conde Scalò?

Embora, dentro do saco, o ar estivesse quente, o sangue de Uberto gelou em suas veias: algo acontecera, os cavalos tinham parado.

Slawnik desmontou e dirigiu-se para o cavalo sobre o qual vinha o refém. Agarrou o saco e jogou-o ao chão sem muita cerimônia, ficando a observá-lo enquanto uma nuvem de poeira lhe pousava em cima. Pensou no jovem machucado e assustado; e, de repente, invadiu-o uma estranha inquietação, como se por uma fração de segundo tivesse observado a si mesmo com desprezo.

Era a primeira vez que sentia aquilo. Irritou-se. Que vinha a ser aquele súbito acesso de humanidade? Tornara-se então um homúnculo invertebrado? Não, nada disso, sabia-o bem. Pensou de novo no rapaz e em todo o mal que perpetrara desde que fora investido como franco-juiz. "E para quê?", perguntou-se.

Para obter um livro, nada mais.

Slawnik rangeu os dentes. Aquele livro maldito... Que o diabo o levasse! Por que Dominus não entendia? Por que não renunciava a seus propósitos e se decidia a conquistar o poder com a espada e não com a astúcia? O boêmio daria a vida para realizar semelhante empreitada! Cortassem-lhe um braço ou uma perna! Deixassem-no estendido no campo de batalha, trespassado por uma lança! Estava farto de praticar atrocidades para recuperar um manuscrito efêmero! Desejava medir seu valor contra um inimigo real, combater por uma causa justa, como convinha a um cavaleiro da sua estirpe. Ao contrário, que gloriosa missão acabava de cumprir? Raptara um menino!

A voz rouca do manco interrompeu seus pensamentos:

— Por que estamos evitando os centros habitados?

— Porque não quero despertar suspeitas exibindo por aí o refém — respondeu Slawnik. — Cavalgaremos a uma boa distância da via principal até chegar a Santiago. — E, dizendo isso, começou a desatar o nó que fechava a boca do saco.

O companheiro observou-o decepcionado.

— Mas que diabo está fazendo?

— Quer que o rapaz morra asfixiado? Que utilidade teria um cadáver?

O manco não respondeu.

Dentro do saco, Uberto sentiu as mãos de Slawnik desamarrar seus tornozelos. Eram mãos enormes, ásperas como rocha. Pareciam feitas de pedra.

Um instante depois, o jovem sentiu o frescor da noite acariciar-lhe o rosto, mas o alívio desapareceu tão logo viu diante de si seus raptores.

O boêmio, sem nada dizer, puxou a corda que prendia os braços do rapaz e empurrou-o contra o tronco de uma árvore. Em seguida, obrigando-o a agachar-se, inclinou-se sobre ele.

— Nunca durmo — ameaçou, encostando-lhe o punhal no pescoço. — Tente fugir, e eu o mato.

Sem esperar resposta, Slawnik afastou-se do prisioneiro e foi cuidar dos cavalos. Depois de aliviá-los das selas, conduziu-os até uns arbustos, onde poderiam pastar sossegados. Nesse meio-tempo, o manco acendera uma fogueira.

Os dois homens sentaram-se diante das chamas e comeram em silêncio. Uberto, acocorado ao pé da árvore, observava-os atônito. Não trocavam sequer um aceno ou um gesto amistoso, pareciam cães famintos inclinados sobre a carniça. Tentou acomodar-se o melhor possível, encostando-se ao tronco, mas estava todo dolorido, com os braços inchados e entorpecidos em consequência das cordas que quase penetravam em suas carnes. Onde estaria Ignazio àquela hora?

Depois de comer, os dois raptores se prepararam para descansar. O manco se deitou de lado e adormeceu quase imediatamente, enquanto o outro se estendeu diante do fogo, olhando para o rapaz. Com a cabeça apoiada em uma sela e as mãos presas à fivela do cinto, perto do cabo do punhal, parecia curioso quanto a Uberto. Fitava-o com os olhos semicerrados, como se tentasse agarrar um pensamento erradio.

Uberto desviou o olhar. Aquele homem o intimidava e falara a verdade, conforme logo percebeu: não dormia. Continuava ali imóvel, de olhos semiabertos.

Ficou observando o rapaz a noite inteira.

73

Embora o caminho para Santiago fosse se tornando cada vez mais difícil, o número de peregrinos aumentava dia a dia. Muitos iam a pé, com as faces tisnadas pelo sol e as gargantas ressequidas pela sede. Alguns, esgotados, paravam à beira da estrada, estirando-se entre as rochas e os arbustos. Às vezes, era difícil distingui-los dos mendigos e aleijados.

Willalme contemplava o estranho cortejo com crescente estupor.

— É normal encontrar tantos peregrinos — explicou Ignazio. — Vê aquele monte à nossa frente? É o Cebrero. Quer dizer que estamos perto de Compostela. Convém não esquecer que transcorreu há pouco a festa de São Tiago, em 25 de julho. Muitos viajantes vieram aqui para participar desse acontecimento.

— É bem mais fácil esconder-se no meio de tanta gente — comentou Willalme.

— Sim. Mas, de qualquer modo, precisamos agir com rapidez, sem dar na vista. — Ignazio voltou-se para Dodiko, que cavalgava ao lado da carroça: — Diga-me, conde, quando é que Viviën dará o ar da graça?

— Como sabe, Viviën de Narbonne é um homem muito prudente — respondeu o fidalgo. — Antes de revelar sua presença, quererá se certificar de que não corre nenhum risco. Não sei que local escolheu para esperar nossa chegada.

— Então — disse Willalme — não aparecerá até recuperarmos a parte do *Uter Ventorum* escondida em Compostela.

Dodiko concordou.

— Viviën não deve estar muito longe da quarta parte do livro — deduziu o mercador. — Deve estar vigiando-a de um modo ou de outro; do contrário, como poderia ter notícia de nossa chegada?

Dodiko aguçou o olhar.

— Acha que Viviën protege pessoalmente a última parte do livro?

Ignazio fez um gesto vago.

— Logo descobriremos.

Uma coisa era certa, pensou: quando ficasse frente a frente com Viviën, exigiria dele um bocado de explicações.

74

Após descer dos planaltos pelo passo de El Poyo, o grupo liderado por Slawnik penetrou no vale seguindo ligeiramente para o sul, ao longo da margem de um rio que corria para o poente. Os dois esbirros avançavam cautelosos. Atrás deles, na garupa do terceiro cavalo, seguia o refém.

Uberto, livre do saco, tinha as mãos imobilizadas às costas e os pés amarrados aos estribos, para não fugir.

O jovem viajava naquelas condições havia uma semana. Estava esgotado, até porque os dois cavaleiros negros quase não se concediam repouso, às vezes, nem mesmo à noite.

Seu destino, pelo que imaginava, era Santiago de Compostela.

Descendo dos montes, Uberto avistou, do outro lado do rio, uma longa procissão de homens que se dirigiam para oeste. Iam todos a pé, mesmo os que possuíam carros e cavalos. Aquilo era sem dúvida um ato de penitência, o último sacrifício dos peregrinos antes de chegar ao ambicionado local de culto, a cidadela santa.

E se, em meio àquela gente, estivessem também Ignazio e Willalme? Era muito provável. Sentiu o coração pulsar mais forte ao pensar nisso. Pôs-se a arquitetar um modo de se libertar e fugir, mas Slawnik pareceu se aperceber de seu projeto, trespassou-o com um olhar terrível e, aproximando-se, segurou-o pela gola.

— Nada de tolices, sabe muito bem o que me obrigaria a fazer — disse entre dentes, passando-lhe o dedo pela garganta. Uberto percebeu naquela ameaça uma nota de indecisão, quase de humanidade, mas não soube como interpretá-la.

Em seguida, o boêmio se virou para o companheiro:

— Vamos acampar aqui, entre as árvores. À noite, entraremos na cidade.

Os subúrbios de Santiago estavam literalmente infestados de peregrinos. Não havia um canto sequer na cidade onde não se vissem grupos de monges, bandos de penitentes ou barracas de objetos sacros. Era impossível andar a cavalo, por isso o grupo de Ignazio apeou e seguiu a pé.

— Quando estiver escuro, toda esta confusão cessará e poderemos agir em liberdade — disse o mercador.

Willalme concordou.

— Finalmente encontraremos o Asclépio mencionado no enigma. Você já tem ideia de quem ou do quê se trata?

Dodiko permanecia em silêncio. Estava tão curioso quanto o francês, era evidente, e aguardava com ansiedade uma resposta do mercador.

— Asclépio é o deus grego da medicina — explicou Ignazio, dando de ombros, como se dissesse uma coisa das mais óbvias. — A referência do enigma não é casual; o anjo Amezarak iniciou os homens na magia das plantas e Asclépio emprega os mesmos recursos para fins terapêuticos.

— E então? — interveio Dodiko. — Em suma, do que se trata?

— Acho que a palavra "Asclépio" designa um lugar e uma pessoa ao mesmo tempo. Refere-se a uma biblioteca situada na zona oeste da cidade. Ali mora, há anos, um velho médico de raça berbere que todos conhecem por esse nome. — Ignazio sorriu, observando os rostos incrédulos dos companheiros. — Eu e Vivïen o conhecíamos muito bem. É pessoa de confiança.

— Tão simples assim? — murmurou o conde. — Um segredo tão grande escondido por trás de um jogo de palavras tão pueril?

— Em geral, as coisas mais simples passam despercebidas — comentou o mercador.

— Então, vamos procurar em uma biblioteca? — Willalme parecia aliviado. — Não me parece uma aventura arriscada.

— A igreja de São Lourenço tinha, por acaso, um aspecto ameaçador? — replicou Ignazio. — Não sabemos o que vamos encontrar. E, depois, consideremos a eventualidade de Dominus nos ter precedido. Se isso aconteceu, ficaremos somente com duas partes do livro.

— Só com duas partes? — O conde Dodiko parecia um tanto desapontado. — Você já deveria estar com três.

— Recuperamos as partes do *Uter Ventorum* escondidas em Puente la Reina e Sahagún — respondeu o mercador, com pesar. — Não nos foi possível pôr as mãos na primeira, que se encontra em Toulouse. A cidade estava sendo assediada pelos cruzados franceses. Era impossível atravessar as muralhas.

O fidalgo refletiu por um momento.

— Isso talvez seja um problema, mas que poderemos resolver. Já estive em Toulouse. Com a minha ajuda, conseguirão entrar lá sem dificuldade.

— Muito bem — disse Ignazio, que não gostava da assistência de terceiros para resolver enigmas. — Agora, no entanto, concentremo-nos na busca do anjo Amezarak.

75

A noite caíra sobre Compostela e a confusão da tarde se acalmara. Os peregrinos tinham se retirado para as hospedarias e tabernas ou jaziam adormecidos nas calçadas, ignorantes de quanta gente era assassinada ou roubada na cidadela santa depois do crepúsculo.

Um rumor de passos ecoou pela *plaza*. Uma figura encapotada aproximou-se da catedral, contornou-a e dirigiu-se para o transepto sul.

A pouca distância, diante da Puerta de las Platerías, Slawnik aguardava, de braços cruzados e com a respiração entrecortada. Parecia pouco à vontade. Naquele momento, preferiria estar em qualquer outro lugar e, para combater a inquietação, pusera-se a contemplar os altos-relevos do portal, que lembravam a obra de um hábil artesão de Toulouse.

De repente, a espera chegou ao fim. Dominus estava a poucos passos dele.

— Meu senhor — cumprimentou o boêmio, avançando ao seu encontro.

O franco-conde estacou diante dele. Examinou-o desconfiado, como se alguma coisa não corresse bem. Slawnik percebeu tudo e desviou o olhar.

— Estamos quase no fim da missão, meu vassalo — disse Dominus. — Não vá me desapontar justamente agora.

O boêmio inclinou-se, esperando com isso conquistar credibilidade.

— Fique tranquilo, meu senhor. Sou seu braço e sua espada.

— Assim espero. Mas diga-me, encontrou o rapaz?

— Sim, nós o trouxemos como refém. As indicações sobre a localização da casa eram exatas.

— Como vê, as informações que obtive em Toulouse nos foram úteis. — Dominus escancarou a boca num riso satisfeito. — E a mulher do mercador? Os servos? Estão...

— Mortos — mentiu Slawnik. — Todos mortos.

— Ótimo. Usaremos o rapaz como moeda de troca. Ignazio cederá. Será fácil arrancar-lhe o livro.

— O livro... certo — murmurou o boêmio.

— Tudo acontecerá esta noite. Lembre-se, só interviremos quando o mercador encontrar a última parte do *Uter Ventorum*. Esperaremos que entre na biblioteca de Asclépio, dentro de algumas horas... E cuidado para não matá-lo. Precisamos dele vivo.

Slawnik lançou ao interlocutor um olhar duro como pedra.

— Sim, meu senhor.

— Agora vá se preparar, falta pouco. — O franco-conde já ia lhe dar as costas quando Dominus acrescentou: — E repito, Slawnik, não me decepcione.

O boêmio baixou a cabeça em sinal de submissão, sem responder. Esperou que Dominus desaparecesse nas sombras da noite e encaminhou-se para seu esconderijo. Ao afastar-se da catedral, um pensamento lhe cruzou a mente. Traição.

Mas seu ato seria mesmo traição? Não tencionava trair para saciar a ambição ou a cobiça, mas para resgatar a nobreza e o orgulho perdidos. A verdade era que Dominus o enganara, prometendo-lhe um destino repleto de glória e altivez, mas fizera dele antes um facínora que um vassalo. Não, concluiu Slawnik, seu ato não seria traição, mas recusa de uma vida ignóbil imposta por um senhor que esquecera o ideal da cavalaria e o senso das medidas. Nele, Slawnik, muito ao contrário, ainda não se extinguira o desejo de ser como seu pai, um guerreiro digno e inflexível. Entretanto, se queria enveredar por aquela senda, só havia uma coisa a fazer: destruir o *Uter Ventorum*. Porque, como já sucedera a Dominus, até o cavaleiro mais virtuoso, ante a promessa de um poder sobrenatural, se afastaria do bom caminho.

Slawnik foi invadido por uma sensação nova, um sentimento puro e fugidio a que não sabia dar nome. O nome, porém, não tinha tanta importância. Só o que contava era a consciência de haver finalmente encontrado um objetivo pelo qual lutar.

Uberto, na escuridão do cubículo onde o haviam prendido, sentara-se num banco desconjuntado, com as mãos amarradas e a cabeça baixa. O local era desprovido de móveis e janelas. Não havia nem mesas nem candeeiros. O cheiro de feno impregnava o ar, irritando o nariz e os pulmões. A única coisa visível na penumbra era o contorno de uma porta fechada, cujas frestas deixavam entrar filetes da luz exterior. Do lado de fora, o manco estava de guarda e o gigante devia ter saído para se desincumbir de alguma tarefa.

Esforçando-se para descobrir o que acontecia do outro lado da porta, o rapaz se deu conta de que havia algum tempo que não ouvia nenhum rumor. Talvez o manco também houvesse saído.

Criou coragem e tentou levantar-se. Se de fato ficara sozinho, tinha de se resolver a alcançar a porta e tentar a fuga. Com as mãos amarradas às costas e os músculos entorpecidos, encontrou muita dificuldade em mover-se. Firmou-se nos joelhos, dobrando o peito para a frente, enquanto seu rosto se contraía numa expressão espasmódica. As costas doíam, estavam rígidas como tábuas.

Com um esforço desesperado, projetou-se para diante, mas seus pés cederam e ele caiu ao chão. Virando-se de lado, evitou no último instante bater com a cabeça.

Esperou em silêncio, com o coração na boca. O barulho da queda poderia ter chamado a atenção de qualquer um, mas ninguém apareceu.

Recomeçou a mover-se lentamente. Encolheu-se em posição fetal, encostou a testa e os joelhos no chão, e em seguida se esticou para cima, até conseguir ficar em pé. Devia agora desamarrar as mãos. Caminhou pelo quarto à procura de algum objeto que pudesse ajudá-lo na tarefa, mas não encontrou nada de útil.

Resignando-se a continuar com os pulsos atados, encostou um ouvido à porta. Não escutando som algum, arriscou-se. Virou de costas e agarrou cautelosamente o trinco, esperando que o ferrolho não estivesse corrido — mas, antes que pudesse verificá-lo, a porta se abriu de repente, escancarando-se para dentro!

Uberto se chocou contra o batente e caiu de novo no chão, de cabeça. Só a excitação do momento impediu-o de desmaiar.

Virou-se rapidamente para ver quem havia entrado e deparou com o boêmio. Esse se aproximou, ergueu-o do chão e tirou o punhal da cinta.

— Não me mate, eu lhe imploro! — gaguejou o rapaz, agora sem escapatória.

O esbirro não respondeu. Cerrou os olhos, virou o refém bruscamente de costas e golpeou.

Uberto sentiu as cordas que atavam suas mãos desprender-se e cair por terra. Estava livre! Instintivamente, estendeu os pulsos doloridos e pôs-se a massageá-los, dirigindo o olhar ansioso para a única via de fuga. O gigante, no entanto, postava-se entre ele e a saída. Fugir parecia impossível.

Slawnik fitou-o e afastou-se para um lado.

— Vá embora — grunhiu. — Está livre.

Foram as únicas palavras que pronunciou. Desconcertado pelo que acontecia diante de seus olhos, Uberto examinou aquele rosto duro e impenetrável, tentando entender o que se passava. Mas o gigante continuava imóvel e em silêncio.

O jovem achou melhor não desafiar demais a sorte e, ainda aterrorizado, saiu correndo.

Deixando para trás o cubículo escuro, encontrou-se no interior de um palheiro. Antes de alcançar a porta, avistou, à luz trêmula de uma vela, um cadáver estendido por terra. Tinha barba e cabelos ruivos e uma expressão de espanto no rosto. Era o manco.

Por um instante, tentou entender o que acontecera naquele lugar, mas logo se afastou correndo e mergulhou na tórrida noite de Compostela.

Na escuridão do cubículo, Slawnik apertava na mão seu punhal cruciforme.

Degustava o sabor novo da liberdade. Sua liberdade.

Enfim, depois de anos de incerteza, sabia o que fazer.

76

Naquela noite, a tensão do mercador chegou ao ponto máximo.

Como ficara combinado, logo depois do crepúsculo, Ignazio e Willalme tinham saído para ir à biblioteca de Asclépio. Mas, antes de caminhar naquela direção, precisaram dirigir-se a outro bairro de Santiago, onde se hospedara o conde Dodiko. O fidalgo, acostumado ao conforto, escolhera um alojamento mais em consonância com os hábitos de um aristocrata. O albergue situava-se no centro da cidadela, e para alcançá-lo foi necessário percorrer as ruas principais, coisa que Ignazio evitaria — de bom grado — se pudesse, em vista das circunstâncias.

Mas, quando entraram no albergue, eles perceberam que Dodiko não estava. Os dois logo pensaram no pior e correram a interrogar o proprietário, que, contudo, sabia muito menos. O conde ceara e saíra às pressas, sem nada dizer.

— Que situação! — desabafou Willalme.

Superado o choque inicial, Ignazio examinou o quarto que fora destinado a Dodiko.

— Não temos tempo de descobrir o que lhe aconteceu. Vamos ver Asclépio sem ele!

Saíram então do albergue e aventuraram-se no labirinto de becos desertos.

Embora, costumeiramente, as noites ali fossem frescas, aquela parecia envolta num sudário de calor. Percorrendo as ruas que conduziam às muralhas do lado oeste, o mercador refletia sobre os últimos acontecimentos. Será que Dodiko o teria traído? Teria resolvido recuperar por conta própria a quarta parte do livro? Ou será que teria sido atacado pela Saint-Vehme? Nesse último caso, porém, teriam encontrado seu cadáver ou algum sinal de luta. Mas seu quarto estava intacto e, conforme o testemunho do estalajadeiro, o conde havia saído incólume e sozinho do albergue.

Chegaram a um aglomerado de casas às margens do povoado. Para além das velhas muralhas, baluarte que sobrevivera às invasões normandas, ressoava o fragor do mar.

O mercador ergueu a cabeça, aspirando a brisa salgada, e em seguida olhou para a frente, para uma torre em ruínas.

— Lá está — disse —, aquela é a biblioteca de Asclépio.

Willalme contemplou a construção de base quadrada, coroada por ameias desgastadas pelas intempéries.

— Não é uma visão das mais convidativas — comentou.

— Coragem, entremos — incitou o mercador, indiferente às suas palavras.

A umidade havia invadido o interior da torre, misturando-se ao cheiro de mofo. Os dois visitantes caminharam na sombra e viram-se diante de uma escada de pedra que levava até o alto. Os degraus eram estreitos e gastos, escorregadios como seixos de rio. Subiram com cuidado e, após uns trinta passos, encontraram-se diante de uma porta fechada.

O mercador bateu com seu cajado e chamou em voz alta:

— Asclépio! Abra! Sou eu, Ignazio de Toledo!

Os dois esperaram em silêncio por alguns instantes, sem obter resposta.

O francês, impaciente, começou a subir e descer os degraus. Sem dar atenção à inquietude do companheiro, o mercador bateu de novo à porta.

— Pelo amor de Deus, seu velho surdo, abra!

Por fim, ouviu-se uma chave girar na fechadura e o ferrolho correr. Em seguida, a porta se abriu lentamente e apareceu um velho de cabelos brancos e curtos. Tinha um rosto comprido, uma barbicha grisalha, e vestia uma túnica amarela. Era Asclépio de Malabata, dono e guardião da biblioteca situada no alto da torre.

— Quem é a esta hora? Pode-se saber? — perguntou o homem, com as pálpebras pesadas de sono.

— Asclépio, sou Ignazio. Não se lembra de mim?

De pé na soleira, o velho aproximou o candeeiro do rosto do mercador. Estudou-o com aparente desinteresse e disse em seguida:

— Alvarez. Sim, é você mesmo. — Franziu o cenho. — Como sempre, vem acordar um pobre ancião no meio da noite! Não podia esperar até amanhã?

Antes que o mercador conseguisse replicar, Asclépio deu-lhe as costas.

— Venha, Alvarez, entre. Seu companheiro também. E fechem a porta, com os diabos!

Willalme, impressionado com o péssimo humor do velho, seguiu Ignazio e fechou a porta. Achou-se então numa antecâmara com duas saídas. A da esquerda levava a uma espécie de sala, a da direita abria para outra escada.

— Por que ele o chama de Alvarez? — sussurrou Willalme ao ouvido do amigo.

— É o *cognomen* de minha família há muitas gerações — respondeu o espanhol sem se virar.

Alheio ao que eles diziam, Asclépio entrou pela porta direita e foi subindo lentamente. Os dois homens seguiram-no até o piso superior. Ali, o espaço se dividia em uma sequência mais ou menos regular de cubículos quadrados, mobiliados com armários repletos de livros.

Asclépio de Malabata se esgueirou com desenvoltura por aquele labirinto até uma sala mais ampla, que lembrava um *scriptorium* monástico, exceto por alguns objetos dispostos em estantes. Willalme reparou em tenazes esquisitas, balanças de bronze e representações de órgãos humanos. Viu até um vaso cheio de dentes.

O velho se sentou, cansado, e Ignazio ocupou a cadeira à sua frente, observando uma pilha de livros sobre a mesa, entre os quais reconheceu um tratado de magia médica conhecido como *Cyranidi*.

— Que deseja, Alvarez? — perguntou Asclépio. — Não tem aparecido muito nos últimos anos. Achei que estivesse morto.

O mercador assentiu, mas, em vez de responder, manipulou um grosso volume que apanhou da mesa.

— Sempre bisbilhotando! — irritou-se o berbere. — Largue este livro, é uma cópia do *Cânone* de Avicena. Ganhei-o de um médico de Siena.

— Reconheço a obra. Quem a traduziu do árabe foi meu mestre, Gherardo de Cremona.

— Grande sábio, esse Gherardo. Em memória dele é que ainda conservo por você um pouco de estima. E em memória de seu pai, aquela boa alma! Ele, sim, era um homem de bem, ao contrário de você, um vagabundo.

Ao ouvir mencionar seu pai, Ignazio franziu as sobrancelhas.

— Ele nunca foi livre — sentenciou irritado. — Passou a vida servindo aos outros, sem jamais pensar em si mesmo.

— Deus do céu, era um *notarius* do rei de Castela! — rugiu o velho, com o rosto vermelho. — Conhece honra maior? Você poderia ter seguido os passos dele ou sucedido a Gherardo de Cremona como *magister*... Mas, com sua mania de não querer receber ordens de ninguém, abandonou tudo, a família e o Studium, e deu o fora logo que pôde! — Vendo que o mercador aceitava a censura sem replicar, acalmou-se e mudou de assunto: — E então, por onde tem andado todos estes anos?

— Não disponho de muito tempo. — O olhar de Ignazio se tornou penetrante. — Diga-me, quando viu Vivïen de Narbonne pela última vez?

Asclépio se retraiu. Perscrutou o interlocutor, como para avaliar sua boa-fé.

— Esteve aqui há dois dias — declarou, cruzando os braços magros ao peito. — Chegaram tarde. Ele já se foi.

— Entendo. — A voz do mercador se tornou ligeiramente mais grave, revelando uma nota de apreensão. — Levou algo de sua biblioteca?

— Refere-se ao *Uter Ventorum*? — perguntou o berbere.

— Sim! — respondeu Willalme, antecipando-se ao companheiro.

Asclépio fitou o francês e sorriu.

— Jovens, jovens! Querem tudo depressa. Sempre temendo que o chão fuja sob seus pés! — Suspirou. — Bem, o livro está aqui. Vivïen não veio para levá-lo, apenas para se assegurar de que continuava bem guardado depois de tantos anos.

Ignazio pousou os cotovelos na mesa, de cenho franzido.

— Tenho absoluta necessidade desse livro... Quer dizer, da parte que lhe foi confiada.

— Essa é boa! — exclamou Asclépio, revirando os olhos. Reclinou-se na cadeira e começou a gesticular com os dedos ossudos. — E o que fará com ela?

— Trata-se de uma questão da máxima importância. Depois de mim, outras pessoas virão procurá-la, e é melhor que não a encontrem. Aliás, é melhor que não encontrem nem você, para dizer tudo. É gente perigosa. Usariam o livro para fins maléficos.

Asclépio hesitou um instante sobre a resolução a tomar.

— Alvarez, eu não confio em você — disse, por fim. — É um homem excessivamente curioso e também usaria o livro de modo equivocado. No entanto, pelo que vejo, não tenho escolha. — Dizendo isso, enfiou a mão em uma caixa escondida sob a mesa e tirou dela um pequeno volume, que pôs sob os olhos do interlocutor. — Aí está. Nem imagino o que essas páginas possam conter. Nunca as li. Chame isso de medo, se quiser. Para mim, trata-se apenas de bom-senso.

O mercador, sem perda de tempo, agarrou o livro e abriu-o. Leu, pareceu contrariado, olhou para Asclépio e recomeçou a folhear o volume, incrédulo.

— Mas é uma brincadeira! — exclamou irritado.

O velho pareceu cair das nuvens.

— Como assim?!

— Tem certeza de que este é o livro certo?

— Claro, que pergunta! Viviën foi bastante explícito a esse respeito.

Ignazio passou-lhe o manuscrito.

— Veja. Leia você mesmo.

Asclépio, relutante, abriu uma página ao acaso. Uma frase o impressionou: "Luz e treva, vida e morte, direita e esquerda são irmãs. Não é possível separá-las". Em seguida, murmurou, passando a mão pelo queixo:

— Isto parece um trecho do Evangelho do apóstolo Filipe. — Tomado de dúvida, folheou o códice, lendo vários trechos, e concluiu:

— Sim, *é* o evangelho de Filipe, tenho certeza.

— De fato — confirmou Ignazio. — Não é o tipo de livro que eu esperava encontrar.

— Mas Viviën me garantiu que se tratava do segredo do anjo Amezarak! A quarta parte do *Uter Ventorum*... Não entendo. Onde entra aí este Evangelho apócrifo?

O velho devolveu o códice ao mercador, que se pôs novamente a folheá-lo, examinando com paciência cada página.

— Como é possível? — prosseguiu Asclépio, batendo a mão na fronte.

— Talvez haja alguma coisa aqui — interrompeu-o Ignazio.

A essas palavras, Willalme se aproximou e olhou instintivamente as páginas, esquecendo-se de que não sabia ler.

— Não, Willalme. Não procure no texto escrito. — E, dizendo isso, Ignazio retirou do meio das páginas um marcador de couro costurado à lombada. — Aqui está! *Esta* deve ser a mensagem de Vivïen.

Asclépio examinou aquela fina tira de couro.

— Tem certeza?

— Olhe a superfície — sugeriu Ignazio. — Vê? Foram escritas aí algumas letras.

— Parece um trabalho fino. — O velho passou os olhos pela sequência de caracteres. — Devem ter sido gravados com um estilete. Que dizem?

c
a
p

u
r
l

b.

m.
v.

v
l
l

l

l

— É mais um dos incontáveis criptogramas de Viviën — disse o mercador. — A solução se encontra no enigma dos quatro anjos, na última linha em provençal: "*Amezarak volvet la sa cue a le bastun de Jacobus*", isto é, "Amezarak enrola sua cauda no cajado de Jacobus".

— Entendeu o que significa? — perguntou Willalme.

— Ainda não... — respondeu Ignazio. — Mas já passa da hora de entender.

Uberto chegou correndo ao centro adormecido da cidadela e parou no meio da praça. Retomou o fôlego, contemplando as grandes torres gêmeas que se erguiam ao lado da catedral.

Sabia onde procurar Ignazio. Durante o sequestro, ouvira seus raptores falar da localização da quarta parte do *Uter Ventorum*. A cidade a que se referiam era Compostela. O jovem não dispunha de referências exatas sobre o esconderijo, mas trazia de cor a adivinhação escrita em provençal por Viviën de Narbonne: *Amezarak volvet la sa cue a le bastun de Jacobus*. Seguramente, Ignazio estava em Compostela. Se encontrasse a quarta parte do livro, encontraria o mercador também.

Mas o problema era descobrir o que vinha a ser o *bastun de Jacobus*.

Virando-se para a catedral, Uberto teve uma ideia. Caminhou para a entrada principal e deteve-se diante do Pórtico de la Gloria, uma magnífica colunata coberta de altos-relevos. Os olhos do rapaz perscrutaram as sombras do Pórtico até pousarem no *parteluz*, a pilastra divisória do portal, coroada pela estátua de São Tiago Maior.

O apóstolo fora representado com roupas de peregrino. Sentado no alto da coluna, sustentava com a cabeça uma arquitrave. Com a mão direita, apontava o Evangelho e, com a esquerda, empunhava um cajado.

Uberto pensou que talvez aquele cajado fosse o *bastun de Jacobus*. Não tinha certeza, mas valia a pena investigar. Se estivesse certo, uma parte do *Uter Ventorum* poderia ter sido escondida ali. Examinou bem a estátua, deu a volta em torno da coluna para vê-la em todos os detalhes, mas não encontrou nada. Só a obra minuciosa de um artesão habilidoso.

Sua intuição falhara. E, como ali não havia sinais do livro, não imaginava onde pudesse estar Ignazio naquele momento. Inquieto, saiu da catedral e pôs-se a vagar pela praça como um bêbado.

Então, enquanto andava sem rumo e com o rosto banhado em lágrimas, um homem saiu das sombras e pegou-o pelo braço. O jovem teve um sobressalto. Ergueu os olhos e levou um susto: era o conde Dodiko.

— Uberto, que faz aqui? O que aconteceu com você? — perguntou o fidalgo.

— Ah, senhor, se soubesse o que passei... — respondeu o rapaz.

— Não é hora para explicações, meu jovem amigo — interrompeu-o o conde. — Vou me encontrar com Ignazio na biblioteca de Asclépio. Venha comigo.

Ao ouvir aquelas palavras, Uberto se sentiu renascer. Havia encontrado o mercador! Enxugou as lágrimas e seguiu o conde.

77

À sombra da biblioteca de Asclépio, Ignazio estudava com atenção o marcador de páginas deixado por Vivïen. Os caracteres minúsculos, gravados na tira de couro, aludiam a alguma coisa cujo significado, porém, ainda lhe escapava. Cofiando a barba, o espanhol rememorou de novo a adivinhação provençal: *Amezarak volvet la sa cue a le bastun de Jacobus*, "O anjo Amezarak enrola sua cauda no cajado de Jacobus".

— A cauda... É isto aqui — afirmou a certa altura, segurando entre os dedos o marcador. — Mas que diabo vem a ser o *bastun de Jacobus*? Faltam indícios...

— E se fosse uma referência a *Jacobus Maior*, o apóstolo Tiago? — aventou Asclépio, que escutava à luz de uma vela.

— O patrono dos peregrinos? — perguntou Willalme, observando a silhueta do velho recortada por manchas de luz e sombra.

Ignazio refletiu um instante.

— São Tiago... *Sant-Yago*... Certo! Sua imagem mais venerada está aqui em Compostela, em cima do *parteluz* do Pórtico de la Gloria!

O francês arregalou os olhos.

— E ele tem um cajado, por acaso?

— Sim, mas o ponto não é esse. O São Tiago do Pórtico de la Gloria está vestido como um peregrino... Simboliza os milhares de homens que chegam a Santiago todo ano. Entende? O Jacobus do enigma refere-se a qualquer viandante que caminhe com o auxílio de um cajado, isto é, de um *bastun*, um bastão.

Dizendo isso, Ignazio pegou o marcador pela extremidade que pendia do códice. Enrolou-o em seu cajado, cuidando a cada giro para não sobrepor as espirais, mas deixá-las contíguas.

— Aí está — explicou ao fim do procedimento. — A cauda de Amezarak enrolada no cajado de São Tiago.

As letras do marcador, unidas, formavam uma combinação de siglas:

c u b. v l

a r m. l

p l u. l l

— Fascinante! — admitiu Asclépio. — Até a fita ser enrolada, a mensagem permanece ilegível. É um antigo expediente cartaginês.

— Parece formar um siglado — observou o mercador. — Mas não sei a que se refere. Talvez tenhamos errado no procedimento.

— De modo algum... — apressou-se a dizer o velho. — Deixe-me olhar melhor. Estas siglas me recordam alguma coisa.

cub VI

arm. I

plu. II

— É como eu pensava! — prosseguiu, esmurrando a palma da mão. — Refere-se à localização de um livro.

— Tenha a bondade de nos fazer participar da descoberta — pediu Ignazio, irritado por ter sido vencido no raciocínio.

— Nada mais simples. São abreviações. Indicam *cubiculum VI, armarium I, pluteum II*. Ou seja, sala VI, armário I, prateleira II. Há muitos anos que adoto esse sistema para instalar os livros de minha biblioteca. A cada um deles corresponde uma posição fixa: uma sala, um armário e uma estante. Anotei todas as localizações num grosso volume, para poder achar facilmente qualquer obra.

— Entendo... Vivïen usou esse método para preservar seu segredo.

— É o que deve ter acontecido. Venham! — chamou Asclépio, metendo-se pelo labirinto da biblioteca.

Os dois amigos seguiram-no.

Vasculhando as estantes, Ignazio notou que a biblioteca não continha apenas livros de medicina, mas também de filosofia, matemática e literatura. Em tantos anos de pesquisa, o velho berbere havia acumulado um patrimônio inestimável, um acervo conjunto do pensamento oriental e ocidental.

Asclépio caminhava lentamente, iluminando o percurso com o candeeiro. Contou de modo meticuloso as salas e os armários, esboçando gestos curtos com os dedos; e logo, ao fim de um curto corredor, anunciou:

— Pronto. Entramos no sexto *cubiculum*. — Parou diante de um grande armário, abriu-o e iluminou o interior com a chama.

Ignazio aproximou-se, na febre da impaciência.

— É este o primeiro *armarium*?

— Sim.

— Temos então de procurar na segunda prateleira.

O velho revistou o local.

— Aqui não há nada — resmungou decepcionado. — Alguns palimpsestos... Uma obra sobre o sufismo persa... Um tratado médico de Rhazes de Bagdá... E é só.

— Espere — interveio o mercador. — Que é aquilo ao fundo, apoiado no canto?

Asclépio aproximou o candeeiro e avistou um pequeno recipiente de terracota. Parecia uma ampola ou um frasco de perfume. Ignazio estendeu a mão e pegou o objeto com delicadeza.

— É um encólpio, um vaso para guardar relíquias de santos. Vejamos o que contém.

O mercador retirou a tampa do recipiente e esvaziou-o na palma da mão. Continha um minúsculo rolo de papiro e certa quantidade de sementes e raízes secas. À primeira vista, poderiam enganar olhos inexperientes, passando por uns fragmentos de relíquias e um livrinho de orações.

Ignazio cheirou as plantas e desatou a fita de couro que fechava o rolo. Leu avidamente, enrolou depressa o rolo e recolocou-o no encólpio, junto ao resto do conteúdo.

— Que achou? — quis saber Asclépio. — É a quarta parte do livro? O segredo do anjo Amezarak?

— Sim — respondeu exultante o mercador. — É a receita da *haoma*, uma antiga poção usada pelos magos. Era consumida nos rituais mais importantes, pois se acreditava que pudesse desligar a alma do corpo e alçá-la às esferas celestes.

— A *haoma*? — O velho cofiou a barbicha grisalha. — Eu achava que a receita original fosse persa. Conta-se que Zoroastro proibiu seu uso.

— De fato. E eu achava que fosse impossível obter alguns ingredientes. Mas Vivïen encontrou os principais e colocou-os junto à receita neste encólpio.

— Dizem que os vikings faziam uso de substâncias semelhantes para aumentar sua força. Certas ervas levam o homem a superar todas as limitações físicas e mentais. Mas eu me pergunto se esse procedimento é lícito.

O mercador não respondeu. A curiosidade que brilhava em seus olhos, porém, falava com eloquência de sua disposição de ânimo. Guardou o encólpio no alforje e virou-se para Willalme dizendo:

— Vamos. Não podemos ficar aqui por mais tempo.

O francês concordou. Dirigiu um sorriso de despedida a Asclépio e encaminhou-se para a porta.

Antes de sair, Ignazio abraçou o velho. Surpreso, o bibliotecário grunhiu alguma coisa, mas correspondeu ao gesto.

— Pense bem, Alvarez — recomendou. — Não ceda ao orgulho e ao desejo de saber mais do que é permitido. Quem lhe diz isso é um homem de ciência. Nascemos para ficar com os pés na terra. Animais feitos de carne, eis o que somos! Não criaturas imortais. Certas portas devem permanecer fechadas... E, além disso, fique atento. Li em algum lugar que a *haoma*, se tomada em dose excessiva, pode ser letal.

— Caro amigo, por trás de suas constantes censuras esconde-se um afeto quase paterno. — O espanhol aproximou os lábios do ouvido de Asclépio e murmurou: — Ainda preciso de sua ajuda. Deve me fazer um último favor.

O ancião fitou-o contrariado.

— Esqueça! Não conte comigo!

78

Ignazio e Willalme dirigiram-se para a saída da torre, descendo às pressas uma escada íngreme e angulosa. Ao chegar ao térreo, encontraram uma pequena porta escondida que permitia sair pela parte de trás do prédio.

— Nunca pensei que nesta ruína houvesse passagens secretas — confessou o francês, respirando fundo o ar da noite. Finalmente estava livre do odor insalubre que tivera de suportar dentro da torre.

— É natural que haja. A biblioteca de Asclépio faz parte das antigas defesas de Compostela — disse o mercador, apressando o passo. — E, agora, vamos desaparecer daqui o mais rápido possível.

Caminharam rente às paredes para se confundir com as sombras. Mas, quando ainda estavam perto do edifício, depararam com a imponente figura de um soldado a cavalo. Willalme reconheceu-o na hora: era o gigante boêmio. Dessa vez, não trazia a máscara, mas avançava a trote, com olhar decidido.

Slawnik colheu as rédeas e desmontou. Dirigiu-se, ameaçador, para os dois homens, com a mão direita no punho da espada.

— Entregue-me o livro, Ignazio de Toledo, e não sofrerá nenhum mal — declarou resoluto.

— Lamento, senhor, mas não poderia atender a seu pedido nem se quisesse. — O mercador recuou um passo e virou-se para o companheiro dizendo: — Vamos voltar para a torre! Ainda há tempo. Lá, estaremos seguros.

— Não! — esbravejou Willalme. — Iríamos encontrá-lo novamente de um modo ou de outro em nossos calcanhares! Não quero passar o resto da vida olhando para trás. Esta história deve ter um fim!

— Não sabe o que está dizendo. Siga-me — ordenou Ignazio.

O francês, porém, já não escutava mais nada. Seus olhos só viam agora a realidade alterada pelos vapores da cólera. Desembainhou rapidamente a cimitarra e correu contra o inimigo.

Com suprema habilidade, o boêmio sacou a espada e aparou um golpe direto a seu flanco esquerdo.

As lâminas se cruzaram.

— Já vi como combate, francês — disse Slawnik, enquanto procurava colocar o adversário de joelhos. — Seria melhor que você se rendesse!

O jovem se inclinou sob a pressão do boêmio. A força daqueles braços era inacreditável! Tentou resistir ao choque, com os maxilares cerrados pelo esforço, mas tudo foi inútil: após uma feroz resistência, foi atirado por terra. Levantou-se rapidamente, em posição de defesa, preparando-se para responder ao ataque. Mas o inimigo concedeu-lhe uma trégua inesperada.

O boêmio lançou um olhar compassivo ao adversário e, dirigindo-se para a montaria, tirou uma segunda espada fixada na parte posterior da sela. Brandiu as duas no ar ao mesmo tempo e ficou imóvel, esperando.

Erguendo-se do chão, Willalme respirou fundo e arremeteu corajosamente, enquanto Ignazio observava cada vez mais agitado a continuação do duelo. O francês era ágil, girava sobre si mesmo lançando golpes diretos aos flancos, às costas e aos joelhos; parecia estar executando uma dança guerreira, elegante e mortífera. Slawnik, mais pesado, desferia com as duas espadas golpes de cima para baixo, como um louva-a-deus enlouquecido. Suas estocadas e cuteladas martelavam sem cessar o rival.

Mas, a certa altura, a cimitarra de Willalme encontrou uma brecha na defesa do adversário, ferindo-o no quadril direito. O boêmio limitou-se a grunhir, desdenhoso da dor, e continuou a bater-se aplicando um violento golpe para baixo. O francês aparou-o com destreza, mas ainda assim viu-se novamente de joelhos. Tentou levantar-se, mas as duas lâminas mantiveram-no imobilizado.

Gozando a difícil situação do adversário, Slawnik se preparou para o ataque decisivo. Com a espada da mão esquerda, bloqueou a defesa do francês e, com a da direita, tentou atingi-lo diretamente nas costelas.

Willalme fechou os olhos, resignado a morrer. Sentiu a carícia da espuma do mar e o balanço ritmado de uma quilha; viu-se de novo a bordo de uma nau cruzada, em meio a um grupo de soldados cristãos. Mas logo a lembrança se desvaneceu, deixando-lhe a mente entorpecida. Não conseguiu se dar conta do que acabara de acontecer: Ignazio, que até então permanecera imóvel, travara o braço do boêmio antes que ele golpeasse.

Slawnik se desvencilhou, empurrou Ignazio e lançou-se contra ele.

— Maldito seja você! — rugiu, devorado pela cólera. — É tudo culpa sua! Vou matá-lo e depois queimarei aquele livro infernal, para que ninguém mais mate para obtê-lo! — Ergueu a espada bem alto, preparando-se para baixá-la com toda a força.

Ignazio se protegeu com o cajado, num gesto instintivo de defesa, e cerrou os olhos para não ver a lâmina fender sobre ele; mas, quando já se julgava perdido, ouviu-a chocar-se contra outra. Abriu os olhos, não acreditando que estivesse incólume, enquanto pasmava para o rosto do gigante. Não entendeu o que havia acontecido até que, virando-se, viu a seu lado o conde Dodiko. Esse chegara justamente a tempo de salvá-lo, aparando com sua espada o golpe dirigido contra ele. Ignazio não morrera por um triz.

A situação agora era outra.

Slawnik perdera a vantagem e, além disso, fora atingido no quadril direito por Willalme. A ferida latejava, lançando jatos de sangue sobre a coxa. Sem se abater, o boêmio ergueu as espadas e colocou-se em posição de ataque, voltando-se para o novo inimigo.

— Não vai me impedir! — gritou-lhe enraivecido, mas também perplexo. — Não me deterei diante de ninguém, nem mesmo diante de *você*!

— Como ousa, seu louco amaldiçoado? — Dodiko avançou, apontando-lhe a espada. — Vá embora enquanto é tempo!

— Não, não lhe obedecerei mais! — Slawnik mirou-o com desprezo e cuspiu no chão. — Sua palavra já não tem valor para mim. Quebro o meu juramento.

— Cale-se, idiota! — bradou o conde, lançando-se ao assalto.

Ignazio, que ouvira tudo incrédulo, notou com surpresa que o conde conseguia se impor ao gigante. O boêmio respondia aos ataques com golpes enérgicos, mas a cada movimento sua situação piorava. Dodiko rompia suas defesas, obrigando-o a recuar pouco a pouco, até o momento em que Slawnik perdeu o equilíbrio. Irritado por estar em desvantagem, procurou inverter a sorte atirando-se para a frente, mas era aquilo mesmo que o conde desejava: esperou que se aproximasse e acutilou-o sem hesitar.

Slawnik sentiu a lâmina do adversário perfurar o gibão, penetrar em sua carne e invadir suas vísceras sem encontrar obstáculo — como a agulha de uma costureira trespassando um tecido.

O franco-juiz deixou cair as espadas e estendeu as mãos para o conde. Passou-lhe os dedos pelo rosto, fitando-o com os olhos incrédulos de um menino. Depois, como se de repente lhe ocorresse alguma coisa, virou-se para Ignazio e murmurou com um fio de voz:

— Cuidado com ele, pois o seu...

Dodiko agarrou-o pela garganta e, com a mão direita, girou a lâmina na ferida, arrancando um gemido lancinante do colosso moribundo. Deixou-o tombar por terra e só quando teve certeza de que estava morto arrancou-lhe a espada do ventre, limpando-a nas roupas.

Enquanto isso, Ignazio socorrera Willalme e ajudara-o a se levantar. O francês estava esgotado, mas ileso.

De súbito, virando-se, percebeu a presença de uma quarta pessoa.

— Uberto! — exclamou assombrado.

79

Quando Uberto concluiu o relato de suas desventuras, Ignazio pousou-lhe a mão no ombro.

— Parece que devemos continuar juntos, você e eu.

O rapaz sorriu tranquilizado, mas na mente do mercador novas perguntas se acumulavam. Como os Videntes haviam conseguido achar sua casa? Só uma pessoa sabia onde ela se localizava! A suspeita brotou cristalina, mas Ignazio a repeliu.

Dodiko embainhou a espada e virou-se para os companheiros:

— Diga-me, mestre Ignazio, já encontrou a quarta parte do livro?

— Sim — respondeu o mercador. — Mas não a tenho comigo.

O fidalgo pareceu muitíssimo surpreso.

— E onde a guardou?

— Deixei-a na biblioteca de Asclépio, dentro de meu alforje, juntamente com as outras partes do *Uter Ventorum* que já possuía. Agi assim por razões de segurança. Ignorava o que pudesse me acontecer depois que saísse da torre. E, como pode ver, conde, eu tive razão em ser prudente. — Mostrou o corpo de Slawnik estirado no chão.

— Você é esperto. Mas agora é necessário recuperar seu alforje — ponderou o conde.

— Ao contrário, resolvi deixá-lo lá, entre aquelas paredes. — O mercador apontou com desinteresse o alto da torre. — É o mais correto. Quero tirar da cabeça o *Uter Ventorum*. Se Vivïen preferiu se desfazer dele, é porque tinha bons motivos, não acha?

Uberto examinou assombrado o rosto de Ignazio. Não esperava ouvi-lo falar daquela maneira. Lançou um olhar inquisitivo a Willalme, que se limitou a sacudir os ombros com indiferença.

— Perdeu o juízo? — irritou-se Dodiko. — Não pode agir desse modo!

— Lamento decepcioná-lo. O livro já não é assunto meu — retrucou o mercador, com olhar vago.

O fidalgo emudeceu, conservando embora uma expressão de desapontamento desdenhoso. Fitou Ignazio como para buscar a prova de sua sinceridade; em seguida, girou nos calcanhares e, sem mais, dirigiu-se para a torre.

O mercador seguiu-o com o olhar até que o conde entrou na construção em ruínas. Só então, com um risinho irônico, voltou-se para os companheiros:

— Muito bem, vamos embora.

Antes de obedecer ao mercador, Uberto se aproximou do cadáver de Slawnik. Examinou a ferida que lacerava seu ventre, as mãos enormes que a comprimiam como se tentassem fechá-la. Apesar da morte, o rosto conservava uma expressão severa, com os maxilares contraídos e a fronte crispada.

Por mais que procurasse entender a sucessão de todos aqueles acontecimentos, o jovem não conseguia determinar se o boêmio tinha sido um homem bom ou mau. Inclinou-se para observar melhor aqueles traços duros, perguntando-se por que lhe poupara a vida, desobedecendo às ordens recebidas. Foi então que o rosto de Slawnik teve uma súbita contração, seus olhos se arregalaram, as íris vítreas ofuscadas pela sombra da morte. O rapaz se sobressaltou e quis recuar, aterrorizado, mas o boêmio segurou-o pela gola e puxou-o para si. Respirando com dificuldade, balbuciou alguma coisa; em seguida, cerrou de novo os olhos e morreu.

Uberto se levantou perturbado. Os companheiros haviam assistido à cena e se aproximaram.

— Que aconteceu? — perguntou Ignazio.

— Aquele homem... — começou Uberto, tremendo — acaba de me revelar a identidade de Dominus!

80

Sem ligar para a decisão de Ignazio, o conde Dodiko adentrou a torre de Asclépio. O mercador enlouquecera se pensava que ele renunciaria ao *Uter Ventorum*! Ademais, aquele miserável espanhol não suspeitava de suas verdadeiras intenções...

Subiu a escada até chegar à porta de acesso ao piso da biblioteca. Estranhamente, não a encontrou fechada, apenas encostada. Empurrou o batente, avançou no escuro e atravessou diversos cômodos até deparar com o local onde eram guardados os livros. Percorreu os cubículos desertos, revistando tudo e derrubando qualquer coisa que atrapalhasse sua busca.

De repente, avistou o lume de um candeeiro sobre uma mesa e, aproximando-se, encontrou ali um velho alforje de couro: só podia ser o de Ignazio!

Enfim! Depois de tantos esforços, conseguira apossar-se de três partes do *Uter Ventorum*! Sem perder tempo, o conde abriu o alforje. Vazio! Vasculhou-o novamente, tateando à procura de bolsos ocultos ou costuras duplas. Não encontrou nada e, tomado de ira, jogou-o longe. Fora enganado!

Naquele momento, sentiu um estranho mal-estar, uma espécie de tontura que logo se transformou em vertigem. Quase sem se dar conta, Dodiko deslizou para o chão. Tentou levantar-se, mas não conseguiu manter o equilíbrio. Agarrou-se à mesa; o cheiro da vela, porém, chegou-lhe às narinas e a vertigem aumentou.

Era um cheiro acre, não como o da cera comum derretida. Lembrava antes o aroma de extratos vegetais. Só então o conde percebeu qual era a causa de seu mal-estar. Inclinou-se sobre a mesa, agarrou a vela e apagou-a com mãos trêmulas. Em seguida, agachou-se no chão, esperando que o efeito tóxico passasse.

A espera foi enervante e povoada de alucinações.

Subitamente, ouviu-se na biblioteca um som de passos e uma figura encapuzada saiu das sombras. Atravessou a sala, inclinou-se diante do conde e ergueu-lhe a cabeça segurando-a pelo queixo.

— Finalmente nos revemos, Dodiko. Ou talvez fosse mais apropriado chamá-lo de Dominus?

O conde enrijeceu-se. Quem era aquele homem? Como o conhecia? Tentou recuar, mas descobriu que já não controlava o próprio corpo. Os membros tinham se tornado leves e insensíveis. Somente o rosto, a língua e a polpa dos dedos haviam conservado o sentido do tato, mas percebiam a realidade de modo distorcido. Não bastasse isso, seu estômago se contorcia de náuseas.

— Não tente fazer nenhum movimento, seria cansar-se à toa — recomendou a sombra. — Está tendo os mesmos sintomas do envenenamento por beladona, mas não tema, a substância que inalou não é letal. Eu não queria matá-lo, apenas atordoá-lo.

Dominus se esforçou para reconhecer a figura que falava. Passeou as pupilas dilatadas pela sala, tentando combater a vertigem, e fixou-as no rosto do homem.

— Scipio Lazarus — murmurou com um sorriso apalermado.

— Reconheceu-me, apesar do efeito da droga. Admirável! Afinal de contas, você é o grande Dominus, o martelo da Saint-Vehme, não? Vejo, porém, que Ignazio de Toledo o enganou facilmente, subtraindo-lhe as partes do livro com um joguinho pueril de prestidigitação. — O encapuzado pegou do chão o alforje vazio. — Ser feito de tolo por um espanhol! Você realmente me decepcionou.

— Como conseguiu... saber quem sou? — balbuciou Dominus. — Procurei me ocultar bem...

— Mas não o bastante. Trago-o de olho há muito tempo, antes mesmo de nos encontrarmos em Toulouse. — Scipio Lazarus não conseguiu disfarçar um sorriso sarcástico. — Mas diga-me... Seu modo de agir me deixou curioso... Por que não matou Ignazio de Toledo? Teve inúmeras oportunidades de fazer isso.

— Porque Ignazio de Toledo só tem três partes do livro — sussurrou Dominus. — Falta-lhe a que está escondida em Toulouse... E só ele sabe onde encontrá-la.

— Você quis se servir do mercador — comentou o encapuzado. — Não conseguiria decifrar o enigma sozinho.

— Por que veio me atormentar? O que quer de mim? — perguntou o franco-conde, perscrutando insistentemente o rosto de Scipio Lazarus, que lhe despertava lembranças antigas, sepultadas na memória... Onde já o teria visto?

— Ainda não entendeu? Vim substituí-lo. — O desfigurado sacou um punhal cruciforme de sob a túnica e encostou-o à garganta do interlocutor. — "*Mors tua, vita mea*".

— Espere! — gritou Dominus, que aos poucos ia retomando o controle do corpo. O torpor começava a desvanecer-se. Mais um instante e poderia se safar facilmente daquela situação. — Agora me lembro! Agora o reconheço! Podemos nos entender! Você é...

As palavras de Dominus terminaram num gorgolejo repugnante, provocado pela lâmina do encapuzado. O franco-conde estremeceu num acesso espasmódico e em seguida expirou, deixando pender a cabeça para um lado. Quando se certificou de que estava morto, Scipio Lazarus revistou-o e retirou de sob o seu manto um objeto de cerâmica: a Máscara Vermelha. Contemplou-a longamente e guardou-a, melancólico, num bolso interno de sua capa.

— O inferno o espera, conde Dodiko.

Tudo corria de acordo com seus planos.

Agora, devia interceptar Ignazio de Toledo e recuperar o *Uter Ventorum*.

— Eu suspeitava de que o conde Dodiko fosse Dominus, mas só tive certeza quando seu servo nos atacou esta noite — admitiu Ignazio, logo que chegaram diante da cocheira de uma estalagem. — Mentiu para nós desde o começo, aquela serpente. Mas, se Vivïen não foi sincero comigo, poderia eu confiar num improvável desertor da Saint-Vehme?

— No entanto — deduziu Willalme —, o guerreiro que o conde matou há pouco traiu a causa dos Videntes.

— Por isso Dodiko agarrou-o pela garganta antes que morresse — acrescentou Uberto. — Impediu-o de nos alertar e de nos revelar sua identidade.

— É o que deve ter acontecido — confirmou Ignazio. — Talvez aquele boêmio, acabando comigo, tencionasse pôr fim às ambições de Dominus e à sua busca do livro. Mas é evidente que Dominus não tinha a mesma opinião.

Uberto concordou, pensando em quantas vezes estivera na companhia do conde Dodiko sem nunca suspeitar dele. Com um calafrio, olhou então em volta para descobrir em que parte da cidade eles estavam agora. Naquele bairro, recuperariam os cavalos e a carroça ali guardados. A intenção era deixar Santiago o mais depressa possível.

Os três companheiros entraram na cocheira, invadida pelo cheiro de palha e de esterco, e de repente depararam com um homem de rosto coberto. Sem demonstrar nenhuma surpresa, Ignazio foi ao seu encontro e pousou-lhe a mão no ombro.

— Velho Asclépio, conseguiu então nos achar — disse, em tom divertido.

— Achar vocês uma ova! — A carranca do velho apareceu sob o capuz. — Faz tempo que o espero! Não tem ideia de quantos delinquentes vagam de noite por esses becos! Queria acaso acabar comigo?

— Como chegou aqui antes de nós? — Willalme examinou o ancião da mesma forma que examinaria um fantasma. — Como saiu da torre sem que ninguém o visse?

— Eu lhe contei que aquela torre esconde muitas passagens secretas — lembrou o mercador.

— Meteu-se numa bela enrascada, Alvarez — murmurou Asclépio, entregando a Ignazio um embrulho. — Tome, aí está o conteúdo de seu alforje, conforme me pediu.

— Sua ajuda foi preciosa, meu velho. — O mercador pegou o embrulho. — Mas agora você também precisa fugir. Sinto muito... Não está mais seguro entre as paredes de sua torre. Vamos para...

— Espere, Alvarez, antes de tomarmos decisões apressadas, tenho uma notícia importante para lhe dar — interrompeu o velho.

— De que se trata?

— De uma mensagem. Foi confiada a mim por Viviën há dois dias, quando veio me visitar. Pediu-me que a entregasse no momento em que você decidisse sair de Compostela. — Assim dizendo, Asclépio tirou um bilhete do bolso do hábito e passou-o ao interlocutor.

Ele leu a breve mensagem:

Caro amigo:

Suponho que esteja de posse dos anjos Temel, Kobabel e Amezarak. Espero-o à meia-noite antes do 17º de Pentecostes na basílica de Veneza. Estarei na companhia de Armaros, o primeiro dos quatro, para que possamos nos reunir finalmente.

Viviën

— À meia-noite do 17º domingo de Pentecostes — murmurou Ignazio. — Cai no dia 29 de setembro, por ocasião da festa de São Miguel Arcanjo... Faltam menos de dois meses.

— Que pretende fazer? — perguntou o velho.

— Comparecerei ao encontro, é claro. Embarcarei para a Itália com Uberto e Willalme, pois esse é o meio mais rápido e seguro de chegarmos ao nosso destino — explicou o mercador. — Já você, Asclépio, pegará minha carroça e irá para leste, na direção de Mansilla de las Mulas, e em seguida subirá para o norte. Depois da igreja de São Miguel de Escalada, encontrará um pequeno vale. Lá, numa vivenda rústica, mora Sibilla, minha esposa. Deixe-a a par da situação. Diga-lhe que Uberto está a salvo e tome conta dela. Não se esqueça de lembrar-lhe que voltarei... quando for possível.

Parte VI

O CÂNTICO DE ARMAROS

Os magos são aqueles indivíduos comumente chamados de "bruxos" por causa da perversidade de seus atos. Com efeito, eles transtornam os elementos, perturbam as mentes e tiram a vida apenas com a força dos sortilégios, sem recorrer a nenhum veneno.

Isidoro de Sevilha, *Etymologiarum Libri, VIII, 9*

81

O barco de vela quadrada deslizava velozmente, fendendo as ondas em direção ao estreito de Gibraltar. Ignazio, postado a estibordo, contemplava a linha flutuante do horizonte.

— Pode me dizer o que há depois destas águas? — perguntou uma voz jovem às suas costas.

— Não. — O mercador se voltou para Uberto. — Acho que ninguém sabe o que se esconde além do horizonte.

O rapaz sorriu brandamente. Pela primeira vez, Ignazio não sabia responder a uma de suas perguntas. Olhou a estibordo, fascinado pelo movimento das ondas.

— Para onde vamos?

— Acabamos de passar por Lisboa. A nau continuará navegando junto à costa até Gibraltar, fará escala em Marselha e atracará em Gênova. De lá, seguiremos por terra até Veneza. — Ignazio perscrutou o rosto do jovem. — Deixe-me ver esse ferimento. Ainda o incomoda?

— Não — respondeu Uberto. — Arranjei-o em Compostela. Caí ao tentar fugir... É apenas um arranhão.

— Parece que está quase curado. Mas deixará uma cicatriz... — disse o mercador, afastando uma mecha de cabelos da fronte do rapaz. As palavras seguintes perderam-se em meio aos gritos estridentes das gaivotas.

Após vários dias de marcha, Asclépio de Malabata chegou a seu destino. Freou os cavalos e espreguiçou-se, enquanto contemplava a casa rústica no meio da campina. Aborrecia-o ficar longe de sua biblioteca e, mais de uma vez, no caminho, teria preferido dar meia-volta e regressar à torre em ruínas. Mas naquele momento, diante de tanta quietude, sentiu-se animado a prosseguir.

Na frente da casa, olhou em volta, o rosto banhado pela luz dourada da manhã. Viu uma velha cigana que se ocupava de estender a roupa lavada ao sol.

— Por favor, esta é a casa de dona Sibilla? — perguntou educadamente.

— Depende — retrucou a serva, desconfiada. — Quem deseja vê-la?

— Sou um amigo de Ignazio de Toledo.

A essas palavras, a mulher endireitou-se e examinou friamente o estranho. Depois, fazendo-lhe um sinal para que esperasse, entrou na casa, chamando a patroa em altos brados. Em seguida, apareceu ao lado de uma bonita senhora. Não obstante a graça digna de uma dama de elevada estirpe, parecia entristecida por um luto ou uma perda recente.

Sibilla examinou o forasteiro e, voltando-se para a serva, disse:

— Nina, perguntou o nome deste homem?

— Sou Asclépio de Malabata, médico — apressou-se a dizer o velho, sem esperar que a cigana respondesse. — Trago notícias de seu marido, Ignazio Alvarez.

Ao dizer isso, o homem fez menção de se prostrar, mas a dama interveio:

— Não, não, levante-se, Asclépio de Malabata. Perdoe-me o embaraço, mas é que não estou acostumada a receber mensageiros enviados por meu marido. Ele prefere se esconder do mundo inteiro.

— Isso é verdade, minha senhora. Mas eu lhe trago esperança — respondeu o berbere, mirando o rosto incrédulo de Sibilla.

82

O calor de fins de agosto persistia após o crepúsculo. Uma névoa sufocante pairava sobre as ruas de Toulouse, pousando sobre os rostos impassíveis dos doze apóstolos esculpidos no pórtico de Saint-Sernin.

Vivïen de Narbonne parou diante da imponente catedral para observar a agulha da torre octogonal e a rosácea da fachada, voltada para oeste.

A cruz era o símbolo do sol e do *Camino* para Compostela. Por isso, Vivïen escolhera as duas torres gêmeas — São Saturnino de Toulouse e São Tiago de Santiago — para esconder a parte inicial e a final do *Uter Ventorum*.

Esperou pacientemente que a missa vespertina terminasse e entrou na igreja. Percorreu a nave central de mãos postas e cabeça inclinada. Ajoelhou-se diante do altar e, com o rosto banhado em lágrimas, murmurou um *Pater Noster* agradecendo a Deus por livrá-lo da perseguição dos Videntes. O emissário mais cruel da Saint-Vehme estava morto! Vivïen lembrou-se, estremecendo, do dia em que fora acuado por aquele homem terrível perto de San Michele della Chiusa e do incidente no alto dos montes Pirichiano... O Máscara Vermelha não mais o ameaçaria! Estava livre para encontrar Ignazio de Toledo sem que ninguém pudesse impedi-lo.

E tudo graças a Scipio Lazarus...

Deixando de lado aquelas lembranças, repetiu mentalmente as primeiras linhas do enigma dos quatro anjos que ele mesmo idealizara. Armaros dorme sob os olhos de Saint-Sernin. Saturnino esconde as palavras no altar-mor em Toulouse.

Sabia exatamente onde procurar. Fingindo que rezava, tirou uma pequena faca da manga da túnica e, mantendo a lâmina entre o dedo médio e o indicador, começou a deslizá-la em volta de um azulejo ao pé do altar. A argamassa cedeu facilmente, desfazendo-se em pó.

Ainda ajoelhado em posição de prece, deslocou com cuidado o azulejo, descobrindo uma pequena cavidade no pavimento, e, após se certificar de que ninguém espiava seus movimentos, enfiou a mão no buraco e tirou dali um rolo de pergaminho. A seguir, repôs o azulejo em seu lugar, fez o sinal da cruz e levantou-se rendendo graças ao Senhor.

Encaminhando-se para a saída e olhando sempre na direção das colunas das naves laterais, constatou que à sua sombra ninguém o espionava. Saiu da catedral, passou por uma ronda de soldados e, tirando o pergaminho do bolso, pôs-se a lê-lo. Sorriu. A primeira parte do *Uter Ventorum* voltava finalmente às suas mãos. Agora, só lhe restava ir a Veneza e preparar-se para o encontro com Ignazio de Toledo.

83

O silêncio envolvia a basílica de São Marcos. Nas muralhas do antigo castelo dos doges, as chamas das tochas dançavam ao vento. Um ar carregado de maresia pesava sobre a praça.

Ignazio estacou diante da basílica. Ali tudo começara e ali tudo acabaria. *Um desfecho lógico* — pensou. Vivïen sempre gostara da ordem simétrica de certos acontecimentos cruciais.

— Vocês esperam aqui fora — disse aos companheiros.

Uberto deu um passo à frente contrariado.

O mercador pousou-lhe a mão no ombro.

— Não discuta, apenas obedeça. Em caso de perigo, fujam logo.

Ao ouvir essas palavras, o jovem se conformou.

Ignazio desejaria falar-lhe de muitas coisas, mas controlou seus sentimentos e, virando-se para Willalme, disse:

— Se algo der errado, cuide dele.

O francês assentiu, envolvendo-se na capa verde. Fazia frio.

Não havia mais tempo para refletir. Esmagado por um turbilhão de emoções, o mercador se dirigiu para a porta da basílica. Os batentes estavam semicerrados, bastou empurrá-los para entrar. Atravessou a nave principal, completamente deserta. Era provável que Vivïen o esperasse na cripta, por isso se encaminhou para a abside e desceu ao piso inferior. Prosseguiu no escuro, encostado às paredes.

Já na nave central da cripta, avistou uma silhueta negra, encapuzada, de pé na frente do altar. As chamas das velas mal a iluminavam. Parecia estar oficiando uma missa silenciosa para um público invisível.

Ignazio se aproximou incrédulo.

— Vivïen, é você mesmo?

O homem se virou.

— Ignazio, finalmente...

O mercador reconheceu logo aquela voz, mas conteve-se. Sentimentos bem diferentes rondavam-lhe o peito. Apontou o indicador para a figura, com o olhar severo.

— Eu também estava impaciente por revê-lo. Impaciente e, sobretudo, decidido a exigir explicações! Por que, durante todos esses anos, você me escondeu o segredo do *Uter Ventorum*? A Saint-Vehme me perseguiu por sua causa, embora eu nada soubesse sobre o maldito livro! Tem consciência do mal que me causou?

— É assim que saúda um velho amigo? — O encapuzado ergueu os ombros e descobriu o rosto com um gesto lento. — Fique tranquilo, vou lhe explicar tudo.

Ignazio examinou o antigo companheiro de aventuras e levou um susto: Vivïen já não tinha os traços de antes, mas uma carranca desfigurada. Cicatrizes profundas cortavam-lhe a face, juntamente com um nariz disforme e um lábio leporino.

O mercador olhava-o assombrado.

— Vivïen, eu mal o reconheço... Que aconteceu com seu rosto?

Ao ficarem sós, Uberto e Willalme procuraram uma abertura por onde pudessem observar o interior da basílica. Após inspecionar o perímetro do edifício, o francês parou diante de um óculo da cripta. Olhou para dentro e convidou o companheiro a fazer o mesmo.

Na sombra, dois homens conversavam.

Uberto, depois de espiar, arregalou os olhos.

— Já vi aquele homem — sussurrou. — Encontrei-o na Espanha, em Sahagún. Ele falou comigo!

Uberto rememorou aquela breve conversa. "Pergunte ao seu mestre. Pergunte-lhe *quem* ele é realmente", dissera-lhe o estranho. Mas se o desfigurado era Viviën de Narbonne, por que, em Sahagún, não revelara sua identidade? Por que não procurara o mercador em vez de espalhar suspeitas em seu caminho?

— Talvez Ignazio esteja em perigo — confidenciou ao companheiro.

— Meu rosto? — O monge correu os dedos pelas cicatrizes. — Se sobrevivi até hoje, devo-o a esta máscara horrenda.

Ignazio não fez comentários. As palavras de Viviën eram estranhas, soavam estridentes, com um toque de loucura.

— Quer saber como aconteceu? — continuou o desfigurado. — Foi mais ou menos três anos após a aventura que tivemos em Colônia. Você já estava no Oriente, enquanto eu me escondia nos Alpes, em San Michele della Chiusa, na ilusão de escapar à Saint-Vehme. Mas Dominus me descobriu! Mal tive tempo para saltar sobre o cavalo e sair do mosteiro. Ele, porém, me seguiu... Queria o livro, o maldito. — Soluçou. Enxugou o rosto com a manga da batina e emitiu um risinho histérico. — Então, rolei... Ah, foi terrível! Despenquei pela encosta até o fundo do vale. Lembro-me de cada vez que bati contra uma rocha. A dor foi excruciante. Na manhã seguinte, um pastor me encontrou. Estava inconsciente, mas ainda vivo. Ele cuidou de mim e conseguiu salvar-me, embora meu corpo não tenha se recuperado totalmente... Mas pelo menos pude encenar minha morte. Segundo os monges de San Michele, faleci na quarta-feira de Cinzas de 1205. Fiz com que as pessoas acreditassem nisso e daí por diante fiquei livre de todos, até de Dominus... Viu meu túmulo? — Viviën sorriu zombeteiramente. — Ah, é claro que viu! Do contrário, não estaria aqui!

— E depois? Mesmo irreconhecível aos olhos dos Videntes, você não poderia decerto usar seu nome.

— Transformei-me em outra pessoa, em um homem novo. Fugi para Roma, conheci o frei Domingos de Gusmão e aderi a seu movimento religioso, tornando-me um dominicano. Estabeleci-me no *studium* de Bolonha e mais tarde fui transferido para Toulouse, para o convento de Saint-Romain. Ninguém sabia meu nome verdadeiro, era conhecido como Scipio Lazarus.

— E então decidiu me procurar... — deduziu Ignazio.

— Correto. — Vivïen torceu o lábio leporino. — Você se encontrava ainda no Oriente, mas durante minha permanência em Bolonha descobri um lugar onde você estivera de passagem, o mosteiro de Santa Maria del Mare. Fiquei sabendo que, lá, escondera um segredo precioso e, cedo ou tarde, regressaria. — Riu. — Você jamais deixaria para trás *seu tesouro*. Nós dois sabemos do que se trata, não? Mas não divaguemos... Conquistei a confiança de um monge ambicioso, Rainerio de Fidenza, perfeito para o meu plano. Consegui que o nomeassem abade de Santa Maria del Mare, em troca de informações a seu respeito.

O mercador ergueu a cabeça, intrigado.

Vivïen desafiou-o com um risinho maldoso e prosseguiu:

— O velho Maynulfo de Silvacandida, seu amigo e confidente, atrapalhava meus planos. Não morreu congelado, como lhe contaram. Eu próprio o matei porque aquele velhaco do Rainerio não era capaz disso. Em seguida, apoiei a nomeação dele para o cargo de abade. Foi fácil elegê-lo porque a ordem dominicana, a que eu pertencia, estava nas boas graças do papa e de muitos nobres. Bastou-me enviar algumas cartas de súplica às pessoas certas. E em troca do favor, Rainerio manteve você de olho durante todo esse tempo, passando-me todas as informações que colhia a seu respeito.

— Assassino! — rugiu Ignazio, mal conseguindo refrear a cólera. — E dez anos depois você iludiu o conde Scalò com a promessa do livro... Fez isso para me atrair a Veneza, para me envolver numa trama ignóbil! Foi o que aconteceu, não?

— Ora, Ignazio... A situação é bem mais complicada do que imagina.

— Traidor! — exclamou Ignazio. — Usou-me como uma marionete! Manteve-me na ignorância do *Uter Ventorum*, pôs em perigo minha vida e a de minha família!

— Foi preciso. Você era a isca perfeita! Graças a você, poderia enfim me livrar de Dominus!

— Como?

— Depois de encenar minha morte, indaguei sobre Dominus e consegui descobrir sua identidade. Era o conde Dodiko, um fidalgo saxão que chegou ao Languedoque com os cruzados. Mas, para tirá-lo do caminho, eu precisava desmascará-lo. Servi-me do *Uter Ventorum* para convencer Scalò a chamar você do Oriente. Enquanto isso, usando o nome de Scipio Lazarus, eu escrevi a Dodiko dizendo que logo você chegaria a Veneza para recuperar o livro. Dominus não perdeu tempo e encheu as ruas da cidade de espiões. Era o que seria de esperar: acreditando que eu estava morto, a única pessoa ligada ao *Uter Ventorum* que restava era você. No começo, pôs em seu encalço um vassalo boêmio, Slawnik, depois procurou-o pessoalmente na Espanha, fazendo-se passar por amigo. Eu, durante todo esse tempo, vigiava os dois, que estavam empenhados demais na busca do livro para prestar atenção em mim. Assim, Dodiko caiu na minha armadilha. Pobre idiota! Encontrei-o em Toulouse, e ele não me reconheceu. Para ganhar sua confiança, revelei-lhe até a localização da casa de meu amigo Ignazio... Aguardei então o momento certo e acabei com ele.

O mercador fulminou-o com o olhar. Então fora assim que os Videntes haviam conseguido encontrar sua casa e raptar Uberto! Suas suspeitas se confirmavam: o informante de Dominus era Vivïen!

— Maldito! — gritou Ignazio. — Você é o responsável por minha desgraça. Não sabe o que sofri durante todos esses anos para fugir de Dominus e da Saint-Vehme! Agora entendo! Organizou uma caçada insana ao tesouro para se livrar de Dominus, sem pensar no mal que me causava! — E, dizendo essas palavras, esbofeteou o rosto do desfigurado, atirando-o contra o altar da cripta.

Viviën cambaleou e caiu por terra. O mercador, tomado de ira, saltou sobre ele e agarrou-o pelo pescoço. Apertou-o com força, observando o rosto disforme contrair-se pela falta de ar.

— Minha vida... minha família aos pedaços por sua culpa!

— Espere... — balbuciou o desfigurado. — Trouxe a primeira parte do livro... O anjo Armaros...

— Pobre insensato. — Ignazio afrouxou a pressão para não matá-lo. — A queda por aquela encosta não o deixou apenas estropiado, mas também louco. O *Uter Ventorum* não existe... Nunca existiu. Só agora percebo isso!

— Está enganado — replicou Viviën, tossindo. — Eu lhe disse que a situação era mais complicada do que você podia imaginar... — Respirou com dificuldade. — O livro existe. Existe! De outro modo, por qual razão Dominus nos perseguiria por todos esses anos?

— Mas então por que você não o utilizou? — perguntou o mercador, como se agora a resposta já não tivesse importância.

Viviën pôs-se de pé.

— Porque não sou capaz disso, maldição! Eis o motivo pelo qual o atraí até aqui: preciso de sua ajuda. As quatro partes do *Uter Ventorum*, para que funcionem, devem ser combinadas numa ordem precisa. Estudei-as durante anos, mas seu significado continua a fugir-me. Você é a única pessoa à altura de decifrar o segredo do livro.

— Está fora de si, Viviën — ironizou Ignazio, fitando o outro com um sorriso amargo. — Espera que eu o ajude? Traiu a minha amizade, tornou-se um calculista perverso. Antes, não era assim...

— Quinze anos vividos no terror podem mudar uma pessoa. O medo me transformou no homem que agora vê — respondeu o desfigurado, pegando um candelabro aceso e caminhando para a saída da cripta.

— Mentira! Também eu vivi no mesmo terror e não traí meus amigos. A verdade é que você nunca teve escrúpulos, foi sempre hábil em esconder sua verdadeira natureza — desabafou o mercador, seguindo-o instintivamente pelas naves subterrâneas. — Calcula quantas vidas tirou para salvar a sua?

— Em suma, não quer me ajudar? — perguntou Viv̈ien, impaciente. Parecia estar lançando um ultimato.

— Não — reafirmou Ignazio, entrando pela passagem que levava ao piso superior da basílica.

— Pense bem, pode se arrepender — sibilou Viv̈ien quando já tinham chegado ao centro da nave principal.

Ignazio deteve-se, olhando em volta. De repente, as arcadas de São Marcos pareciam vibrar. Pressentiu ter caído numa armadilha.

— Veja, caro amigo. — A voz aguda de Viv̈ien rompeu o silêncio. — Não me limitei a matar o conde Dodiko. Também tomei o seu lugar... Neste momento, você não está mais falando com Viv̈ien de Narbonne nem com Scipio Lazarus... e, sim, com Dominus em pessoa!

O mercador olhou-o perplexo. Viv̈ien havia colocado a Máscara Vermelha!

Aterrado com aquela visão, Ignazio deu um passo para trás.

Um vozerio confuso começava a descer das galerias superiores das naves laterais. O mercador olhou para cima, no escuro, e viu acender-se uma tocha, depois outra e mais outra até que todo o interior da basílica ficou claro como o dia.

Os mosaicos dourados do teto, iluminados pelas chamas, refulgiram em toda a sua magnificência. Pouco depois, embaixo, sentadas nas tribunas, viram-se dezenas de figuras mascaradas. O mercador girou sobre si mesmo, passeando o olhar pelas arcadas e fixando uma a uma aquelas silhuetas assustadoras. Eram homens e mulheres de todas as idades. Cada qual, além da máscara, vestia um longo manto negro.

Viv̈ien ergueu os braços.

A massa se agitou, vociferando em uníssono: "*Ave Dominus!*".

Ignazio, esmagado por aquele fragor, caiu de joelhos enquanto a multidão trajada de negro descia das tribunas e se aproximava, acuando-o cada vez mais. Por uma fração de segundo, entreviu a figura de Viviën, seu antigo companheiro de viagem, com a abominável máscara vermelha no rosto. Suas palavras lhe fenderam a mente como um golpe de navalha:

— Agora, vai me ajudar, quer queira, quer não! Dominus o ordena!

O mercador foi posto a ferros e arrastado dali.

O gordo Henricus Teotonicus foi um dos últimos a descer das tribunas da basílica. Abriu caminho por entre a turba, sufocado pela obesidade, na direção do homem da máscara vermelha. Queria falar-lhe com urgência. Aproximou-se espiando pelos orifícios de sua máscara dourada, tentando encontrar as palavras certas. Quando chegou perto, disse:

— Meu senhor, que fim terá o prisioneiro?

O Máscara Vermelha respondeu irritado:

— Não é problema seu. Só eu sei que perguntas lhe devem ser feitas. — Fitou-o com atenção. — Procure ser fiel a mim, como tem sido até agora. E esteja certo de que cumprirei o acordo.

Henricus Teotonicus deu um passo à frente, inclinando humildemente a cabeça. Insistia em mostrar deferência.

— Leve com você ao menos uma comissão de franco-juízes, para que assistam ao interrogatório como testemunhas. Do contrário, poderia haver descontentamento...

O Máscara Vermelha replicou nervoso:

— Por acaso, está se referindo a alguma conspiração?

— Meu senhor, por caridade, não assuma uma postura hostil — apressou-se a responder Henricus Teotonicus. — Estou apenas exprimindo o desejo de seus seguidores.

Na verdade, Henricus gostaria de ter usado outras palavras com aquele mongezinho presunçoso, que só estava ali naquele momento ostentando a Máscara Vermelha graças a ele.

— Como já deixei bem claro — disse em tom grave o desfigurado —, o livro é responsabilidade *minha*. Vou me ocupar dele sozinho, num local isolado. Não aceitarei outras condições. Se algo me acontecer, ninguém mais conseguirá invocar as entidades angélicas, esteja certo disso. Mas manterei a promessa, pode ficar tranquilo. Ambos lucraremos com este negócio. Quanto a você, controle a ansiedade de seus companheiros.

Henricus Teotonicus concordou, mas fazendo sob a máscara uma careta de desgosto. Não tinha escolha exceto obedecer, no momento.

Vivïen reconhecia dever muito àquele homem.

Henricus era influente e respeitado. Antes mesmo de matar Dodiko, combinara com ele assumir o posto do Máscara Vermelha. Fora fácil convencê-lo, invocando sua ambição reprimida e seu ódio ao conde. Agora, porém, lá estava ele com outras pretensões, insinuando ameaças veladas de cortesia.

Vivïen repassou mentalmente seus projetos. A Saint-Vehme em Veneza era fraca e carecia de uma liderança carismática. Ele conseguira conquistar sua confiança graças à promessa do poder extraído do livro. Entretanto, seria fácil perdê-la, caso não obtivesse resultados concretos.

Imerso nessas reflexões, aproximou-se de três franco-juízes que o esperavam em um canto.

— Levem o prisioneiro e mantenham-no longe dos outros. E agora, vamos.

84

Já era mais de meia-noite e a praça de São Marcos estava mergulhada em uma névoa densa. Subitamente, as portas da basílica se abriram de par em par. Uberto e Willalme mal tiveram tempo para se esconder ao lado do prédio sem ser vistos.

De dentro, saiu uma multidão de homens vestidos de negro, todos mascarados. Desfilaram em silêncio ao longo da fachada da basílica e começaram a se dispersar na noite, dirigindo-se uns para os becos escuros, outros para as gôndolas atracadas nas margens dos canais.

— Quem é essa gente? E onde estará Ignazio? — perguntou Uberto, inquieto.

— Lá — respondeu Willalme, indicando um grupo de pessoas que se encaminhavam para o cais. Encabeçava-os um indivíduo de máscara vermelha, seguido por três guardas com um prisioneiro acorrentado.

Uberto fez menção de sair do esconderijo.

— Temos de encontrar um meio de ajudá-lo!

— Não agora — atalhou o francês, segurando-o por um braço. — Ao mínimo sinal de alarme, os que já se dispersaram poderão voltar e atacar-nos. Tenhamos paciência. Olhe, o grupo de Ignazio está se afastando dos outros. É melhor esperar.

Os homens que conduziam o mercador chegaram ao cais. Tomando o máximo cuidado para não se mostrar, Uberto e Willalme puseram-se em seu encalço. Ignazio foi posto a bordo de uma pequena embarcação, na qual se instalaram um por um os quatro esbirros. Soltas as amarras, distanciaram-se em meio à névoa da laguna.

Nesse instante, Willalme precipitou-se para o cais, correu até um barco preso a uma estaca podre e soltou-o.

— Não devemos perdê-lo de vista — disse, passando um remo ao companheiro.

A névoa a tudo envolvia em seu manto cinzento. O bater dos remos quebrava o silêncio da laguna, acentuando-lhe a atmosfera de desolação.

Uberto e Willalme navegaram a noite inteira no encalço da embarcação onde se encontravam Ignazio e seus sequestradores. A visibilidade era escassa, e com muito custo eles não a perderam de vista. Por sorte, a tocha que ela levava na popa era um ponto de referência seguro, embora quase indistinto. Uberto não tirava os olhos dela, rezando para que não desaparecesse na neblina.

De súbito, a luz parou na margem de uma língua de terra, perto da silhueta sombria de uma torre.

Quando a aurora já começava a varrer as trevas, Willalme encostou a barca numa ilhota de caniços contígua. Dali, os dois companheiros viram os esbirros desembarcar e levar Ignazio para dentro do prédio. Aquela torre devia ser um farol abandonado, do tipo que se usava para orientar os navegantes em meio à névoa.

Após se certificar de que ninguém os observava, Willalme e Uberto remaram até lá. Esconderam a barca em uma moita e, cautelosos como gatos, foram se aproximando da torre.

85

Ignazio abriu os olhos. Jazia num quarto úmido. O pavimento, de tijolos, era frio. As paredes descascadas estavam cobertas de mofo. A única fonte de luz provinha de uma janela em arco aberta para leste, grande o suficiente para que nela um homem pudesse debruçar-se. Ao fundo, porém, havia uma porta de madeira. O mercador tentou levantar-se para ir até lá, mas deu-se conta de que tinha os pulsos acorrentados à parede.

Vivïen estava em pé à sua frente. Trocara a batina por um longo manto negro, mas conservava o rosto oculto pela Máscara Vermelha.

O mercador olhou-o com repulsa.

— Eu podia esperar tudo de você, mas não que se tornasse um deles.

— Foi uma escolha necessária, para sobreviver — confessou Vivïen. — Não havia esconderijo onde não me encontrassem. Mesmo vivendo com nome falso, era inevitável que cedo ou tarde me reconhecessem. A única maneira de não precisar mais fugir era juntar-me a eles. Assim, recorrendo à astúcia, misturei-me aos Videntes...

O prisioneiro desviou os olhos para o meio do quarto, onde se via um caldeirão cheio de brasas apoiado num tripé. Apontou-o:

— É com aquilo que pretendem obter a minha colaboração? Querem torturar-me?

— Só se for preciso.

— Não falarei nem mesmo se for torturado. — Ignazio apoiou-se na parede. As correntes emitiram um estalido metálico. — De qualquer modo, depois de saber, você me mataria.

— Mas você evitaria o sofrimento. — Viviën achegou-se a uma mesa que estava diante do mercador e apanhou um caderno de pergaminho.

— Tomei a liberdade de examinar suas anotações — prosseguiu, folheando o manuscrito. — Vejo que transcreveu diligentemente todas as partes do *Uter Ventorum*... Todas, menos a do anjo Armaros. — Recolocou o manuscrito na mesa e mostrou a Ignazio um pequeno rolo. — Armaros desvendou aos homens a arte dos encantamentos. Pois bem, este rolo de pergaminho contém sete deles: foram colhidos dos antigos cerimoniais dos sabeus e servem para evocar as sete entidades que presidem aos planetas. Como deve saber, são os sete anjos que residem nas esferas celestes. É possível, entretanto, evocar um só. Como farei para escolher a invocação certa, sem correr o risco de cometer um erro terrível? Eu imagino que você não ignora que nesse gênero de coisas os enganos custam muito caro...

Os lábios de Ignazio esboçaram um meio sorriso.

— Você é patético.

Viviën, porém, abriu os braços num gesto paternal.

— Ora, vamos, amigo, ajude-me a descobrir.

— E por qual razão? Para vê-lo se tornar o novo grão-mestre da Saint-Vehme? Foi isso que prometeu em troca aos homens reunidos em São Marcos na noite passada? Vai satisfazer a sede de poder daquela gente por meio do livro?

— Por que não?

— Pobre louco! Depois de usá-lo, os franco-juízes acabarão com você sem pensar duas vezes.

Viviën não retrucou. Tinha de dar razão a Ignazio. Reunira um grande número de seguidores, era verdade, mas não confiava em nenhum deles. A maior parte daqueles homens se mostrara fiel ao conde Dodiko. Além disso, Henricus Teotonicus tramava alguma coisa, isso era certo.

Fora por medo de represálias que decidira afastar-se com o mercador e segregá-lo naquela torre, longe de todos. Trouxera consigo apenas alguns homens de confiança: três soldados rasos, ignorantes do poder do livro. Por enquanto, sua autoridade era duvidosa, instável; mas, depois de solucionar o mistério do *Uter Ventorum*, poderia reduzir com facilidade à obediência os franco-condes instalados em Veneza. Tudo dependia da colaboração de Ignazio.

— Peço-lhe pela última vez — declarou Viviën, não mais contendo a impaciência. — Ajude-me de livre e espontânea vontade ou terá de fazer isso sofrendo.

— Prefiro a morte — teimou o mercador.

— Pois que seja! — rugiu Viviën, batendo palmas.

A porta se abriu e entrou um homem com o rosto coberto por um lenço negro. Sem perder tempo, tirou um ferro incandescente do braseiro e se aproximou da vítima.

— Não pare até ele resolver colaborar — ordenou o Máscara Vermelha.

A entrada da torre era um portal coroado por um arco de tijolos com a cor esmaecida pelo tempo. Não havia batentes nem grades para impedir a passagem, apenas um homem de guarda.

Willalme e Uberto estavam bem perto, ocultos entre os caniços.

— Vou à frente — sussurrou o francês.

O jovem concordou.

Esgueirando-se para fora do esconderijo, Willalme avançou na direção do prédio, silencioso como um felino de grande porte. A poucos passos dele, o guarda ia e vinha entediado. O francês aguardou o momento propício e desferiu um ataque fulminante.

O guarda mal se apercebeu do que acontecera. Uma mão pousou em sua testa e uma lâmina deslizou por seu pescoço. Caiu por terra agonizando.

Willalme fez imediatamente sinal a Uberto para que o seguisse.

Depois de constatar que não havia mais ninguém de guarda, subiram as escadas.

O carrasco enfiou de novo o ferro incandescente nas brasas. Ignazio, trespassado de dor, deixou pender a cabeça e mergulhou na inconsciência.

— Não quer falar — declarou secamente o carrasco.

— Talvez demore, mas falará, pode acreditar — garantiu o Máscara Vermelha. — Quando voltar a si, acharei um modo de soltar-lhe a língua. Talvez ameace matar um de seus entes queridos.

A porta se abriu de um golpe e entrou um homem vestido de negro, com ar assustado. Olhou a figura inerte do mercador e disse:

— Intrusos lá embaixo!

Vivïen susteve um grito de nervosismo. Não previra nenhuma intromissão. Quem podia ser? Os Videntes, guiados por Henricus Teotonicus? Os companheiros de Ignazio?

— Detenha-os — ordenou. E, voltando-se para o carrasco: — Vá com ele. Matem quem acharem pela frente!

Uberto e Willalme já estavam quase no alto da torre e ainda não tinham encontrado nenhuma pista de Ignazio. Sem perder o ânimo, continuaram a subir os degraus de pedra até chegar a um recinto muito amplo, uma espécie de salão de banquete mobiliado com uma velha mesa de ferro rodeada por cadeiras de espaldar alto. Tonéis vazios e jarros enegrecidos pelo fogo jaziam encostados às paredes; palha seca e manchas de sujeira cobriam o pavimento.

Subitamente, por uma porta lateral, irromperam dois soldados vestidos de negro, um com o rosto descoberto, o outro com um capuz de carrasco. Desembainhando as espadas, correram ameaçadores contra os dois intrusos.

Num gesto instintivo, Willalme agarrou uma das cadeiras e arremessou-a contra o agressor mais próximo. Em seguida, empurrando Uberto para o lado, gritou-lhe:

— Fuja! Tente encontrar Ignazio! — E sacou a espada, que produziu contra a bainha um tinido metálico.

O jovem se precipitou para o acesso ao piso superior, mas antes de deixar o recinto lançou um olhar ao companheiro. Viu-o de pé sobre a mesa, diante dos dois esbirros, vibrando golpes em perfeita sincronia para mantê-los ocupados.

Uberto teve um assomo de vergonha: estava abandonando um companheiro em perigo. Mas pensou no mercador e subiu correndo como um gamo selvagem os últimos degraus até o cimo da torre, onde encontrou um vestíbulo com uma porta fechada. Destrancou-a apressadamente e entrou.

O que viu deixou-o sem fôlego. Ignazio estava caído a um canto, a cabeça pendida, banhado em suor e inconsciente. As roupas dilaceradas deixavam entrever o peito coberto de queimaduras. O jovem pasmou para aquelas feridas, que atravessavam o tórax seguindo a linha inclinada das costelas, como arranhões feitos por garras monstruosas.

Lutando contra o pânico, aproximou-se de Ignazio para despertá-lo. Chamou-o pelo nome, sacudiu-o pelos ombros, mas não conseguiu fazê-lo recobrar a consciência. Tentou então livrá-lo das correntes. Olhou em volta, mas não encontrou por ali nada que pudesse ajudá-lo. Então, teve uma ideia. Vasculhou o alforje e encontrou o frasco que pegara em Puente la Reina, no laboratório de Gothus Ruber. Ignazio lhe dissera que a *aqua regina* era um ácido capaz de derreter qualquer metal.

Retirou a tampa e verteu o conteúdo do frasco sobre um elo da corrente, procurando concentrar as gotas num único ponto. Uma exalação mefítica invadiu-lhe as narinas enquanto um fio de vapor avermelhado se desprendia do metal.

O elo assumiu uma cor amarelada e lentamente foi se derretendo, corroído pela *aqua regina*, mas não totalmente. Uberto então envolveu as mãos com um trapo, pegou a haste de ferro enfiada no braseiro e pressionou-lhe a ponta incandescente contra o lugar em que derramara o ácido. Logo depois, aliviado, Ignazio estava livre.

O jovem largou a haste e procurou arrastar o prisioneiro para fora, mas, sem que percebesse, duas mãos saíram do nada e agarraram-no pelos cabelos.

Enquanto isso, Willalme, tomado de fúria, lutava com os dois esbirros.

Esquivando-se de um ataque duplo, conseguiu concentrar-se num único adversário, aparou seus golpes, repeliu-os com um pontapé e trespassou-o de lado a lado. Mas não teve tempo de se voltar contra o outro: uma estocada atingiu-o em pleno peito.

O francês recuou um passo, sem acusar o golpe. O agressor, surpreso, procurava descobrir os sinais da ferida. O tecido do gibão fora perfurado, mas por baixo reluzia uma inesperada cota de malha. Na Europa não havia nada igual, era parte do equipamento dos guerreiros sarracenos.

Quando o inimigo se lançou de novo ao ataque, o francês já havia se preparado para revidar. Golpeou-o pela direita com uma cutilada que o outro aparou com a lâmina baixa. Então Willalme girou sobre si mesmo e vibrou um golpe terrível pela esquerda, direcionando o fio da espada à base do pescoço. A cabeça do esbirro voou longe e rolou pelo chão.

O corpo decapitado caiu como uma armadura vazia. Willalme embainhou a espada e saiu correndo em busca dos companheiros.

86

Uberto se debatia como um animal apanhado na armadilha, sem saber quem o surpreendera pelas costas. O agressor não parecia muito forte, mas, segurando-o pelos cabelos, tolhia-lhe todos os movimentos. Atormentado pela dor na nuca, o jovem conseguiu agarrá-lo pelos pulsos e afrouxar a pressão.

— Que está tentando fazer, moleque? — rugiu o estranho.

Uberto reconheceu aquela voz: era do desfigurado! Ignorando a dor, esticou a cabeça para a frente, conseguiu libertar-se com um safanão e virou-se. Diante dele estava o Máscara Vermelha.

O agressor não perdeu tempo e avançou furioso, mas o jovem estendeu as mãos com toda a força que tinha na tentativa de defender-se e instintivamente empurrou o homem, fazendo-o cair de costas.

Vivïen, de pernas para o ar, foi bater contra o braseiro, que tombou espalhando tições por todo o pavimento. Com um grito de raiva, o monge se estatelou sobre aquele tapete ardente e começou a debater-se como um peixe na praia. As brasas consumiram as roupas, chiando, e um cheiro de carne queimada invadiu o recinto todo.

Vivïen se levantou, sacudiu as roupas para se livrar das brasas que ficaram agarradas a elas e, furioso, brandiu o ferro do carrasco, investindo contra Uberto. O jovem recuou tomado de pânico e tropeçou.

Ignazio, enquanto isso, recobrara a consciência. A princípio, não atinou o que estava acontecendo. Transtornado pela dor, sentia como se milhares de línguas afiadas lhe escavassem a pele. Quando abriu os olhos, atraído pelo barulho da luta, percebeu apenas imagens confusas; depois a vista se firmou e pôde ver claramente a cena. Reconheceu Uberto estendido por terra e Viviën prestes a golpeá-lo. Horrorizado por ter de assistir a tudo impotente, notou com espanto que as correntes tinham sido partidas!

Ignorando a agonia, avançou com dificuldade, recuperando a cada passo maior controle de si mesmo. Sem ser percebido, aproximou-se de Viviën no momento exato em que este ia golpear o rapaz. Agarrou-o pelas vestes e tentou afastá-lo, mas a fraqueza o fez perder o equilíbrio e cair por cima do monge. Colhido de surpresa, Viviën empurrou-o e atingiu-o com o ferro ainda quente.

— Se o livro não for meu, não será de mais ninguém! — exclamou furioso e fora de si.

Uberto observava a cena petrificado.

O mercador se levantou com dificuldade e logo se viu jogado contra a parede, com Viviën pronto a atacá-lo.

— Bem sabe que conheço a solução do *Uter Ventorum*!

A essas palavras, o monge deteve a barra de ferro no ar, com a respiração entrecortada. Lançou um rápido olhar às costas para certificar-se de que não seria surpreendido e fitou Ignazio.

— Que está esperando para começar a falar? — ameaçou-o. — Quer que o mate? Ou que acabe primeiro com o moleque?

O mercador fez um sinal de rendição. E nesse momento notou um objeto metálico que aparecia sob o manto de Viviën à altura do flanco, um punhal cruciforme.

— O segredo está no quadrado mágico — disse, procurando distraí-lo. — É necessário descobrir a que esfera celeste faz referência.

— Explique melhor — insistiu Viviën, que nesse meio-tempo havia se direcionado à mesa, onde se encontrava o caderno de Ignazio, ainda aberto.

O mercador estava no extremo de suas forças, mas reuniu as poucas que lhe restavam para aproveitar a ocasião. Com um movimento rápido, enfiou a mão sob o manto do adversário, puxou o punhal e, num golpe fulminante, enterrou-o na base do pescoço de Viviën. A lâmina mergulhou na carne até o cabo.

O monge deu um grito de surpresa e foi tomado por fortes tremores. Deixou cair a barra de ferro, levou a mão à ferida e arrancou o punhal com um gesto seco. Um fio de sangue brotou do corte. O homem cambaleou e tirou a Máscara Vermelha, descobrindo o rosto desfigurado e contraído pela ânsia de respirar. Fitou duramente Ignazio, preparando-se para amaldiçoá-lo. Mas sua voz falhou e os traços disformes se contorceram num esgar aparvalhado. O que via à sua frente não era um olhar de ódio. Era piedade, não rancor, o que transpirava dos olhos de Ignazio.

Por uma fração de segundo, Viviën se permitiu um sorriso benévolo e logo percebeu que seu coração estava para ceder. Arregalou os olhos, aterrorizado pela ideia da morte, e arrastou-se até a janela, deixando no chão uma trilha irregular de sangue. Parecia querer fugir; mas, para ele, não havia mais lugares onde se esconder nem nomes com os quais pudesse se ocultar.

Os lábios lacerados se abriram. Primeiro, saiu dali uma golfada de sangue, depois, uma voz sumida:

— Agora estou livre...

Ignazio acorreu, estendendo-lhe a mão, mas Viviën, completamente transtornado, interpretou aquele gesto como uma ameaça. Recuou atemorizado, esbarrou no parapeito e caiu. O mercador ainda tentou segurá-lo, mas era tarde. Viviën desapareceu pelo arco da janela. Foi essa, naquela manhã, a última nesga de treva absorvida pelo sol.

Willalme, entrando justamente a tempo de assistir à cena, estacou paralisado de estupor.

Ignazio, debruçado à janela, olhava a base da torre, onde jaziam os restos daquele que outrora fora seu melhor amigo. Em seguida, voltou-se e caminhou vacilante na direção dos companheiros. Sentia-se extremamente fraco.

— Vocês estão bem? — perguntou, observando-os com o rosto lívido.

Os dois fizeram um gesto afirmativo.

Ignazio apontou para o caderno e o rolo sobre a mesa.

— Peguem isto...

Sentiu então que as forças o estavam abandonando. Ergueu os olhos ao céu e desmaiou.

87

— Malditos! Olhe o que fizeram com ele! — exclamou o francês, notando as queimaduras no peito de Ignazio. — Precisa urgentemente de cuidados.

O rosto do mercador estava muito pálido, com olheiras profundas. Vendo-o tão vulnerável, Uberto sentiu um aperto no coração. Faria de tudo para salvá-lo.

— Sei aonde levá-lo — afirmou resoluto. — Ao meu mosteiro, Santa Maria del Mare. É o lugar mais próximo que conheço. Estamos já na metade do caminho, esta torre é bem ao sul de Veneza. Se nos apressarmos, chegaremos lá em menos de um dia de viagem por mar.

Willalme refletiu sobre a sugestão. Por fim, concordou e, tomando nos braços o corpo exaurido de Ignazio, disse:

— Vamos sair desta torre. Ajude-me a carregá-lo.

— Espere. — O jovem recolheu no alforje tudo o que achou sobre a mesa. — São as partes do *Uter Ventorum* — explicou. Depois, se uniu ao companheiro e, juntos, deixaram o velho edifício.

Já fora, dirigiram-se para a barca escondida entre os caniços, subiram a bordo e fizeram-se ao largo.

Era madrugada, mas Uberto e Willalme prosseguiam remando em silêncio, sem perder de vista o mercador, deitado na popa embaixo de grossas cobertas. Felizmente, a neblina não se erguera, e a lua e as estrelas cintilavam no céu.

Uberto não pôde deixar de notar o ar de preocupação de Willalme e, pela primeira vez, leu o medo em seus olhos.

— Ele o estima bastante — observou com uma ponta de inveja. — Parecem quase pai e filho.

— Não faz muito tempo que nos conhecemos. Pouco mais de um ano — explicou o francês. — Todavia, devo-lhe a vida, e por esse motivo permaneço ao seu lado.

— Como aconteceu? — perguntou o rapaz sem parar de remar. — Conte-me.

— Já sabe que estive numa nau de piratas muçulmanos — disse Willalme. — Era um deles, aprendera a matar... Um dia, ao largo de São João de Acre, um veleiro cruzado nos abordou e nossa tripulação foi exterminada. Não lamento a morte de meus companheiros... assassinos sem escrúpulos. No fundo, tiveram o que mereciam... E o mesmo valia para mim.

— Os cruzados o capturaram? — indagou Uberto.

— Sim — respondeu o companheiro, evocando aquele episódio.

Após uma luta demorada, só ele continuava vivo. Os guerreiros cristãos o cercaram — a bem dizer — curiosos. Não era sempre que encontravam um homem de cabelos loiros nas fileiras dos muçulmanos. Apesar da derrota dos seus, Willalme não se rendera e continuara desferindo cutiladas, tomado de raiva. Por fim, os inimigos o acuaram, desarmaram e moeram de pancadas; em seguida, arrastaram-no sem sentidos para o porão de seu navio, onde foi dependurado por uma corda como um troféu de caça. Willalme nunca se esqueceu daquela horrível sensação, balançando como um animal prestes a ser esfolado, sem comida nem água. Após dias de sofrimento, quando pensava estar na iminência de morrer, um homem surgiu à sua frente.

— Ajude-me... — gemeu o francês.

O desconhecido, aproximando-se, deu-lhe de beber.

— Não ceda à dor — foram suas palavras. — Vou cuidar de você.

E assim foi. Daquele momento em diante, o mercador de Toledo passou a velar por Willalme.

— Por puro acaso, Ignazio embarcara em São João de Acre justamente naquela nau — explicou o francês, enquanto Uberto ouvia fascinado. — Encontrando-me moribundo, teve piedade e pagou resgate aos soldados para que me libertassem. Desde então, minha vida se uniu à dele.

Ao terminar o relato, Willalme mergulhou no silêncio. Lançou um olhar a Ignazio, que provavelmente não acordaria tão cedo.

— Não ceda à dor, meu amigo — sussurrou. — Não agora, que levou a termo sua busca.

Se pudesse se lembrar de alguma prece, cristã ou muçulmana, aquele seria o momento oportuno para fazê-la.

88

Às primeiras luzes da manhã, aportaram nas imediações do mosteiro de Santa Maria del Mare.

Mal a barca tocou a margem, Uberto saltou em terra e precipitou-se na direção do pátio e dos edifícios que o ladeavam, à procura de alguém a quem se dirigir. Deixara aquele lugar havia poucos meses, mas esses meses lhe pareciam séculos.

Logo se viu no meio de um grupo de monges, felizes por seu regresso inesperado. Cumularam-no de abraços e perguntas, mas Uberto lhes impôs silêncio com um aceno e pediu que o seguissem até a barca.

Quando chegaram à margem do canal, avistaram um homem de cabelos loiros que amparava o corpo exânime de um moribundo. Os monges o reconheceram imediatamente.

— Ajudem-no, por favor! — implorou Uberto. — Está ferido. A febre subiu muito.

Ouvindo isso, dois noviços robustos se adiantaram e ajudaram Willalme a soerguer o mercador, que foi conduzido às pressas para o mosteiro.

Graças aos cuidados dos monges, Ignazio se restabeleceu em uma semana. Durante todo esse tempo, Uberto o assistiu com desvelo. Certa manhã, quando o amigo já estava quase curado, aproximou-se do leito com ar de quem tinha uma coisa muito importante a dizer.

Ignazio havia acabado de acordar. Sentou-se à beira da cama e observou o rapaz curioso.

Uberto entregou-lhe dois objetos: um caderno de pergaminho e um pequeno rolo.

— Recuperei as partes do *Uter Ventorum*. Achei-as na torre onde você foi preso.

Ignazio examinou os objetos.

— Meu caderno — murmurou. — E este aqui, que estava com Viviën, é o rolo dos sete encantamentos, o segredo de Armaros. Bom trabalho. Finalmente completamos o livro.

Uberto concordou.

— Você ainda está fraco. É preciso que as feridas cicatrizem completamente — disse, procurando frear o entusiasmo do mercador. Sabia que o amigo, assim que ficasse em pé, abandonaria aquele fim de mundo.

— Eu nunca o teria conseguido sem você — confessou Ignazio. Hesitou por um instante e completou: — Quero lhe fazer uma proposta.

— Fale.

— Dentro de alguns dias, irei embora e talvez não volte mais a Santa Maria del Mare — explicou, tentando exibir uma certa frieza. — A escolha é sua: pode ficar aqui ou acompanhar-me. É livre para decidir, ninguém o obrigará a nada. — E, dizendo isso, levantou-se.

— Que vai fazer!? Ainda está debilitado demais para sair da cama — repreendeu Uberto, surpreso com aquela proposta.

— Preciso falar com uma pessoa. — Ignazio apoiou-se à ombreira da porta da cela, com o olhar sombrio. — Enquanto isso, pense no que vai querer fazer. Não o pressionarei.

Embora ninguém falasse muito a respeito, havia semanas que o abade Rainerio de Fidenza estava gravemente enfermo. No verão, contraíra malária, e suas condições físicas pioravam a olhos vistos. A febre alta obrigava-o a ficar de cama e quase não podia fazer coisa alguma. Praticamente inválido, tremia e suava debaixo das cobertas. Por mais que os monges acorressem com fumigações e abluções, sentia-se ali o cheiro da morte.

Despertando de um sono leve, o abade se virou para a porta do quarto. Ouvira passos. Abrindo bem os olhos, percebeu um homem entrar e aproximar-se da cama. Esforçou-se para ver quem era e, logo, com um gemido, abrigou-se embaixo dos cobertores.

— Não tenha medo, venerável Rainerio. Não vim para matá-lo — tranquilizou-o Ignazio de Toledo. — Tanto mais que, como vejo, já está com um pé na cova.

— Que quer de mim? — murmurou o abade. Uma lufada de hálito pestilento saiu de sua boca.

— Vim informá-lo da morte de Scipio Lazarus, seu benfeitor. Espera por você no inferno.

— Maldito... Como conseguiu... — gaguejou Rainerio.

— Saber que você estava de conluio com ele? Simples! O próprio Scipio Lazarus me contou. Sabe que não se relacionava com pessoas, por assim dizer... honestas. E também não tinha você em grande consideração. Considerava-o um de seus muitos fantoches, nada mais.

— Adorador do diabo... Assassino! *Necromanticus*! — injuriou o moribundo.

Ignazio se sentou à beira do leito, lançando-lhe um olhar de comiseração.

— Por que me odeia tanto? Que há em minha vida desventurada que possa detestar a tal ponto?

O abade emitiu um rugido feroz, escandindo as palavras:

— Seu segredo...

— Meu segredo? Mas ainda não descobriu qual é? Esteve o tempo todo diante de seus olhos! Deixei-o neste mosteiro durante quinze anos, com a permissão de Maynulfo de Silvacandida, seu venerável predecessor. Levei-o embora há apenas quatro meses, quando parti para Veneza.

Rainerio estremeceu. Seu rosto lívido, quase esverdeado, transfigurou-se de espanto. Finalmente compreendera.

Ignazio inclinou-se respeitosamente, num gesto de despedida, e dirigiu-se para a porta.

Uberto passeava pelo pátio, com os olhos baixos e os braços cruzados. Havia refletido sobre a proposta do mercador e estava impaciente por comunicar-lhe a resposta. De súbito, viu-o sair dos aposentos do abade e caminhar ao seu encontro.

Ignazio pousou-lhe a mão no ombro, com olhar sério.

— Decidiu?

— Sim — respondeu o jovem. — Quero ir com você.

— Ótimo. — O mercador não conteve um sorriso. — Agora vá procurar Willalme e diga-lhe que partiremos dentro de dois dias. Só me resta uma coisa a fazer.

EPÍLOGO

Saber. Poder. Ouvir. Calar.

Zoroastro

Após vários dias de viagem, ultrapassadas as muralhas de Turim, Ignazio chegou ao monte Musinè. Deixando Uberto e Willalme esperando-o ao pé da encosta, subiu sozinho por entre as rochas magmáticas. Levava consigo poucas coisas. Seu alforje continha o caderno de pergaminho e o rolo das sete invocações, um saquinho de ervas, uma panela e um almofariz.

Nos dias anteriores, uma nevasca cobrira os penhascos, ocultando seu aspecto desolado. Envolto num casaco de pele de lobo, o mercador foi abrindo caminho por entre os montículos de neve, imprimindo suas pegadas naquele manto esbranquiçado. Subia diretamente para o cume. O monte Musinè era um lugar rodeado de mistério; dizia-se que ali o espírito de Herodes vagava em uma carruagem de fogo. Entre as rochas, além disso, as feiticeiras se reuniam para celebrar seus rituais.

Quando a noite desceu e o vento começou a ulular, Ignazio iluminou o caminho com uma tocha até encontrar uma clareira propícia a seu objetivo. Sentou-se sobre uma saliência rochosa e acendeu uma fogueira.

Tirou o almofariz do alforje e verteu nele os ingredientes da *haoma* encontrados em Santiago. Macerou-os com o pilão e enriqueceu o amálgama com outros extratos vegetais, mexendo bem até obter uma pasta homogênea. Por fim, derramou o preparado na panela, acrescentou água e colocou-a no fogo.

Enquanto esperava a poção ficar pronta, levantou-se e traçou na neve uma série de figuras geométricas. A parca iluminação não lhe facilitou a tarefa. Quando delineou perfeitamente a imagem, recolheu um punhado de cinza da borda da fogueira e preencheu os sulcos traçados, para torná-los mais visíveis. Ao terminar a operação, sentou-se de novo na rocha e permaneceu imóvel, contemplando o desenho.

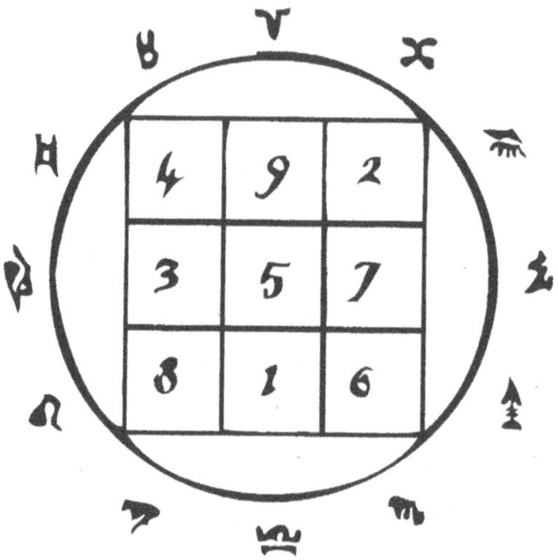

Elaborara aquele talismã a partir das duas figuras geométricas presentes no *Uter Ventorum*: a tatuagem de Gothus Ruber e o quadrado mágico. Temel e Kobabel. Fizera um esforço enorme para compreender o modo de utilizá-las, mas por fim se convencera de que o segredo era combinar as duas. Mas como? A princípio, não sabia o que fazer, até concluir que o círculo do zodíaco tinha de ser colocado às margens da figura, de modo a envolver o quadrado, símbolo da Terra, que por sua vez continha as esferas celestes, representadas por nove números. Então tudo ficou claro e a sobreposição dos desenhos se revelou mais simples que o previsto.

Para conseguir desvendar o enigma, restava apenas determinar a qual esfera correspondia cada número. Provavelmente, pensou Ignazio, aquela era a passagem que Vivïen não conseguira decifrar, e por isso não saberia fazer a invocação.

Apesar da tortura, o mercador se calara, mas já então suspeitava como solucionar o problema. O segredo residia sem dúvida no sistema cosmológico dos caldeus, que associavam o culto dos planetas ao dos seres sobrenaturais semelhantes aos anjos. Se esse raciocínio estivesse correto, as esferas, da menor à maior, corresponderiam aos seguintes números:

1 = Terra
2 = Lua
3 = Mercúrio
4 = Vênus
5 = Sol
6 = Marte
7= Júpiter
8 = Saturno
9 = Estrelas fixas

Ignazio não pôde deixar de notar que o número 5, isto é, o Sol, encontrava-se no centro do quadrado mágico. Os outros corpos celestes rodeavam-no como súditos. Sem dúvida, aquilo não era coincidência. A ordem geométrica e a ordem matemática apontavam na mesma direção!

Sim, o Sol devia ser a chave do dilema... Mas como chegar ao segredo final do *Uter Ventorum*? Ignazio presumiu que a solução do mistério dependia da última parte do livro escondida em Toulouse e, tirando do alforje o rolo onde estavam contidas as sete invocações, examinou-o à luz do fogo. Encontrou ali sete fórmulas rituais, cada qual dedicada a uma criatura celeste diferente: Syliãel, Haraqiel, Bitael, Šams, Rūbïyāel, Rūfiyāel e Išbāl.

Eram os nomes das divindades dos sabeus, semelhantes em tudo aos arcanjos da *Bíblia* e aos Amerta Spenta dos magos persas. Ignazio se convenceu de uma vez por todas de que o *Uter Ventorum* não era apenas um livro de evocações, mas também o último testemunho de uma tradição esotérica que assimilava aos anjos hebraicos e cristãos as criaturas celestes dos antigos povos orientais. Foi então assaltado pelo temor, não das criaturas celestes que se preparava para invocar, mas das consequências que poderiam advir caso aquele livro caísse nas mãos das autoridades eclesiásticas.

A curiosidade, porém, era muito grande, e a cadeia das deduções não podia ser interrompida! Perguntou-se qual nome, entre os sete contidos no rolo, conviria evocar. Cada um se referia a uma essência angélica residente em uma esfera planetária, cujos movimentos e influxos mágicos regulavam — segundo uma ordem que Ignazio recordava com precisão:

Lua = *Syliāel*
Mercúrio = *Haraqiel*
Vênus = Bitael
Sol = Šams
Marte = *Rūbīyāel*
Júpiter = *Rūfīyāel*
Saturno = *Išbāl*

Mais uma vez, o quadrado mágico é que o guiou. Procurou o nome correspondente ao número 5, isto é, o Sol, e determinou sua relação com Šams, a deusa angélica que movia o astro mais luminoso de todos. Ela era também a divindade à qual os sabeus dedicavam templos de planta quadrada. Eis quem ele devia invocar! Ignazio identificou no rolo a invocação que trazia seu nome. Estava escrita em caracteres árabes, minúsculos, mas legíveis.

Acercou-se da fogueira para examinar o recipiente sobre as chamas. Dali exalava um eflúvio aromático. Durante o cozimento, as ervas haviam transmitido suas propriedades mágicas à água: a *haoma* estava pronta.

Ignazio tirou a panela do fogo e, enquanto esperava o líquido esfriar, traçou em redor de si um círculo protetor.

Bebeu o primeiro gole da poção e deixou cair o casaco com que se abrigava do frio. Virou-se para o Oriente e colocou um anel de ouro no indicador direito, como é de regra para quem quer invocar Šams.

Sem transpor o círculo, posicionou-se diante do talismã de braços abertos e começou a recitar o texto da evocação:

Salve, Šams, rainha bem-aventurada do *hayākil* resplandecente,
Tu que concentras em ti toda a beleza,
Tu que exerces o poder sobre seis planetas,
Os quais seguem tua orientação
E se curvam ao teu comando...

O som das palavras se misturava ao ar da noite, voejando como mariposas ao redor do fogo. E enquanto a *haoma* começava a fazer efeito, a cantiga ressoava aos ouvidos de Ignazio, despertando nele sensações inefáveis. As palavras se fragmentaram em sílabas e assumiram significados novos.

Ignazio bebeu outro gole da poção e seus sentidos se apuraram. Avistou a luz da aurora antes que ela apontasse no horizonte. A Lua adquiriu a forma de uma concha de marfim voltada para a Terra e em suas espirais a escuridão era absorvida.

O mercador, desorientado, não sabia se era vítima de alucinações ou de loucura. Sua mente vacilava. A paisagem rochosa mudou de aspecto, assumindo o perfil de colinas verdejantes atravessadas por um regato cor de prata. O primeiro pensamento de Ignazio foi que estava diante do *Xvarnah*, o lugar sublime descortinado pelos sacerdotes persas, a dimensão do Espírito e do Divino. O *mundus imaginalis*. Ignazio contemplou aquelas colinas suavemente onduladas, pressentindo que lá, sob um céu de âmbar, deviam localizar-se o Paraíso Terrestre e a Caverna dos Tesouros, onde foram sepultados Adão e Eva e, mais tarde, os Magos.

Ao terceiro gole da beberagem, fortes convulsões obrigaram-no a cair de joelhos. O contato com a neve não o incomodou, mas seus membros começaram a tremer como ramos agitados pela tempestade.

Asclépio de Malabata tinha razão! Aquele era o motivo pelo qual Zoroastro proibira o uso da *haoma*! Tratava-se de uma substância venenosa!

Contemplando os primeiros raios do sol que tingiam o alto das colinas, Ignazio se resignou a morrer. As forças o abandonavam. Admirara a paisagem mística de Xvarnah, mas não conseguira evocar nenhum ser sobrenatural. Esmagado ao peso da derrota, um forte tremor o dominou. Tentou resistir aos espasmos, rangendo os dentes de dor, e em seguida perdeu os sentidos.

Talvez um bater de asas no escuro.

Ignazio abriu os olhos. Estava estendido sobre o manto de neve. Não sentia os membros. Diante dele, reconheceu Uberto.

— Esperamos você durante horas. — Havia no rosto do rapaz uma expressão de alívio. — Então, decidimos procurá-lo.

— Para minha sorte... — murmurou o mercador. Willalme ajudou-o a se levantar e conduziu-o para perto da fogueira. O calor das chamas o reconfortou.

— Que aconteceu? — quis saber Uberto. — Conseguiu evocar o anjo?

— Não sei — respondeu Ignazio, estendendo as mãos para o fogo. — Ignoro totalmente o que aconteceu. Talvez eu não seja puro o bastante, como eram os magos, ou talvez não fosse isso o que realmente desejava. Pelo menos, não tanto quanto desejo viver com minha família. Com minha mulher e meu filho.

— Seu filho? — O jovem recuou um passo. — Você tem um filho?

— Sim. Pensei que o havia perdido, mas recuperei-o.

Willalme continuou um pouco afastado, enquanto Uberto, indeciso, observava Ignazio.

O mercador envolveu-se no manto de peles e começou:

— Saibam que, há quinze anos, quando visitei Colônia com Vivïen, Sibilla também me acompanhava. A viagem foi muito longa, mas necessária. Depois de entregar a encomenda do arcebispo Adolfo, eu planejei retirar-me dos negócios. Queria iniciar uma vida nova, mais tranquila.

— E o que aconteceu? — perguntou o jovem.

— Por causa de Viviën e do *Uter Ventorum*, já em poder dele sem que eu o soubesse, entramos em conflito com a Saint-Vehme. — O mercador evocou aquela terrível noite em Colônia, quando Viviën entrara apavorado no aposento onde ele repousava com Sibilla. "Levantem-se, precisamos fugir!", exclamara com os olhos quase saltando das órbitas. "Eles estão vindo para cá! Peguem o menino! Vamos partir!"

Ignazio baixou os olhos e prosseguiu:

— No momento, não entendi por que Dominus e os Videntes queriam nos apanhar. Mas, diante do perigo, não tive tempo de refletir. Pensei antes de tudo em pôr minha família a salvo. Então, deixamos a Alemanha e fomos para a Itália. Mas surgiu um problema.

— Qual? — perguntou Uberto, ansioso.

— Os Videntes não nos davam trégua e, uma vez nos Alpes, compreendi que a melhor solução era cada qual tomar seu caminho. Viviën dirigiu-se à França e eu tive de tomar a decisão mais difícil: separar-me de Sibilla. — Na mente de Ignazio delineou-se um rosto banhado de tristeza. — Estávamos casados havia pouco tempo... Eu a convenci a voltar para a Espanha. Poderia salvar-se facilmente, caso ficasse longe de mim. Foi como arrancar-lhe o coração do peito, mas não havia alternativa... E aquela não seria a última decisão terrível. Depois disso, tive de abandonar também meu filho...

Uberto fitou-o atônito, com um nó na garganta. Não tinha ânimo de replicar. As palavras daquele homem o estrangulavam como a hera agarrada ao tronco.

— Nosso filho era muito pequeno. — O mercador suavizou a expressão do rosto. — Mal começava a dar os primeiros passos... Durante a fuga da Alemanha, caiu doente. Contraiu bronquite e não dava mostras de melhorar. Eu não poderia deixá-lo com Sibilla, o pequenino não sobreviveria a uma longa viagem. Assim, fiquei com ele, na esperança de encontrar o mais depressa possível um abrigo seguro onde pudesse ser tratado. E, vagueando por entre as lagunas ao sul de Veneza, cheguei por acaso ao mosteiro de Santa Maria del Mare...

— Não, não pode ser! — exclamou o rapaz, com o rosto afogueado. — Não quero ouvir mais nada!

Como podia aquele homem, depois de tantos anos de silêncio, surgir do nada e arrogar-se o direito de lançar sobre ele seu olhar melancólico?

— Ao contrário, deve continuar me ouvindo. — Ignazio ergueu-se com dificuldade e abraçou-o. Sua máscara impassível se despedaçara, deixando transparecer amor e comoção. — Lá, conheci o abade Maynulfo de Silvacandida... Eu estava desesperado, entende? Acuado como um bandido, trazendo uma criaturinha doente nos braços! Maynulfo me acolheu, teve piedade de mim. Ofereceu-se para me ajudar... Depositei nele toda a minha confiança e entreguei-lhe o menino. Pareceu-me a coisa mais certa a fazer... Pedi ao abade que preservasse o segredo de suas origens, não revelando a você, por nada neste mundo, a identidade de seu pai, já que saber meu nome só lhe acarretaria danos. Prometi ainda que, o mais cedo possível, voltaria para pegar a criança. Maynulfo encarregou-se de tudo. Mentiu aos irmãos, ocultando-lhes quem eram seus pais, e, colocando você sob sua proteção, conservou o meu mais precioso segredo.

— Eu... a criança! Como pôde me abandonar... — Uberto livrou-se do abraço. — Não imagina quanto odiei meus genitores. Não sabe o que significa ser atirado fora como um refugo. Ou passar noites inteiras imaginando como será o rosto do próprio pai. Devia ter me levado com você!

O mercador baixou o olhar.

— Perdoe-me, Uberto. Queria protegê-lo e não fazer-lhe mal. Não foi fácil viver todos esses anos sem revê-lo, sempre aterrorizado com a ideia de que os Videntes poderiam raptá-lo para me chantagear.

— E por onde andou durante todo esse tempo, longe de mim? — perguntou o rapaz, com voz entrecortada. Não queria admitir já tê-lo perdoado e agarrava-se a uma cólera obstinada.

— Fugi para o Oriente, mas o sossego durou pouco. Valendo-se do pretexto das cruzadas, a Saint-Vehme estava se espalhando também pela Terra Santa. — Ignazio se aproximou de Uberto, sem tocá-lo. — Como poderia eu expô-lo a um risco tão grande? Limitei-me a trocar cartas com Maynulfo, que me informava sobre seu estado. Eu lhe enviava periodicamente dinheiro para que nada faltasse a você... Era só o que podia fazer... Não imagina quanta felicidade me deu nos últimos meses, apesar dos perigos que corremos juntos. Esforcei-me para conter as emoções e pedi mesmo a Sibilla que se calasse... Mas a morte de Dominus e de Vivïen me libertou de todos os temores. Agora, acabou! Podemos voltar para junto de Sibilla, se você quiser. Não sabe quanto ela deseja abraçá-lo! Ninguém mais ameaçará nossa paz, prometo-lhe.

— Sibilla, minha mãe... — murmurou o rapaz. Os derradeiros lampejos de cólera se extinguiram em seu peito ao evocar o rosto daquela mulher. Compreendeu seu silencioso tormento e desejou intensamente beijá-la para vê-la sorrir. — Devemos ir logo — disse, agora com o rosto iluminado.

— É o que faremos — garantiu Ignazio. — Ela nos espera.

Uberto teve um momento de hesitação, mas em seguida concordou.

— Não será fácil chamá-lo de pai. — E as lágrimas correram pelas faces do jovem.

— Se esse é o preço que devo pagar, eu aceito — respondeu Ignazio. — Só o que quero é a sua felicidade.

O rapaz enxugou as lágrimas.

— Talvez eu aprenda, com o tempo.

Os três companheiros puseram-se a caminho em direção ao poente, contemplando os picos e as ravinas dos Alpes que desciam até os vales. Iam para um lugar distante chamado lar.

AGRADECIMENTOS

Escrever um romance é um trabalho solitário, que exige paciência e recolhimento. Ainda assim, desejo agradecer às pessoas que me ajudaram nas várias fases de redação e publicação de *O Mercador de Livros Malditos*: a amiga bibliotecária Stefania Calzolari, pela leitura preliminar do rascunho e pelas longas conversas sobre a Idade Média; a equipe da Newton Compton inteira, em especial Alessandra Penna, por acreditar desde o início em meu romance; Roberta Oliva, minha agente, e Silvia Arienti, por sua dedicação tenaz e constante. Um agradecimento especial ao amigo escritor Alfredo Colitto, por seus preciosos conselhos e sua disponibilidade. Finalmente, agradeço de coração à minha família, que está sempre por perto mesmo quando, nas horas de trabalho, costumo me isolar do mundo real. E meu muito obrigado, com amor, a Giorgia.